U1001609

跳上诗船到德清

朱　炜　选注

浙江工商大學出版社
ZHEJIANG GONGSHANG UNIVERSITY PRESS
·杭州·

图书在版编目(CIP)数据

跳上诗船到德清 / 朱炜选注. — 杭州 : 浙江工商大学出版社，2020.7(2020.8 重印)

ISBN 978-7-5178-3928-6

Ⅰ. ①跳… Ⅱ. ①朱… Ⅲ. ①古典诗歌—诗歌欣赏—中国—青少年读物 Ⅳ. ①I207.2—49

中国版本图书馆 CIP 数据核字(2020)第 109500 号

跳上诗船到德清
TIAOSHANG SHICHUAN DAO DEQING
朱 炜 选注

责任编辑 任晓燕
封面设计 林朦朦
责任印制 包建辉
出版发行 浙江工商大学出版社
(杭州市教工路 198 号 邮政编码 310012)
(E-mail:zjgsupress@163.com)
(网址:http://www.zjgsupress.com)
电话:0571-88904980,88831806(传真)
排 版 杭州朝曦图文设计有限公司
印 刷 杭州宏雅印刷有限公司
开 本 880mm×1230mm 1/32
印 张 11.5
字 数 254 千
版 印 次 2020 年 7 月第 1 版 2020 年 8 月第 2 次印刷
书 号 ISBN 978-7-5178-3928-6
定 价 49.00 元

版权所有 翻印必究 印装差错 负责调换

浙江工商大学出版社营销部邮购电话 0571-88904970

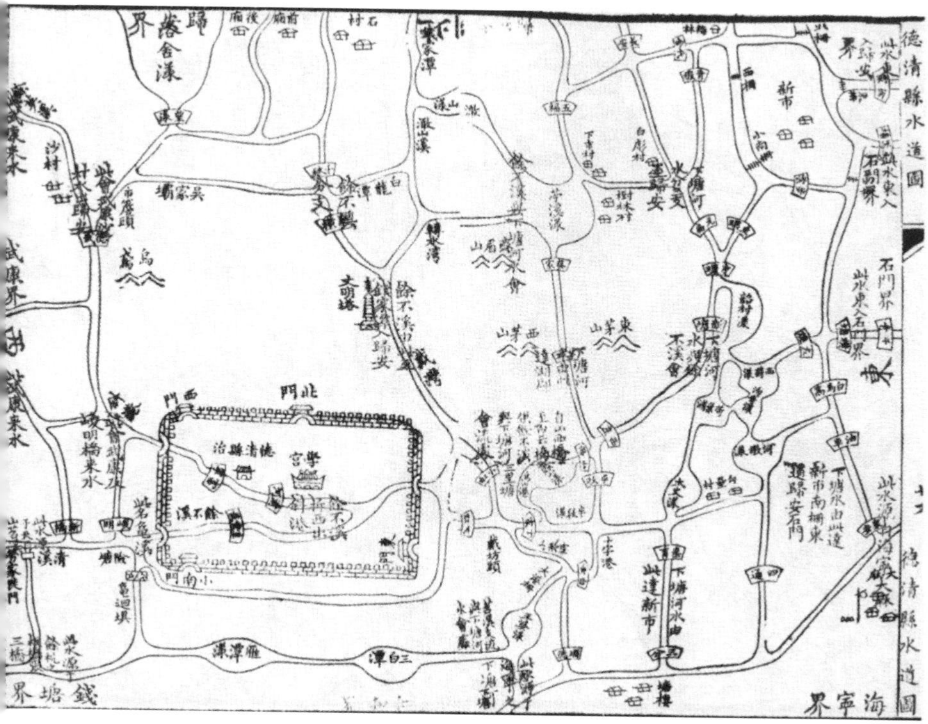

德清县水道图

德清隶湖，为壮县，县治临馀不溪，后枕金鳌诸山，山水明秀，民俗淳美。异时寓公多乐居之，流风馀习，去今百年，故未泯也。

——明 · 王祎

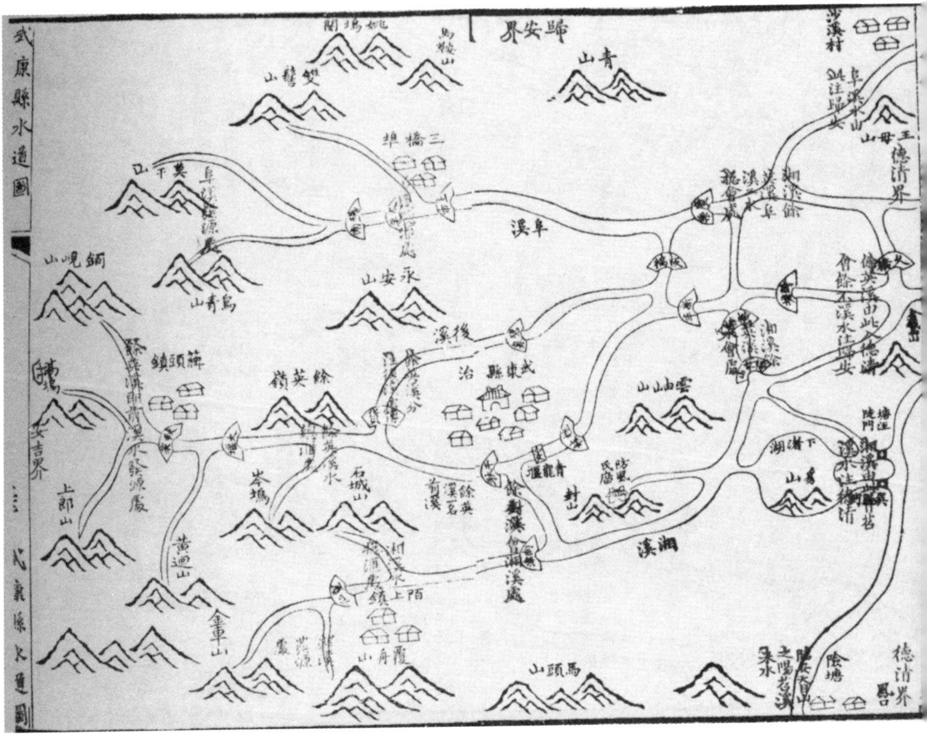

武康县水道图

浙天下名藩，然称淳庞近古者不数邑，武康其一也。

——明·夏原吉

写在前面的话

屋上有青山，窗外有沉静灼人的星，莫干山可谓我童年的一个“接口”。徜徉于剑池，抚触摩崖石刻，使我背会了不少莫干山题诗，在认识苏东坡前，先认识了一个叫周梦坡的诗人。

小学毕业，我毅然选择了离开莫干山下的集镇三桥埠，转而到县城武康求学。正应了那句话，少年正是读诗时。有一年下大雪，客车停运，为看吾师张炜与书法家张功华的诗书合璧展，我竟从三桥埠老家一直走到县图书馆。犹记得，张师在决定收我为“关门弟子”时所出的一道考题：古人常讲，姓字籍齿，我们名字里都有一个“炜”，这个字怎么解？那时高中的语文课正学《诗经》，我不假思索地就背了“彤管有炜，说怿女美”。张师曰：“孺子可教也。”就这样，我跟着张师开始学习平仄、韵脚，尝试写作格律诗。寒来暑往，不改其衷，渐入诗的堂奥，所作《丁亥小集》曾获杭州高级中学第三届樱花文会徐志摩诗歌奖一等奖。谨录一首旧作：

馀英水道怀远

竹篙湫水日边岚，霜冷河湾旧事谙。

春意阑珊翘首望，柳条折尽是江南。

到杭州上大学后，我仍然坚持读诗、写诗，辗转于下沙各高职院校做古诗词讲演。毕业实习那年，赶上西湖申报世界文化遗产，我志愿到杭州苏东坡纪念馆做了一名讲解员，向中外游客介绍苏东坡的“淡妆浓抹总相宜”。西湖曲院风荷的荷花开了，我冒昧地给南开大学中华古典文化研究所所长叶嘉莹先生写信。很快叶先生让秘书可延涛老师回了信，信中说：“你的材料她都看过了，认为青年人有志于古典诗词，这是很好的。”虽只数语，但对于一个年轻人来说，这是多么大的鼓励啊。那年新年，我拨通了叶先生住所的电话。电话里，她得知我与俞平伯先生是同乡时，饶有兴致地谈起她当年在辅仁大学读书时专门去听过俞先生的课，现在还有印象。此后，可老师陆续给我寄过不少叶先生的著作，其中有一本叶先生签名的口述传记《红蕖留梦：叶嘉莹谈诗忆往》，甚是珍贵。

提起格律诗，这里不能不提两个德清人的老亲戚。李商隐笔下有“哀同庾开府，瘦极沈尚书”，对，就是庾信和沈约。沈约，在江淹才尽之后、谢朓崛起之前，独领风骚，在永明体诗明辨“四声”基础上，提出写诗时不可以犯“八病”，同时又要求对仗工整，体裁短小。沈约谢世，庾信出世，到南北朝后期及隋代，五七言诗距离格律化只有一步之遥了。杜甫有诗“庾信文章老更成”，总觉得庾信在气质和深度上更多地影响了杜甫。进入唐代，格律诗业已成熟，并形成了一整套规范。由唐入宋，格律诗从一座高峰到另一座高峰；元明清，则“青山个个伸头看”。但是，读者对于此秘不是不睹，就是视而不见。音韵不懂，平仄不通，意思不解，以至于我们在引导下一代开始读诗、背诗时总不得其法——这一切，本可以改变的，至少可以更像那么回事。

叶嘉莹先生说，中国一直有“诗教”的传统，以乐语教国子。

我深深认同叶先生说的古典诗词中蕴含着一种感发生命，蓄积了古代伟大诗人的心灵、智慧、品格、襟抱和修养。多年读诗的经验告诉我，特别是为人父后，我们应该给孩子一个好的诗歌地理选本，与孩子共同开启一段“诗和远方”时光。德清县者，吾人之乡土也，生于斯，长于斯，衣食住于斯。识其山川，志其人物，流连其古迹，延续其文脉，无不与吾人有关。《跳上诗船到德清》，便是用古诗串起来的诗旅，更是一趟超时空的文化之旅，承载了故乡自远古以来所有的信息和韵味。“莫嫌乡土瘠”，书中所选之古诗，以诗意易懂、诗境易通、诗格易法为唯一标准。孩子可以直接读诗，也可以由家长导读诗之外的文字；等孩子再大一点，则可以带孩子去诗中写到的这些风景地，一起感受山川、日月、古今灵气之鼓荡。

再者，我们的头脑中，今天已不乏关于国家、世界、宇宙的知识，但对家乡的历史文化知之甚少，这几乎是我们知识的一个死角。如果哪一天我们没有了传统文化根基，那么我们的价值体系就会面临崩溃的危险。幸而我们是一个爱诗的国度，是一个爱诗的民族，汉字让我们本能地具备了读回民国、清、明、元、宋、唐的能力。我们的中华诗船永不碇泊，永不拒载，永远游弋在每个人的心中。

当下，浙东唐诗之路、钱塘江诗路、瓯江山水诗路和大运河诗路是浙江省重点打造的四条文化带，大运河诗路穿德清而过，就是一个很好的课题。其实，我在正式从事图书馆地方文献工作起，就想过编写一本《唐代德清诗笺注》。为此，我的大学老师谢芳还陪我一同拜访了浙江大学中文系教授胡可先先生，胡教授随赠以新著的《小李杜》供我作范例。后几年，我将书稿逐渐调整扩充为《跳上诗船到德清》。虽然搜集古籍、比较底本、查考背景资料的过程很费功夫，边读边选边注的速度就那么快，想再快也不可能。但此书绝不是一般意义上的诗的堆砌，而是通过有意识地读取诗中的地理、历史信息，加以寻检、征引，兼用实物和老照片，去丰富主题，去还原细节，去实现创造性转化。

当书稿完成后，我常置案边床头，随时展读都会有独得之乐，大的修改更不下数次。可以说，这些诗是先圣往贤骨血之所在，同时是运河诗路的动脉，令吾辈兴发感动，充满文化自信。最后录一首近作，略表心志：

访九度岭

十里长春连数驿，九图古道到余杭。
度图本是同音字，遮竹难分史志长。
采雨采风齐顾盼，岭前岭后正焜煌。
今番燕坐关碑下，祈梦青龙绣吐光。

朱　炜

2019 年 10 月 18 日

目 录

正册

副册

正册

第一章　晋乐府诗合解

前溪歌

武康县，在中华文化版图上，是文物彰著的名县。上柏金车山中曾出土七枚春秋后期青铜乐器句鑃，其中两件器身两侧有铭文，“其次择其吉金铸句鑃，以享以孝，用祈万寿，子子孙孙，永保用之”，应是吴国或越国所有。武康县前身为永安县。三国吴黄武元年（222），分乌程县、余杭县，置永安县，吴王孙权封开国将军朱然为永安侯。晋太康元年（280），永安改名永康，太康二年（281）定名武康。永嘉四年（310），周赞被封为武康县侯。此后，庾肩吾、庾信父子亦被封过武康县侯，食邑于此。梁文宣太后父石灵宝因女贵，追赠武康县侯。陈武帝弟陈休先，亦被封过武康县侯。

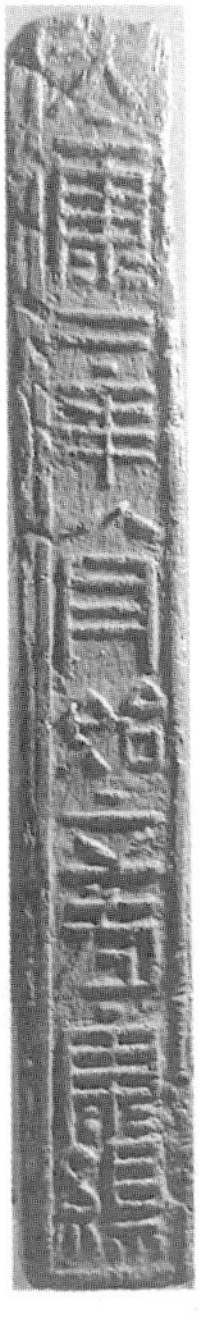

太康二年八月始立武康县砖

三国吴、东晋、南朝宋、南朝齐、南朝梁、南朝陈，建都建康（今南京），称为六朝。武康地处近畿，经济繁荣，人才辈出。可以毫不夸张地说，六朝武康的历史，就是沈氏家族的发家史。查述善侯沈戎世系，子孙见史传者一百五十八人，其中三十八人有正传、一百二十人附传。宋梁陈间皇后三人，尚主者五人。而六朝至唐，也只有沈氏长盛不衰，“或致君泽民，或立言垂范，或折冲御侮，或孝友于家庭”。晋车骑将军沈充便是佼佼者，有钱有文艺范，自铸“沈郎钱”，形状像五铢，但更小；自制《前溪歌》，家中畜有歌伎舞女，排演此歌舞。人道是“沈氏南朝盛事齐，殷勤七曲唱前溪”。但《玉台新咏》收录《前溪歌》时，并没有将之挂在沈充名下，认为《前溪歌》采自民谣，后经沈充制曲、江南声伎演绎才发展成为高级别的艺术歌舞，因而将《前溪歌》仅列在近代吴歌之中，作者佚名。《前溪歌》原有七首，此选其中两首。

前溪歌二首

［晋］沈　充

其一

忧思出门倚，逢郎前溪渡。
莫作流水心，引新都舍故。

其二

黄葛结蒙茏，生在洛溪边。
花落逐水去，何当顺流还？
还亦不复鲜。

清王尧衢的《古唐诗合解》，对这两首《前溪歌》有专门的注解。其一：“因忧思而倚门，适于前溪见郎，嘱其勿似流水一去而不返，盖心随流水，必引新而弃旧矣，亦遵大路之意。”其二：“惜芳华之既去，数岁月之如流，而言葛生蔽覆，犹有所依，若落花随水，何能复还？即使能还，而颜色已不复鲜丽矣。愚谓此章亦前章之意，前虑其恋新而忘故，此谓流水无情，如人心既变，即往而不复矣。”黄葛，在古诗中常用来比喻女子所依靠的男子。洛溪，指女子的居处。李白《黄葛篇》有“黄葛生洛溪”句。花落在世人的眼中可谓一种物哀，你也不想她刹那凋零，可她分明已经落了，于是只能发出一声叹息，心中茫茫。即便时光倒转，一切也再不是原来的样子，无论曾经多么热烈，此刻已经不复从前。

前溪舞，作为一个专有名词，与子夜歌屡屡出现在南朝诗与唐诗中。

南朝庾肩吾诗：“石城定若远，前溪应几深。”

南朝庾信诗：“促柱繁弦非子夜，歌声舞态异前溪。”

南朝刘删诗：“山边歌落日，池上舞前溪。”

唐崔颢诗：“舞爱前溪绿，歌怜子夜长。”

唐王维诗：“周郎陆弟为俦侣，对舞前溪歌白纻。”

唐李商隐诗：“气尽前溪舞，心酸子夜歌。”“前溪舞罢君回顾，并觉今朝粉态新。”

唐李群玉诗：“越艳罢前溪，吴姬停白芝。”

唐储嗣宗诗：“前溪徒自绿，子夜不闻歌。”

《大唐传载》：“湖州德清县南前溪村，则南朝习乐之处。今尚有数百家习音乐，江南声伎多自此出，所谓舞出前溪者也。”查明嘉靖《德清县志》，永和乡辖四都三区四管二十里，其中的龟回管下辖吴羌、乡亭、后溪、孔印、前溪五里。这里的前溪里就是指前溪村，清徐倬《和闻斯溪上听曲歌》“苕南山水好，最好是前溪”，下注：“前溪歌舞，疑在吾邑，故邑名临溪者，临前溪也。武康溪路浅隘，恐非歌舞之地。”

历史好比演剧，地理就是舞台，如果找不到舞台，哪里看得到戏剧。试问前溪村具体在德清县的什么地方？前溪村是一个由于特殊原因而形成的特大村，有数百家，繁华程度不逊于县城中的一个坊。疑此为沈氏家族早期的聚居地。清胡渭在《织帘先生祠》诗中云“歌舞即从流水逝”，并引注了《大唐传载》中关于前溪村的记载，认为前溪村在乾元山南——也即今乾元镇联星村、恒星村一带，这一带的沈氏至今被称为“雾露沈”，意为姓沈的人家像雾一样到处都是，靠近乾元山还有地名沈家园。

遗憾的是，前溪歌舞已经谢幕。它与中国所有的以身相传的艺术形式一样，一旦传人不继便相失不见。遥想这从六朝传至唐朝的歌舞表演起来，定是舞袖翻飞，腰肢曼妙，心思缠绵，给人以无尽的超时空联想空间。

第二章 唐人送别诗选释

送人宰德清

诗歌发展到唐代，达全盛之境，成为一种普遍的文学体裁，已经融入士人的生活之中。千年之前，无数诗人曾从长安出发，一路行吟，抵苏州、杭州、湖州，留下了许多诗篇。赠寄、酬唱、送别……诗歌几乎渗透到了社会交往的一切方面，成为唐人社交生活的一种惯用的文字表达手段。在唐代，送六品以下官员铨选后赴任的诗最多，而且也写得好。这是因为这类被送者人数多，长年奔波来往于路途中的大多是这些人。

人有德行如水之清。武康今天是德清县治所在地，历史上，武康和德清是两个县。德清建县，可追溯至唐，武源是德清的第一个名字。武则天天授二年(691)，县民戴德永奏武康东界十七乡，枕溪泽，通舟楫，饶鱼稻竹茗桑麻之利，请析置一县。武皇敕依所请，立武源县，县治在下阐山之阳。唐景云二年(711)，改武源县为临溪县。之所以改名临溪，是因为景云元年(710)敕天下州县自天授以来改为武字者并复旧名，新置者议而改焉；再加上武源县临大溪也，符合该县的自然地理特征。大溪便是馀不溪，今名东苕溪。天宝元年(742)，临溪县名与临邛郡临溪县(治所在今四川邛崃市西南)重名，吴兴郡乃改临溪县为德清县，县治随之迁徙至百凉山南，从此固定下来，未有大的变动。

宋嘉泰《吴兴志》载：“德清县，置自唐，天宝以来题名不立。见于柳文者柳察躬，见于《放生池碑》者范铭，见于诗咏者有喻凫而已。”柳察躬是柳宗元的祖父，天宝间为德清县令，因其有惠政，被称为“德清君”。大历十一年(776)，柳察躬殁，德清县民为其建柳侯祠祀之，他也是最早被载入地方志的德清县令。今柳侯像供奉于乾元镇溪东街戴公祠续享千年香火。

前史疏略，唐代德清县令的名字几乎被人遗忘。柳察躬之后，庆澄于广德二年(764)任德清县令。庆澄是为数不多的兼德清、武康两县的县令。这年，湖州刺史独孤问及遣辛敬将军刚平息了邑人朱泚、沈皓举亡命之徒发起的叛乱，庆澄以左卫兵曹参军职临危受命，于废墟中重建家园，筑城开堑，伐木通途，发文牒召逃亡者还业。唐代德清县城尚无城墙，唯于溪港间立水栅四门，以察商旅。不到半年，邑复其旧；一年后，繁庶的程度差不多恢复到天宝末的一半水平。

大历间，卫象任德清县令，参看皎然《送德清卫明府赴选》诗和《皎然年谱》而知。德宗时，范铭任德清县令，名见颜真卿撰《乞御书放生池碑》。元和间，裴杭任德清县令。开成间，崔蒙任德清县令。到了喻凫这一任，失其履任时间，幸有李频的《送德清喻明府》诗提供了一个注脚。喻凫之后，县志又失载。所以，我们已无从知道杜荀鹤《送人宰德清》诗中，是送谁来德清任县令的。

县令乃“亲民要职”，具有“百姓衣食父母”之称。有关于唐代县令的职掌，文献中有如下记载：“京畿及天下诸县令之职，皆掌导扬风化，抚字黎氓，敦四人之业，崇五土之利，养鳏寡、恤孤穷，审查冤屈，躬亲狱讼，务知百姓之疾苦。”(《全唐文·汉源县令厅壁记》)

“县令掌导风化，查冤滞，听狱讼。凡民田收授，县令给之。每岁季冬，行乡饮酒礼。籍账、传驿、仓库、盗贼、堤道，虽有专官，皆通知。”（《旧唐书·职官志·州县官员》）

这就是唐代对县令执掌的规定，县令作为亲民之官，处于特殊的地位，所以其职掌具有广泛性和繁杂性。

唐人县令别称为明府，称县尉为少府，后世相沿不改。喻明府，即喻凫。综合《新唐书·艺文志》《唐才子传》《唐诗纪事》，喻凫的名片信息如下：喻凫，晚唐诗人，字坦之，号均羽，江苏镇江人；开成五年（840）进士，曾任长兴、德清、乌程三县令，卒于任；其与姚合、贾岛、方干、李频、李商隐、杜荀鹤等交往唱和，诗学姚、贾，与贾岛并称贾喻，后来才子皆称喻先辈。

李频《送德清喻明府》，应为喻凫长兴县令秩满之后，转任德清县令送别之作。诗中“但如诗思苦”，与喻凫为诗苦吟，“才吟五字句，又白几茎髭”的形象是对得起来的。“为政即超群”，言外之意，你喻凫为官能如你作诗那样用心就可以了。

送德清喻明府

［唐］李　频

棹返霅溪①云，仍参旧使君②。
州传③多古迹，县记是新文。
水栅④横舟闭，湖田立木分。
但如诗思苦，为政即超群。

李频，姚合之婿，字德新，浙江建德人，唐大中八年（854）进士，官建州刺史。工于诗，尤长五律，有《梨岳集》，曾自称“只将五字句，用破一生心”。

[注释]

①霅溪,又名霅川、霅水。湖州城内有两溪横贯,一曰霅溪,一曰苕溪。苕溪者,出天目山之南者为东苕溪,出天目山之北者为西苕溪,合流注入太湖,因夹岸多苕,秋后花飘水上如飞雪,故名。霅溪者,与苕溪源出一脉,溪水湍急,霅然有声,故名。

②使君,对州县长官的尊称。

③州传,指府志。县记,指县志。

④水栅,设于水中,以阻止船舶通行的栅栏。

"安史之乱"时期,"兵荒经邑里",戴叔伦的《送谢夷甫宰余姚县》诗:"君去方为宰……邑中残老小……到时应变俗,新政满余姚。"颇提振人心,勉励谢县令到任后安民修废,变俗兴农,方能赢得全县百姓的称颂。

作为晚唐杰出的现实主义诗人,杜荀鹤的很多诗都深刻地揭示了当时社会的主要矛盾和各种复杂的阶级关系。战乱地荒,赋税繁重,百姓流离失所,无疑给新上任的县令增加了肩上的担子。常言道,为官一任,造福一方。多施德政,宽赋敛,改善民生,使百姓安居乐业总是善的。一首四十字的诗,引出一块双关意义的碑,送别诗以此种为高格。

送人宰[①]德清

[唐]杜荀鹤

乱世人多事,耕桑或失时[②]。
不闻宽赋敛[③],因此转流离[④]。
天意未如是,君心无自欺。
能依四十字[⑤],可立德清碑[⑥]。

杜荀鹤，字彦之，号九华山人，安徽石台人，唐大顺二年(891)进士，但未授官，后任后梁翰林学士知制诰，自编诗集《唐风》。

［注释］

①宰，主宰，任主官。

②耕桑，农桑，种地养蚕。失时，违误农时。《荀子·王制》："春耕、夏耘、秋收、冬藏，四者不失时，故五谷不绝，而百姓有馀食也。"

③赋敛，田赋，税收。

④流离，流离失所。

⑤四十字，指五言八句诗。

⑥德清碑，与县名双关。旧时官吏离任时，地方士绅颂扬其德政，著文勒碑，名"德政碑"，一名"遗爱碑"或"去思碑"。立德清碑，是对离任的德清县令的最高褒奖。

送人尉德清

古代交通不便，山高路远，对于没有到过德清的唐人来说，是很难了解这边的风土人情的，何况这还是一个新设立的县。盛唐诗人群体中有不少诗人都担任过县尉一职，掌地方治安防范、缉捕盗贼之事，类似于今公安局局长。这种共同的生活经历对他们的心态与诗歌创作颇具影响，东南之地县尉诗人的山水诗成就尤为突出，曾任江苏盱眙县尉的常建便是其中的代表。送者多是过来人，或是同路人，在送别诗中自觉或不自觉地把自己以前或现在的情意感慨融入作品。

一对好友即将分别，彼此都感到凄楚。这时，作者弹琴，友人唱歌，用琴声、歌声抒发别情。唐人习惯用排行相称，这种排行是按照同曾祖兄弟的长幼次序来排定的。李十一，姓李排行十一，名不详。

送李十一尉[①]临溪

[唐]常　建

泠泠[②]花下琴，君唱渡江吟[③]。
天际一帆影，预悬离别心[④]。
以言神仙尉[⑤]，因致瑶华[⑥]音。
回轸抚商调[⑦]，越溪澄碧林。

常建，字号不详，唐开元十五年(727)进士，曾任盱眙县尉，诗家多称之为“常尉”。唐人殷璠编选《河岳英灵集》，首列常建。

［注释］

①尉，任县尉。

②泠泠，形容声音清越。陆机《文赋》："音泠泠而盈耳。"

③君唱渡江吟，后为清王士禛在《送陆辛斋归海宁》诗中化用作"花前君唱渡江吟"。

④天际一帆影，预悬离别心，以李十一乘坐的船上白帆高挂，比喻作者因担忧而悬起的一颗心。

⑤神仙尉，亦名仙尉，用汉南昌县尉梅福典。

⑥瑶华音，对琴音或诗文的美称。

⑦轸，琴轸，调音用的，相当于小提琴的弦轴。商调，古乐曲七调之一，居宫之次，其音凄怆哀婉。

送人尉武康

量地制邑，度地居民，关系到劝课农桑和征收赋税。唐代，江南地区得到进一步开发。武则天称帝后，为提高治理效果，在全国范围内破旧立新，从武康县东分出一部分设德清县的方案很快得到朝廷批准。武康、德清分置，仍分别处于全国县域等级中的上等，实力之强可见一斑。

县尉虽然品阶不高，又比县令低一级，但举足轻重，《唐六典·三府都护州县官吏》明确其职责："亲理庶务，分判众曹、割断追催、收率课调。"具体负责全县庶务，是县衙里的实权派。《登科记考》："唐代进士高第仅授尉簿，迁转县令又需时日。"因此，县尉为很多人仕途的起点，铜印黄绶，虽位轻，而青云器重。著名边塞诗人岑参《送李郎尉武康》诗中的李郎，即天宝间武康县尉李金。岑参在长安为他饯行，李金一定是个美男子，否则岑参如何会以低就高，比之于晋河阳县令潘安，人帅，衣新，花艳。岑参以大哥的口吻嘱咐他，既出道，不要嫌邑小、家贫，公干之余别忘侍奉高堂。

送李郎尉武康[①]

［唐］岑　参

潘郎腰绶[②]新，雪上县花[③]春。
山色低官舍，湖光映吏人[④]。
不须嫌邑[⑤]小，莫即耻家贫。
更作《东征赋》[⑥]，知君有老亲[⑦]。

岑参，原籍河南南阳，徙居湖北江陵，唐天宝三年(744)进士，曾两次赴西北边塞任幕僚，安史之乱后回长安，官至嘉州(今四川乐山)刺史，世称“岑嘉州”。以边塞诗闻名，与高适并称“高岑”。

［注释］

①诗题一作《饯李郎尉武康》。

②潘郎，晋潘岳美姿仪，有掷果盈车故事，曾为河阳县令，树桃李花，人号曰：“河阳一县花”。腰绶，腰带。李贺《染丝上春机》诗：“为君挑鸾作腰绶。”

③霅上，霅溪之上。县花，泛指桃花。

④吏人，泛指做官的人。

⑤邑，县。

⑥《东征赋》，东汉班昭作，借指父母随儿子去任职之地。此指李郎亦奉母之官。

⑦老亲，这里指年迈的父母。岑参《送张子尉南海》诗：“高堂有老亲。”

皎然赠武康令、德清令

唐大历间涌现出了一批诗僧，他们居于佛门，却与士大夫酬唱交往。皎然就是其中的翘楚。时谚曰："霅之昼，能清秀。"皎然，俗家姓谢，名昼，字清昼，是谢安的十二世孙；但他更重视谢灵运（谢灵运是谢安的侄孙）的影响，自称是谢灵运的十世孙；曾为湖州杼山妙喜寺住持，在苕溪建有草堂；系湖州诗人团体的领袖，撰有《诗式》，协助颜真卿编纂音韵类书《韵海镜源》，于大历、贞元间声名卓著。诗中见禅从王维开始，到皎然成熟。

皎然交友广泛，在湖州，谁人不识君，历任湖州刺史如颜真卿、于頔等都对他极其礼重，地方名士陆羽、张志和、顾况（湖州丘司仪的女婿）、孟郊等都曾是他诗会活动的座上宾。如孟郊在《送陆畅归湖州因凭题故人皎然塔陆羽坟》诗中云："昔游诗会满，今游诗会空。"当他重遇当年与会者郑方回后，又作《逢江南故昼上人会中郑方回》诗。可以想象当年在皎然组织的诗会上所学得的诗歌理论和经验，对孟郊后来的诗歌创作产生很大的影响。具体到德清县和武康县，皎然与武康县令韩章、颜士骋，德清县令卫象等关系亦厚。

兹举皎然与武康县令颜士骋的酬唱为例，皎然诗赞颜士骋"颜生炯介士，有志不可越"。接替颜士聘为武康县令的独孤及《送武康颜明府之鄂州序》云："颜子独曳儒服，非其知己之命不苟合，非稽古力所致不妄动。"

再说韩章，约在唐大历五年（770）至大历七年（772）间，以试大理寺评事兼任武康县令。皎然对韩章很够朋友，不仅招他上湖州，而且自己频往武康，在县衙后亭与之联句，陪他泛舟阮公溪，陪他送沈秀才回长兴石门山读书。当韩章三年任期满辞归时，皎然又在霅溪馆为他送行。在一个陌生的地方，有朋友如此，夫复何求！

皎然，身为山僧，不能饮酒，却借酒为题，直引到陶渊明的《饮酒》诗，觉得人生不妨如此。饮酒的人看不饮酒的人，一点不可爱，俗士看我们这样附庸风雅，情形也是差不多的。可是人文实一，是最自然的表达，如果不是这个人，我们还能坐在这里吗？

赠韩武康章[①]

［唐］皎　然

山僧虽不饮[②]，酤酒引陶潜[③]。

此意无人别，多为俗士嫌。

［注释］

①诗题一作《招韩武康章》。

②“山僧虽不饮”，僧人不得饮酒是一条根本戒律，饮一滴酒甚或手拿酒器都是犯戒。

③“酤酒引陶潜”，陶渊明有《饮酒》诗二十首，这组诗并不是酒后遣兴之作，而是借酒为题。酤酒，沽酒，买酒。

同明府章送沈秀才还石门山[①]读书

[唐]皎　然

身为郢令[②]客，心许楚山云。
文墨应经世[③]，林泉[④]漫诱君。
欲随樵子[⑤]去，惜与道流分。
肯谢申公辈[⑥]，治诗事汉文。

[注释]

①秀才，唐初科举考试科目繁多，秀才只是其中一科，不久即废。与此同时，秀才也习惯性成为读书人的通称。石门山，又名官山，在长兴县顾渚之侧，下有石门可往来。

②郢令，楚令。郢，楚之国都。

③经世，经世致用。

④林泉，林木泉石。

⑤樵子，樵夫。道流，道士之辈。

⑥申公辈，申培之辈。《史记·儒林列传》谓："言《诗》于鲁则申培公，于齐则辕固生，于燕则韩太傅。"这里以申公辈为喻，劝沈秀才学会文墨经世之才。

皎然的《送德清卫明府》诗题下自注："时柳黜陟有荐状。"柳黜陟，即浙江东西黜陟使柳浑，以清白闻，后拜为宰相，谥贞，为柳宗元高伯祖。至于诗题中的卫明府，疑为卫象，唐建中末至贞元初任荆州长林令，仕履正相当。唐建中元年(780)，皎然送卫象入长安赴选。所谓赴选，即在外地职满官员到长安候调。

送德清卫明府赴选(时柳黜陟有荐状)

[唐]皎　然

八使[①]慎求能,东人[②]独荐君。

身犹千里限,名已九霄[③]闻。

远路翻喜别,离言暂惜分。

凤门[④]多士会,拥佩入卿云。

[注释]

①八使,汉顺帝曾派八名重要使臣巡行州郡,后用作称美使臣的典故。刘长卿《送薛据宰涉县》诗:“荐贤逢八使。”

②东人,东家,主人。

③九霄,天极高处。

④凤门,称人才荟萃的地方。

刘长卿苕溪酬唱

刘长卿，字文房，洛阳人，是唐玄宗天宝间进士，工五律，自称“五言长城”，官至随州刺史，故世称“刘随州”。他仕途的第一站是任苏州长洲县尉，怎奈遭人诬陷入狱，遇肃宗收复二京大赦天下乃获释。按唐代贬官制度，刘长卿被贬谪边境任潘州南巴（今广东电白）尉，此去凶险，可能是一趟无归之旅，即便归来也已白首。在离开苏州，过湖州，前往江西洪州的途中，刘长卿邂逅了流放夜郎遇赦而返的李白。继续南行，他得到了一个从长安传来的好消息，朝堂上有人为他辩解，他的案子将重新处理，使牒已经到苏州。刘长卿路过武康县，在县驿前溪馆宿了一夜。他或读了前人李嘉佑的前溪馆题诗：“两年谪官在江西，举目云山要自迷。今日始知风土异，浔阳南去鹧鸪啼。”颇感同身受，不知再去苏州，等待自己的又会是怎样的际遇，会不会真就否极泰来了。这时候，当然不能无诗，记录心绪。身陷非罪，愁疲不堪，一朝恩敕重推，且喜还没有真到末路，想到去南蛮的天涯路上还能生还，总是幸事。这首《恩敕重推使牒追赴苏州次前溪馆作》诗一波三折，摄人心目。

恩敕重推使牒追赴苏州次[1]前溪馆作

［唐］刘长卿

渐入云峰里，愁看驿路[2]闲。
乱鸦投落日，疲马向空山。
且喜怜非罪，何心恋末班[3]。
天南一万里，谁料得生还。

[注释]

①恩敕重推使牒，戴叔伦有《岁除日，奉推事使牒追赴抚州……》诗。重推，重新审理。次，居止。行次，途经。

②次，居止。

③驿路，驿道。

④末班，犹下位，卑微的官职。

安史之乱腰斩了唐代的繁华，江南刚经历了刘展之乱，苏州满目萧条。这一次，刘长卿被推为转运使判官，知淮西、鄂岳转运留后，得罪了郭子仪的女婿吴仲孺，又走背字，被判罚去做睦州（今杭州淳安）司马。宦途漂泊，深怀“逐臣之悲”，这次打击对刘长卿的影响非常大。在秦征君、徐少府所邀苕溪雅集上，他依江南所传曲调，作了一首六言唱和诗，其实可以称作词了，既为答谢秦、徐之筵，又为复梁耿的回信。“白云千里万里”，怅君门之远隔；“人随流水东西”，感谪宦之无依。这首六言诗，在当时被之管弦。不想，千年之后，长沙窑出土的唐代青釉诗词盘上还刻有陶工所书“鸟飞平无近远，人随流水东西。白云千里万里，明月前溪后溪”，可见此诗流布之广。如此也不枉刘长卿半世漂泊之辛苦了。

唐代长沙窑青釉诗词盘

答秦征君、徐少府春日见集苕溪，酬梁耿别后见寄六言[①]

［唐］刘长卿

清川永路[②]何极，落日孤舟解携[③]。
鸟向平芜[④]远近，人随流水东西。
白云千里万里，明月前溪后溪。
惆怅长沙谪[⑤]去，江潭芳草萋萋[⑥]。

［注释］

①秦征君，秦系，字公绪，自号东海钓客，绍兴人，曾官校书郎，以五言著称。征君，是对因学行超群被诏书之士的尊称。梁耿，唐玄宗时人，工书，行、篆甚善，真、草相敌，有《宓子贱碑》传世。

②永路，远路，长途。

③解携，分手，离别。

④平芜，杂草丛生的原野。高适《四家春望》诗："春色满平芜"。

⑤惆怅，悲愁、失意。陶渊明《归去来辞》："既自以心为形役，奚惆怅而独悲?"长沙，贾长沙，用汉贾谊被谪为长沙王太傅典。谪，降职并外放。

⑥萋萋，草茂盛的样子。崔颢《黄鹤楼》诗："春草萋萋鹦鹉洲"。

送人及第后东归

在唐人看来，一旦进士及第，便是“白衣公卿”“一品白衫”，自此就可青云直上，前途无量。所以，进士登科时人誉之为“登龙门”，美之为“蟾宫折桂”。孟郊登科后作诗：“春风得意马蹄疾，一日看尽长安花。”进士及第，是读书人一生中最风光的时刻。当时的书肆争相抢时间刊印《登科记》《讳行录》《文场盛事》等书，刊登及第进士的姓名、籍贯、行第，父祖的官秩、名讳，主司的姓氏以及进士所试的诗赋文章，有关新科资料一应俱全。故进士及第，不数十日即闻名天下。

德清、武康两地的沈氏在唐代出了不少进士。沈既济支是其中最为成功的一支，四世七进士，科举成绩十分骄人。沈既济仕至礼部员外郎，撰有传奇《枕中记》等。长子沈传师，贞元二十一年(805)进士，次年复举制科，官至吏部侍郎，系书法大家；次子沈弘师也是进士。沈传师的两个儿子是沈枢、沈询。沈枢是开成五年(840)进士，官谏议大夫，商州防御史。沈询是会昌元年(841)进士，历任礼部侍郎、检校户部尚书、昭义节度使。《北梦琐言》：“沈询侍郎清粹端美，神仙中人也。制除山北节旄，京城诵曹唐《游仙诗》，‘玉诏新除沈侍郎……’”沈询的次子沈仁伟还是进士，长得酷似先德，世济其美，号“玉笋班”(唐人赞美朝官中的风神秀朗之士为玉笋，他们的群体称为玉笋班)。沈传师另一个孙子沈颜，字可铸，天复(901—904)初举进士第，文思敏捷，人称“下水船”。

沈光，湖州人，祖籍德清，唐咸通七年(866)进士，工诗文，标致翘楚，大得美称，有文集《云梦子》，《前溪备志》载时人号为“玉飞仙”。

送沈光及第后东归兼赴嘉礼[①]

［唐］罗　隐

青青月桂触人香，白苎衫轻称沈郎。
好继马卿[②]归故里，况闻山简[③]在襄阳。
杯倾别岸应须醉，花傍征车[④]渐欲芳。
拟把金钱赠嘉礼，不堪栖屑[⑤]困名场[⑥]。

罗隐，本名横，字昭谏，浙江富阳人，十考进士不中，遂改名为隐，后在吴越国王钱镠治下做过钱塘令、节度判官、著作佐郎等职。

［注释］

①嘉礼，饮食、婚冠、宾射、飨燕、贺庆等礼节。

②马卿，汉辞赋家司马相如，字长卿。“马卿归故里”，司马相如归蜀，借指沈光从长安东归故里湖州。

③山简，晋“竹林七贤”之一山涛第五子，曾镇襄阳，暗示沈光辟入襄阳幕。

④征车，远行人乘的车。征人，远行的人。

⑤栖屑，奔忙不安。

⑥名场，争名夺利之场。

孟郊送弟之江南

孟郊，字东野，父亲孟庭玢能诗，因母亲裴氏是河东望族而被保举江苏昆山县尉。唐天宝十年(751)，孟郊出生于昆山吏舍。后来孟庭玢的次子孟酆、三子孟郢也都出生在这里。可惜天不假年，年轻能干的孟县尉染疾卒于任上，留下遗孀裴氏与孟郊三兄弟相依为命。后来，裴氏携孟郊三兄弟到武康县，居城西清河桥孟堡里宅。贞元十二年(796)，孟郊第三次赴长安参加科举，终于考中进士，但登第并没有立即改变他的生活困境，过了四年他才被选任江苏溧阳尉。这一年，孟郊五十岁，迎母溧上，写下了流传千古的《游子吟》："慈母手中线，游子身上衣。临行密密缝，意恐迟迟归 。谁言寸草心，报得三春晖。"贞元二十年(804)，孟郊辞溧阳尉，孟郊的从叔孟简作有《送东野奉母归里序》，"东野学道守素，既以母命而尉，宜以母命而归，应不效夫哭穷途歌式微者矣"。元和初年，河南尹郑余庆奏孟郊为河南水陆转运从事，试协律郎，定居洛阳。元和九年(814)，郑余庆再度聘他任兴元军参谋、试大理评事，携家眷前往，病死在赴任途中。

孟郊家族孤寒，无人党援。孟郊同其弟之间似有嫌隙，以致不能共处。孟郊有《留弟郢不得送之江南》《送弟郢东归》诗，简直是一字一泪，令人不忍卒读。孟郊同其弟之间似有嫌隙，以致不能共处。他为此深感羞惭，老而弥甚，苦苦要求其弟北上同住洛阳，以尽孝友之道。

留弟郢不得送之[1]江南

［唐］孟　郊

刚有下水船[2]，白日留不得。
老人[3]独自归，苦泪[4]满眼黑。

［注释］

①之，往，到。

②下水船，顺水下行的船。

③老人，孟郊自谓。

④苦泪，别离之泪。苏轼后在《晓至巴河口迎子由》诗中用“苦泪”造句，“苦泪渍纸笔”。

送弟郢东归

［唐］孟　郊

尔[1]去东南夜，我无西北梦。
谁言贫别易，贫别愁更重。
晓色夺[2]明月，征人逐群动[3]。
春风楚涛[4]高，旅榜将谁共[5]？

［注释］

①尔，你。孟郊《望江南弟》诗：“望尔唯梦中。”

②晓色，拂晓时的天色。夺，侵。

③逐群动，追随着人流而行。黄庭坚《晓放汴舟》诗“身亦逐群动”即化用此句。

④楚涛，泛指南方江河波涛。

⑤旅榜，客船。将谁共，和谁在一起。

虽然世人认为,贫者的离别是容易的,但在孟郊看来,贫者的离别之愁更重,既有分别的痛苦,更有分别之后的生计问题。在东方欲晓、行人即将登程之际,诗人考虑的是在秋风萧瑟、风急浪高的旅程中,何人会与弟弟同行呢!诗中"梦""共",去声一送;"重""动",上声一董。上声、去声异部通押。清岳端《寒瘦集》评价此诗:"起得超忽,五六古秀。"

今日德清,一直高举"孟郊故里"的文化牌,但对于孟郊的理解似乎还不够到位。当下说孟郊的诗,不如说他的心灵。孟郊一生都在远游,经历各种困境,虽然蚌病成珠,但庶几都以失败告终。他的仕途是这样,他的家庭是这样。那么,他为什么还不回家?盖因他对抗这一切的武器只有诗歌,成为名诗人、留名青史是他一生的追求。作为中唐韩孟诗派的奠基者,他影响了中晚唐的诗坛,是有开宗立派之功的。要看到,孟郊是一个一流的诗人,他在中国文学史上的地位还应该更高一点。

韩愈、贾岛哭孟郊

在唐代有一种友谊，叫韩愈与孟郊。韩愈在《醉留东野》诗中流露出“昔年因读李白杜甫诗，长恨二人不相从。吾与东野生并世，如何复蹑二子踪”，强烈表达自己与孟郊的友谊如李白、杜甫的友谊。韩愈作为当时的文坛领袖，周围聚集了包括孟郊、贾岛、李贺、卢仝、刘叉等一批诗人，形成了一个文学集团，他们同气相求同声相应，掀起了一股很有影响的新诗潮，史称“韩孟诗派”。韩愈追求奇崛险怪，孟郊古拙，贾岛深警，李贺喜欢以奇异意象入诗，卢仝用散文句法入诗，而刘叉站在他们中间却是一个异类，他的诗有盛唐的寒光。朋友中，只有言古犹今的孟郊欣赏刘叉的诗，“生涩有百篇，谓是琼瑶辞”。白居易也很关注孟郊，在《与元九书》中有“近日孟郊六十，终试协律”的消息。

孟郊像

可以说，韩愈是孟郊最大的拥趸。孟郊在中晚唐的诗名甚高，与韩愈等人的推扬有直接关系。

唐宪宗元和九年(814)八月，孟郊以暴疾卒于阌乡县(今河南省灵宝市)。噩耗传来，门人张籍为之私谥贞曜。十月，韩愈、张籍、郑余庆等几位好友联合出资归葬孟郊于洛阳北邙山先人墓旁，韩愈作墓志铭。

贾岛，你听到了吗？都说“郊寒岛瘦”，郊之不存，岛将焉附？贾岛的《哭孟郊》诗，物伤其类，沉痛凄绝。唯一聊以告慰亡灵的是，兄弟的诗篇已不胫而走，广为流传。

赠贾岛

［唐］韩　愈

孟郊死葬北邙山①，日月星辰顿觉②闲。
天恐文章中断绝，故生贾岛在人间。

［注释］

①北邙山，在洛阳市东北。汉魏晋以来，许多名人、贵族死后葬身于此。唐沈佺期《北邙山》诗：“北邙山上列坟茔，万古千秋对洛城。”

②顿觉，佛教语，犹顿悟。

哭孟郊

［唐］贾　岛

身死声名在，多应万古①传。
寡妻无子息②，破宅带③林泉。
冢④近登山道，诗随过海船。
故人相吊⑤后，斜日下寒天。

［注释］

①万古，犹万代，万世。杜甫《戏为六绝句》之二：“尔曹身与名俱灭，不废江河万古流。”

②寡妻，指亡夫之妇。子息，儿子。韩愈《孟东野失子》诗序：“东野连产三子，不数日辄失之。”

③带，映带。

④冢,坟墓。

⑤故人,旧交,老朋友。相吊,相互慰问。吊,吊唁。

贾岛另有一首《吊孟协律》:“才行古人齐,生前品位低。葬时贫卖马,远日哭惟妻。孤冢北邙外,空斋中岳西。集诗应万首,物象遍曾题。”诗中的品位,指的是官品地位。内容相仿,但不及这首《哭孟郊》意味悠远。

曾从韩愈学古文,推进古文运动的李翱云:“郊诗高处在古无上,平处犹下顾沈谢。”晚唐诗人邵谒览《孟东野集》,以“哲人归大夜”评孟郊其人,以“千古传硅璋”喻孟郊其诗,凸显孟诗的思想性。贯休《读孟郊集》:“东野子何之,诗人始见诗。清刳霜雪髓,吟动鬼神司……”言孟郊的诗感人至深,鬼神为之感动。和韩愈相反,苏轼极不喜孟郊,但同样认为孟郊“诗从肺腑出,出辄愁肺腑”。即便孟郊的大多数诗作让人读起来很难酣畅淋漓或赏心悦目,但他的确做到了诗自肺腑出。值得注意的是,孟郊的诗歌里出了很多成语,如春风得意、走马观花、再接再厉、锋芒毕露、藕断丝连等。

不朽的诗人,永远不会缺少读者。宋景定间武康知县国材称赞孟郊“一寒到死,不随逐酒庐饼肆间媚匪人”,有经典品格。明末凌濛初“偶获一宋雕本于武康故家,上有评点”“及阅其序,则宋景定时天台国材成德以宰武康为梓行其集而评之者”,遂以国材本为底本用朱墨套印《孟东野诗集》。无独有偶,武康流传的《孟东野集》因年久诗篇多有亡佚,这令明嘉靖三十四年(1555)武康知县秦禾备感惋惜,在寻得宋本《东野集》后,亲自主持刊刻了《东野集》。崇祯四年(1631)武康知县贺鼎《读孟东野集》诗:“寒香嚼弥出,标格何清孤?冰雪空山里,吟魂或可呼。”

清康熙十九年(1680),知县韩逢庥复刊《孟东野集》,附毛先舒《题孟东野集》,“偶友人饷以全集读之,则生涩仄僻,其用笔步步不欲从平坦处,中有隽语,足以惊神”。清名士淮安鲍桂生《读孟东野集》:“我为定诗品,五子压四唐:杜李孟韩白,泰华恒嵩衡。”鲍桂生尊孟郊于杜甫、李白、韩愈、白居易之间,比五公于五岳,可见自辟町畦,后世必有欣赏者。清金兆蕃《读孟东野诗》:“冰霜与刀剑,劳苦忧伤悲。去此数十字,乃可读孟诗。湛湛古井水,薄薄游子衣。语真不在多,直入人心脾。”

第三章　宋诗串讲

苏轼游半月泉

宋德清知县章鉴《馀不志序》云："馀不为邑，去天尺五，簪绅宦游，慕其山水之秀而居之者，比他邑最盛。意其习俗熏染，典制彬蔚，必有可观。"读宋人诗文，有一种灿然照耀，此亦一邑之光，其价值和影响却不限于一时一地，能让我们亲近一种文人风骨，重新定义被低估许久的文化刻度。

老德清县城北郊，经十八步路，至石壁山下，有慈相寺遗址。当年自县城北门礼辰门至寺，石道三里许，广阔坦纡，四望皆平冈低岫，远近纷错，诚邑中之胜地。寺三面环山，东南对馀不溪，穿过寺前梅林，走过野桥，在戴湾坐小舟往来溪上。慈相寺因泉而名。晋咸和间，有梵僧路过这里，预言地下有泉，一个叫昙的本土僧人便凿开石罅，果然泉水涌出，味迥异，清凉甘美，于是取名"灵泉"。遂卓锡于此，建起了石壁庵。唐改石壁院，宋改慈相寺。泉在岩石下，造访者发现月满之时，岩石隔阂，月影落泉者半，故名半月泉。半月泉的名声就这么传开了。

半月泉所在的这个山坳确实风光不错，"清溪八景"中有三景——"月泉桂影""石壁归樵""野桥梅雪"就集中在这一带。

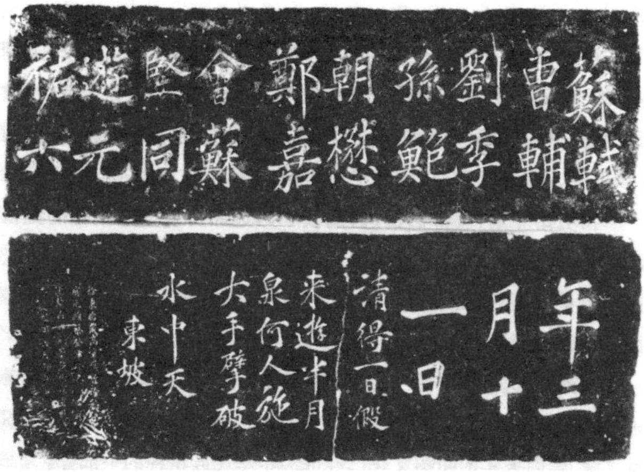

苏轼半月泉诗碑拓片

宋元祐六年(1091)三月十一日,苏轼来德清,也去了半月泉游玩,后题诗一首。按《东坡先生年谱》,是年三月寒食,也即三月九日,苏轼离开杭州赴汴京(今开封),三日后游半月泉,时间上倒是没有问题。

半月泉

请得一日假,来游半月泉。
何人施大手?擘破水中天。

同行者有曹辅、刘季孙、郑嘉会、苏坚、鲍朝懋。曹辅与苏轼多有诗文唱和,当时未出仕;刘季孙,苏轼称其“慷慨奇士”,时任两浙兵马都监;郑嘉会,后在雷州任职,苏轼谪居海南时,用海船馈赠酒米药物,传递家信,帮助其子苏迈安顿留在惠州的家室,又常帮助苏轼借阅书籍;苏坚,字伯固,时以临濮(今河南濮阳)

主簿监杭州商税，后迁钱塘县丞，督导过开浚西湖的工程；鲍朝懋，德清知县，是东道主。据明王直《慈相寺记》，苏轼在做湖州知州时，也即宋元丰二年(1079)，就已来过慈相寺，同游者有秦观、陈师锡、焦千之等。如此说来，苏轼的元祐六年之游便是第二次了，只是第一次没有留诗。

地以人传，半月泉虽小，但苏轼曾游过，遂令慈相寺名声大噪，成为德清县第一大寺。仅宋代，就有宋高宗、沈与求、韩元吉、刘一止、王洋、高斯得、吕东莱、赵蕃等相继来游，甚至寓居于此，文风日盛，后建起东莱书院。而始作俑者，实是苏轼，怎么可以没有碑记录这一件事呢。清嘉庆九年(1804)六月十日，徐秉源等人据苏轼手迹刻碑，楷书"苏轼、曹辅、刘季孙、鲍朝懋、郑嘉会、苏坚同游，元祐六年三月十一日"，行书半月泉诗，款署"东坡"。到了清中期，有人质疑苏轼半月泉诗碑为后人因题名而赝作此诗，是假托苏轼之名的。徐倬之孙、徐元正子徐志莘坚信这是苏轼真迹，跋云:"泉在德清北郭外，笔势及诗句，非他人所能仿，一日假者，乃邮程之假也。碑石虽重刻，而笔势不失。"

在慈相寺遗址，我们只能徒叹半月泉被时间的洪流吞没、污浊，难以再现泉水粼粼、树影婆娑之象。风雅了千年的半月泉，正渐渐归附大地，但每每想到苏轼曾游，心中便得一种妙响逸韵。

苏轼、毛滂与维琳的忘形之交

维琳禅师，俗姓沈，是一代词宗沈约之后，行峻而通，文丽而清。苏轼在杭州任通判时，就与之结为方外之交，并招他至径山寺为住持。业林蔚然，众心归附，久之厌烦，退静于武康，先后居禅静寺、静林寺、铜山寺。

毛滂当时已是名满朝野的诗人了，与苏轼搭过档，宋元符元年(1098)以资为武康县令。在武康的三年，政平讼简，暇则宴饮东堂，吟游山水，穷幽探绝，多有诗词篇章，与当地文人释维琳、贾耘老、蔡成允等往来甚熟。

维琳在铜官山顶建无畏庵，庵后有无畏窟，自号无畏大士。还为毛滂建了毛公堂，作为毛滂栖居之所，毛滂也就客随主便。铜官山有八景，无畏庵、毛公堂占其二，其余六景为内院桥、古月泉、擎天松、清奏亭、牛头峰、缓步堤。这些地方都留有毛滂与维琳的唱和诗词。

访无畏庵维琳和尚

踏遍武康境，铜山分外幽。
师今提奥旨，谁不仰风流。
松老巢玄鹤，车闲卧白牛。
一时冠盖拥，欲去更迟留。

毛滂在武康“山水窟里为俗吏”，时有人生不遇之感，维琳就成了他内心倾诉的对象。毛滂在病中，维琳也来看他，虽无什么东西馈赠，只带来了一些麦麸，但毛滂也是非常感激，“谁见东堂病居士，山僧乞食亦分余”。维琳得到苏轼的两幅墨宝，也拿来和毛滂一起欣赏，引得毛滂连连赞叹：“霁月光风开玉轴，千年仿佛见斯人。”

毛滂后调离武康，在一个中秋之夜，想念苏轼以及两人共同的好友维琳，于是写了《湖州铜山无畏庵记》：“铜山古寺，林麓苍秀。旦暮之态，风月借助；阴晴之容，云烟润色；不接人境，自立标胜。”并盛赞维琳“喜作诗，甚自力，日夜哦其间，痛自雕琢肝脾，欲以气盖古作者”。按毛滂之评，维琳在两宋诗坛上是有一席之地的。可惜维琳的《无畏大士集》早佚，流传最广的是一首《题松》诗：“大夫去作栋梁材，无复清阴护绿苔。只恐夜深明月下，误他千里鹤飞来。”

维琳一生追慕苏轼，无论苏轼在黄州、惠州、儋州，尺素频寄，不负相知。铜山寺不远有一座白云庵，系维琳所建，还是苏轼题额。苏轼晚年正因有维琳这样的忘形之交，精神生活非常充实。宋建中靖国初，终于等来了好消息，苏轼遇赦北返，至常州，以疾告老。维琳扁舟千里问疾，令苏轼喜出望外，作诗以答：“与君皆丙子，各已三万日。一日一千偈，电往那容诘。大患缘有身，无身则无疾。平生笑罗什，神咒真浪出。”这是苏轼的“绝笔”。

苏轼清楚地记得维琳与自己同年，都出生于宋景祐三年(1036)丙子，所以粗略地计算了下生命的长度，各已生活两万三千多日，举成数为三万，不为不多。但此时回顾，日诵千偈，则如闪电一般迅疾而去了，哪里容问？对此无奈之事，苏轼表现得甚为平静。结尾“平生笑罗什”两句，维琳看后觉得难以理解，苏轼索笔一挥而就：“昔鸠摩罗什病亟，出两域神咒，三番令弟子诵以免难，不及事而终。”鸠摩罗什想用神咒来延续生命，没有成功。苏轼坚信用不自然的方法勉强延续生命是无益的。

苏轼在弥留之际，维琳俯在他耳边高喊：“端明宜勿忘西方。”苏轼曾任端明侍讲学士，翻译成白话，即你现在要想来生。不过，苏轼很达观，临终仍抱定西天极乐也许有，轻语四字“着力即差”。言外之意，如果勉强用力就错了，让维琳顿悟，解脱之道在自然，在不知善而善。

宋政和七年（1117），维琳既老，朝廷崇尚道教，诏僧为德士，皆顶冠，维琳独不受命。县尉使谕之，维琳集其徒说偈，趺坐而逝，遗言以二缶覆其躯瘗山。

沈与求:我家洄潭上,卜邻左顾龟

《沈忠敏公龟溪集》书影

"我家洄潭上,卜邻左顾龟","放龟池上也斋居",这是沈与求的诗文合集《龟溪集》中的句子。沈与求,字必先,号龟溪,宋政和五年(1115)进士,官至知枢密院事,位居宰执。两宋吴兴沈氏中,以德清沈与求支最盛,至少出了七个进士,沈与求从祖沈严是宋德清县境内首个进士,且中礼部省试第四人,范仲淹写的墓碑。到北宋末年家族中为官者多达十五人,其中,沈琯以知兵名世,有"英雄人"之美誉。再往下,沈与求、沈复、沈介列"中兴以来名卿",与沈琯合称"吴兴四沈"。

沈琯,字次律,号柯田山人,宋宣和间任两浙漕运,时王师征方腊,赖其规划应办,民以不扰,后任燕山府提举,持节燕山,调河北、河东兵赋。沈与求很为有这样的兄长自豪,喜而作诗。

次律兄持节燕山，且调两河兵赋，喜而作诗

其一

伯也吾宗秀，心期万里侯。
燕民方筑郡，汉使果鸣驺。
更借牙筹计，聊宽玉座忧。
平生挥翰手，此意莫淹留。

其二

中年情绪恶，远别信音疏。
闻道阴山路，贪迎使者车。
骑羊厌鸣镝，佩犊欲扶锄。
愿上螭头奏，烦苛一切除。

值沈琯奉使燕云，遇金人犯边，被叛臣郭药师扣留，刀架在他脖子上也不怕死，只道："某虽微寒，今族中食禄者尚十四五人。若一身死于此，则众族可以仕；如或不然，则全家不可复任官矣。"支持沈琯视死如归信念的力量，固有为国之忠，兼有对家族的责任。当金人遣沈琯同李邺至宋议和，其实是去签城下盟，沈琯逃归，首陈虚实，乞邀击金。宋徽宗不听，不知大难将至，沈琯遂投劾致仕而归，著所见为《南归录》以抒忠愤。

靖康元年(1126)正月初三，金军渡过黄河的消息传到开封。太上皇宋徽宗仓皇出逃，宋钦宗的新朝廷人心慌乱，主战、主逃议论不一。宋钦宗一面任命李纲为亲征行营使，全面负责开封的防务，一面却派遣郑望之等去金营求和。沈琯因知兵，被请出山，效力于李纲幕中。由于李纲抵抗得力，金兵始终未能破城，只好选择与宋议和。然而，面对金人所提的议和，宋廷内部主战派与主和派一直争执不下。就在宋钦宗举棋不定、朝野争执不

下之时，金人再次举兵南下，开封城破，宋徽宗、宋钦宗及大量赵氏皇族、后宫妃嫔与贵卿、朝臣等三千余人，押解北上。这就是著名的靖康之耻。同年，康王赵构于应天府（今河南商丘）登基，改元建炎，重建了宋王朝，史称“南宋”。建炎初，李纲荐沈琯除浙西帅，沈琯不赴，愿闲居终老。

是时，沈与求正任殿中侍御史，逢张元幹过德清县新市镇白彪村访家兄。昔日同僚扶藜会见，张元幹深觉老友沈琯处江湖之远仍忧其君，于是作诗称赏，“有如沈使君，忠义等筹略。始终誓复仇，志愿久已确”，更针砭国势“一为虚声摇，颠沛几失脚”，同时讽刺当今皇上未能“速悔祸”，重用贤能之士，早日戡难，使“四海安耕凿”。沈与求以诗和之，但诗之态度与张元幹诗颇不同，谓宋高宗卧薪尝胆，誓复大仇。张元幹不便再发议论，闻沈琯的柯田山新居已落成，忽生羡慕，分别后还念念不忘，“闻说新居好，山樊卜筑深”，“坐阅干戈挠，输公已定居”。柯田山，在老德清县城北门外下阑山一带，山水嘉甚。志载，东汉初年，姚、沈两家过江迁徙德清，青州刺史姚恢谋建屋定居于柯田山，姚恢之女即沈戎之媳密告沈家，被沈戎捷足先登。可见柯田山是名副其实的“沈家山”。

寄次律兄学士柯田山新居

柯田一曲抱清湾，两角孤云拥髻鬟。
猿鹤惊心招旧隐，桑麻掠眼接通阛。
似闻小筑终年就，应是幽扉尽日关。
为报添丁护鸦觜，夜寒归梦绕家山。

绍兴三年(1133),德清寓公郑如几与邑绅沈良能告于县令杨锬及凡境内之士大夫,倡议重修县学。翌年春,德清县学落成之日,沈瑄"摄衣升堂,谈《春秋》大义。凡邑之士大夫济济在列,咸有肃容"。县令杨锬又跪请时奉祠在家的沈与求作《湖州德清县重修孔子庙碑》,刻石立于县学。此碑在淳熙中,尚由县令沈杞复加修葺治额。对于以县学为中心的德清文教,富于影响和贡献的沈姓者五人,其中沈严树立了文教榜样,沈良能发起重建县学,沈瑄、沈与求参与重建县学及落成仪式,沈杞修葺沈与求所作碑文。

再回过头来说沈与求的仕途。沈与求历御史三院,知无不言,前后四百道奏折,其言切直,得到高宗很高的评价。"汝不识沈中丞耶?"后以吏部尚书除参知政事。金人将入侵,高宗谕辅臣:朕当亲自总领六军。沈与求大赞,并发出"当遣岳飞"的建议。一年后,兼权知枢密院事。其间,右丞相张浚两次出视王师,第一次以行府(临时机构)为名,第二次不告之同列(暂代枢密院事的沈与求竟然不知情),及得旨,令他大为愤慨:"此大事也,吾不与闻,何以居位?"乃请求奉祠,罢官外任。张浚后因刘光世部将郦琼叛变而引咎辞相位。高宗在平江召沈与求,迁知枢密院事,卒于任,赠左银青光禄大夫,谥忠敏。试想,若沈与求自推荐岳飞北伐后,一直主持全国军政,可能岳飞就不会以莫须有的罪名而死,而南宋的局面也不会是我偏安一隅,"直把杭州作汴州"。但是历史没有假如。

范成大泊舟左顾亭

“或登左顾亭，风物清且妍。”宋宣和初，德清知县赵景东在馀不溪畔长桥南堍建了一座左顾亭，东面三间，匾曰“济川”，提醒为官者要思济斯民；西面三间，匾曰“际清”，取前人“际天气象何其清”句，作为良朋名流玄思清谈之所。

何以叫左顾亭呢？出典于晋孔愉放龟故事。孔愉，字敬康，山阴人，微时过馀不溪，见渔人笼龟出售，便买下来放生。这只龟放生后，四次回头左顾，才消失。孔愉身处乱世，立身纯正，每历祸乱，皆秉持德操。时人这样称赞他：“能持古人之节，岁寒不凋，唯君一人。”因平叛有功，孔愉被封馀不亭侯。铸侯印之时，印纽上的龟总作左顾状，一连铸了三次都是如此。孔愉忽然想起当年放龟之事，认为龟在报恩。为此，他特制一鼎沉于馀不溪，内刻铭文“孔敬康鼎沉之于水”。孔愉死后，谥贞，葬在德清，因墓建庙，传有龟衔窠树种于此，号龟衔树。

唐人的诗文中已见化用左顾龟的典故，刘威的诗中有“如龟三顾岂全无”，刘禹锡的诗中也有“青绶初悬左顾龟”“左顾龟成印”句；骆宾王的文中有“则回眸之报，不独著于前龟”，李商隐的文中有“孔龟效印，未议于酬恩”。

宋乾道八年(1172)十二月二十一日，范成大从苏州往广西赴任途中过湖州，夜宿德清县。翌日，泊舟左顾亭，开始在德清寻访文人学者旧迹。这里倚山瞰溪，易得建筑之胜，看得见山，望得见水，留得住乡愁。范成大在左顾亭会晤了一位前户部侍郎的子弟，其兄长以前范成大见过，如今却已去世。谒孔侯墓、孔侯庙，只见庙在墓前，并有孔愉与夫人盘膝而坐的塑像。范成大设想，这大概是几席未废时所作——至少是唐代以前之物了，而左顾亭前的两株大枯木，大概已经有一千年了，是德清的古物。这次，范成大没有在左顾亭题诗，只是慨叹了一句“风物已不逮曩年”。

试问范成大一生中，有无在德清作过诗呢？有的。少时他从苏州去临安太学读书，路上曾经中暑，有三个晚上就住在德清城山的晚对轩、挂月堂，且在壁间题诗。

题城山晚对轩壁

一枕清风梦绿萝，人间随处是南柯。
也知睡足当归去，不奈溪山留客何！

题城山挂月堂壁

百叠烟鬟得眼明，坐来心迹喜双清。
秋阳满地西风起，犹有啼莺四五声。

此番泊舟左顾亭，他还特意出县城三里故地重游。

宋淳祐八年(1248)，葛应龙受辟浙西帅幕，监德清正库，库廨附近就是第一溪山亭。当他了解了此亭原名左顾亭以及出典后，决定撤去新亭，恢复旧观，并作《左顾亭记》。《左顾亭记》全文很长，能背下来的人不多，但其中“县因溪而尚其清，溪亦因人而增其美”两句几乎妇孺皆知，成为诠释德清县名的千古绝唱。

杨万里宿新市徐公店

宋汪莘访时任湖州知州杨伯孺诗云:“天下山川居一半,湖州风月占三分。”“苕溪霅溪风景好,浙西浙东皆弗如。”德清作为湖州的一个县,自古就是江南清丽地,又是一座山水名城。千百年来,咿呀而过的桨声楫影,勾起多少沿河人家的遐思。因杨万里的《舟过德清》诗,“清妍”两字遂成为德清山水之目。

舟过德清

人家两岸柳阴边,出得门来便入船。
不是全无最佳处,何窗何户不清妍。

清明节,在江南各地的一个重要项目就是蚕花节。新市镇的蚕花节由来已久,以西施传说为蓝本。据说西施北上吴国,途经新市镇,遇十二位采桑女在她的轿前起舞,于是她将随身的鲜花散于采桑女,祝愿她们蚕茧丰收。后人为纪念西施散花,发明了蚕花庙会。每逢农历三月二十日起,新市镇北觉海寺例有蚕花会七日,百业杂呈,游人接踵,莅会男女莫不戴得满头蚕花,扬长来往,谓非此蚕花不易丰收也,花以通草染色扎之,旁系绿叶银丝,颇可观赏,过时即无处可购。庙会期间,万人空巷,蔚为壮观。这是人世间极美好的节日。

杨万里的《宿新市徐公店》很早就出现在小学语文课本里,但注释却不是德清县新市镇。后来得到一函《新市镇志》,翻阅清沈赤然的《新市镇续志》,在“题咏”中找到了杨万里的另一首

《宿新市》，又找来杨万里的《诚斋集》比对，发现这两首诗同在《宿新市徐公店》名下，于是深信诗中写的是同一个地方；而这个地方就是我们这里的新市，理由有四：

第一，新市镇在临安（杭州）北郊，属京畿之地，行客出临安北阙，首抵德清县界，顺至新市；又是大运河中路必经之地，为运河沿岸重镇，商业繁华，物阜民丰。

第二，新市镇为宋南渡将官寓居游冶的佳地，群贤毕至，衣冠麟集，声名鹊起。查阅明正德《仙潭志》"寓贵"，宋代有十四人，其中有两丞相（吴潜、游似）、两主帅（张俊、杨存中）。至于到访过新市镇的达官显贵、文人墨客，自杨万里始，不胜枚举。杨万里有故人刘琥，字国礼，武臣也，"家于湖州新市"。

第三，新市镇作为酿酒中心，南宋即设酒税官，朱熹次子朱埜曾为迪功郎，差监德清县新市镇户部赡军酒库。黄榦有《挽新市张监酒》诗，"捧檄来新市，逢人说旧官。腊残千熟，春到万家欢"。

第四，《宿新市徐公店》诗中的主要元素油菜花、柳树、清明节，与新市镇清明节前后的景象亦吻合。

想象一下，宋绍熙三年（1192）暮春，彼时正任江东转运副使的杨万里在往来于任所建康（南京）与临安途中，经新市镇，见到烂漫油菜花，酒瘾兴起，流连于酒楼，在杨柳风中开怀畅饮，又见对岸村歌社舞慢慢移近，决定借宿徐记旅店作短暂停留，深入观察这里的乡土风俗。

宿新市徐公店二首

其一

篱落疏疏一径深，树头新绿未成阴。
儿童急走追黄蝶，飞入菜花无处寻。

其二

春光都在柳梢头，拣折长条插酒楼。
便作在家寒食看，村歌社舞更风流。

杨万里诗集中还有不少提到德清的诗，如《湖州三里桥取道德清》："浙西只欠到湖州，三里桥头转却舟。不到湖州妨底事，不如元不到桥头。"《雪溪》："道场山背是吴兴，只不教人到德清。雪水相留别无计，却将溪曲暗添程。"

宋嘉定间，杨万里的长子杨伯孺以荫补湖州知州，任内弹压豪贵，爱养小民，极有治声，时称廉吏，郡人将其肖像祀于学宫。人们争相说，杨伯孺得到了杨万里的"正法亲传"。

姜夔与白石洞天为邻

武康计筹山升元观旧有白石道人祠，清嘉庆二十年(1815)武康知县林述曾建。白石道人即姜夔，字尧章，江西鄱阳人，一生不仕，湖海飘零。但在册府千华中，白石道人这个名号几乎就是“骚雅”的代名词，后世词人不入辛(辛弃疾)门即踏姜径。

姜夔与湖州的关系可以追溯至宋绍熙元年(1190)，姜夔伴岳父萧德藻居苕溪上，与白石洞天为邻，家在太湖西。其实，姜夔居所的地理位置已经很明确了，不像是在计筹山，准确地说是在湖州弁山，也即后来叶梦得、周密小隐之地。弁山有白石洞，洞中镌有“白石洞天”字。潘德久得知姜夔在白石洞天附近新筑了寓所，遂写了一幅字和一首诗给他。字曰：“白石道人”，诗云：“人间官爵似樗蒲，采到枯松亦大夫。白石道人新拜号，断无缴驳任称呼。”(樗蒲，是古代博戏之一，博戏中用于掷采的骰子最初用樗木制成。缴驳，驳还。)姜夔收到这些字和诗后，也回了一首诗给潘德久，说“佳名赐我何敢辞”，“夜夜山中煮白石，世人唤作白石仙，一生费齿不费钱”，这就是“白石道人”之号的由来。

姜夔可谓创作型的全能才子，还是前辈们眼中的好后生。他的诗初学黄庭坚、萧德藻，后深造自得，为杨万里所欣赏，并引荐给范成大。知范成大爱梅花，姜夔特创制了《暗香》《疏影》两曲献之，范成大令其婢——歌女小红“肄习之”，音节清婉美妙，赞赏之余将小红赠给了姜夔。姜夔诗“小红低唱我吹箫”即咏此事，堪称千古佳话。

依贵胄张鉴十年，姜夔与这位名将循王张俊之孙情逾手足。

张鉴在武康有前溪别业，姜夔词有“移家径入蓝田县”喻之。宋庆元二年(1196)春，张鉴欲治舟往封禺松竹间过生日，不知最后去没去成，姜夔觉得“此游之不可再也，歌以寿之”。是年秋，姜夔应在武康，始有与葛天民在武康县丞宅咏牵牛花诗。县丞名谁已无从考，县令查知是蒋岘。

武康丞宅同朴翁咏牵牛

青花绿叶上疏篱，别有长条竹尾垂。
老觉淡妆差有味，满身秋露立多时。

“老觉淡妆差有味”，是说在花的淡妆上看到深长的韵味，以致姜夔凝神而立，不知秋露沾满身了。

等到这年冬天，张鉴邀姜夔、葛天民、俞灏一起从封禺前往他在无锡的庄园，尔后再无姜夔和武康相关联的记载。这样说起来，姜夔暂寓武康一事是有的，但没有卜筑其地，所居也仅数月。计筹山有姜夔住处之说纯然是附会的，或者移花接木的。一则计筹山只有白云洞，没有白石洞，资福寺西北是有白石崖，高寄涧上，但元僧来复《游白石洞天》诗说“淙瀑泠泠涧道回”，显然不是指同一个地方；二则计筹山地处偏僻，适合道士清修，姜夔虽雅志林泉，然犹不忘用世，且身老江湖，穷途仗友，何致要携妻寂处于这人迹罕至之区。退一步说，姜夔的朋友们也不会同意姜夔住计筹山，约他找他很不方便。张鉴后把姜夔接来杭州做豪门清客，姜夔也不排斥。

无论是去杭州，还是回湖州，往来都要经过德清，所以姜夔对德清的风物应该比较熟悉，并有相当的感情。晚年当他再次经过德清时，会有如此的“闲愁”，也在情理之中。

过德清二首

其一

木末谁家缥缈亭，画堂临水更虚明。
经过此处无相识，塔下秋云为我生。

其二

溪上佳人看客舟，舟中行客思悠悠。
烟波渐远桥东去，犹见阑干一点愁。

姜夔《过德清》诗说，“木末谁家缥缈亭”，此亭即乾元寺侧之放生亭；“塔下秋云为我生”，塔即腰金塔。民国德清人冯京采辑此诗并注：“乾元寺侧之放生亭及腰金塔更为眼熟能详，虽扁舟西去而尚未许忘情也。”不只行客，胜似居人，姜夔生前在武康过德清的经历殊为重要，身后幸得寄籍新市的状元吴潜资助，葬他于杭州钱塘门外西门塍。阑干，喻指眼眶。

姜夔的故事到这里还没有完。姜夔死后，正值宋元更迭，计筹山成了前朝遗民的洞天福地。杜道坚就是此时来的升玄观。元代最负盛名的几个人物，如赵孟頫、倪瓒或到访或题赠，俨然计筹山被打上文化高地的烙印。

由元到明，余绪未了，遗响未绝，刘伯温犹有送友入计筹山诗。明徐献忠《吴兴掌故集》未加考证直言计筹山“有岩幽窅而夷旷，曰白石洞天”，以致《武康县志》理所当然地援引此信息，将姜夔从弁山平移到了计筹山。当事情的来龙去脉弄清楚后，此刻反而觉得林知县好可爱，在武康的历史上有那样一座白石道人祠，也是一道好风景。

张镃行次德清

尤袤、杨万里、范成大、陆游被誉为“南宋四大家”。但杨万里很谦虚，让贤于萧德藻，曾称：“尤萧范陆四诗翁，此后谁当第一功？新拜南湖为上将，更推白石作先锋。”他看好的白石，即姜夔；南湖，是张镃。四诗翁加白石、南湖，再加杨万里自己，南宋最重要的诗人快集齐了。

张镃，字时可，是张鉴的异母兄，兄弟俩俱贵公子，但张镃比张鉴多了一个显赫外公刘光祖，家资颇丰，生活豪奢，“园池、声妓、服玩之丽甲天下”，所交皆名公巨卿。因慕诗人郭功父，改字功父，曾官权通判临安府事。然而，他所追求的是诗情画意的人生，向往的是一种清雅的审美趣味和精神境界。他的这一主张使张氏家族从武功发家转向诗文名世，后代里出了一个张炎。

翻开张镃的《南湖集》，发现写德清的诗不少，下渚湖、荷叶浦、新市悉出现在他的笔下，大中乾元寺、左顾亭、赵侍郎园亦见于诗题。他的诗多半是作于旅途的舟中，“平日诗怀何处吐”，荷花、蓼花、水蒺、菱荇、菰蒲、芦苇，尽在一路的植物里，这些自然意象如绣在他的作品里，成为他的日常写照。正因为这份特殊喜好，他的灵魂自带淡淡的香草味道。

张镃有《行次德清三首》，第一首写在舟中被波鸣唤醒，擦拭睡眼，不必问德清是晴是雨，听鸟声就知道是一个晴天；第二首写溪上远处有一佛塔，水天一色，塔显天低；第三首写才过馀不溪又见荷花，从渐凉推测时为夏末秋初。

行次德清三首

其一

波鸣船板唤晨兴，倦睫揩摩得梦醒。
到县阴晴休更问，野禽声已喜人听。

其二

浮图立处觉天低，迎我船行十里时。
不是前山明复暗，那知头上白云移。

其三

渐凉山水倍清华，不说渔樵亦自嘉。
好是趁人全省力，龟溪才过又荷花。

吴潜生在湖州新市上

新市镇，别名仙潭，“水行其间，如血气之在人周流，四肢随处通溢”，素为江南大镇。仙潭这个名字，还是南宋丞相词人吴潜所取。仙潭二字，从此成为后世新市文人魂萦梦绕的渊薮。

吴潜，字毅夫，号履斋，祖籍安徽宁国，先世居宣城，父亲吴柔胜曾为嘉兴府学教授，徙居德清县新市镇。宋庆元元年(1195)，吴潜就出生于新市镇北栅吴家园，但在新市镇寓居的时间只有四年，便与兄吴渊随伯父吴柔立生活。十岁时，吴潜曾榜书“仙潭”于新市镇东栅仙潭湾上，弱冠后以原籍至临安会试，登嘉定十年(1217)甲科第一人，也就是状元郎。淳祐七年(1247)，吴潜兼权参知政事，开始参与朝中最高机密。是年，奉旨在新市镇敕建履斋书院。四年后，任参知政事，拜右丞相，兼枢密使，可谓集军政大权于一身。履斋书院的主体建筑衮绣堂便在此年落成，宋理宗御书匾额。吴潜十二世孙吴伯与撰《吴履斋祠堂记》中有：“履斋公……及第以至拜相，侨居在焉”，说明新市曾有丞相第，又有御书楼与里第并峙。吴柔胜、吴渊、吴潜、吴璞祖孙四进士，吴渊、吴潜兄弟两宰相，新市镇人自然与有荣焉，立状元坊，立丞相祠，名状元桥。桥至今仍在，桥上有楹联“巍科百世留陈迹，遗泽三潭启后贤”。

因力主抗击元兵进攻，吴潜遭到主和派攻击，被罢相位。以工部侍郎衔兼任沿海制置大使，判庆元(今属浙江)府，创造了宁波历史上的多个第一。水则碑就是吴潜的发明，后世称其功绩“不在禹下”。开庆元年(1259)，元兵突破长江天险，围攻鄂州

(今湖北武汉),南宋朝廷面临困局。值此危难之时,宋理宗起用吴潜为左丞相兼枢密使。这是吴潜第二次拜相,奏对"臣将七十,捐躯致命,所不敢辞",以定海(镇海)招宝山为前哨,采取了诸如"海上十二铺""江上五铺"等军事措施。当时在朝的两个丞相,左丞相是吴潜,右丞相是贾似道。当吴潜为南宋而舍生忘死之时,贾似道却以圣上安全为由动议迁都四明,因吴潜的直谏乃作罢。立太子是国家大事,宰相在此问题上的态度具有重要影响,吴潜反对立赵禥(即后来的宋度宗)为太子,贾似道趁机指使人弹劾吴潜。宋理宗不快,下旨革去吴潜丞相之职,贬黜广东潮州,任循州(今广东龙川)安置。贾似道随即取代了吴潜的位置,又担心吴潜东山再起,于是派心腹刘宗申任循州知州,在吴潜之上。吴潜清醒地意识到,自己即将死在流放地,无法躲避,同时把自己的一生功业比作一场杂剧,予以否定。吴潜死得蹊跷,有人怀疑是刘宗申在酒里下了毒,也有人说当吴潜闻知刘宗申来循州任职时,就料知贾似道要对他下手,并不止一次地对友人说过:"吾将逝也,夜必雷风大作。"这些传说虽无考证,但吴潜临终前所作《谢世颂》,印证了他的某种预感。

谢世颂

生在湖州新市上,死在循州贡院中。
一场杂剧也好笑,来时无物去时空。

人生如一场杂剧,大凡是才华出众又刚正不阿的历朝宰相,都是宦海浮沉,壮志难酬,命运跌宕。吴潜之前,王安石是这样;吴潜之后,文天祥也是这样。宋词有"吴循州,贾循州,十五年前一转头",说的是,当年吴潜贬循州,后来贾似道也贬循州,十五年间转了个圈。十五年前蒙冤惨死的吴潜,今日追复原官,赠少师,得到昭雪,虽死犹存;当年陷害忠良、恶事做绝的贾似道,与元军作战失利逃跑,也恰恰被罢贬循州,活活被人锤死,遗臭万年。

清吕留良有一首《游德清名园》,这个德清名园,据俞国林先生考证,即指新市吴潜故居。吕留良是吴潜之后数百年的人,他写吴潜故居,不用新市吴氏园,而只写德清名园。可见这个园林跨了宋元明清四代,当时人一看便知。

第四章　元诗选译

赵孟頫德清闲居

《赵孟頫德清闲居》字帖

元代，文学甚轻，科举亦屡兴屡废，可是南宋遗民故老相与唱叹于荒江寂寞之滨，流风余韵久而弗替，遂成风会。元仁宗曾以侍臣论文学之士，以赵孟頫比唐之李白，宋之苏轼。

赵孟頫，字子昂，世称赵文敏，宋太祖之子秦王赵德芳之后，因四世祖赵伯圭受赐居湖州，入元后称“吴兴赵孟頫”。五世祖又是南宋第二位皇帝孝宗的父亲，因而他属于皇室的近支，出身高贵。然而南宋的灭亡断绝了他以父荫的进阶之路。说起来，德清还是赵孟頫的先大母李氏的故乡。当蒙古大军的铁骑席卷湖州城时，赵孟頫迅捷地选择了到德清避居。

赵孟頫一家在馀不溪戴湾定居下来。赵孟頫把在德清的这一处别业称“阳林堂”，将书斋命名为“松雪斋”，自号“松雪道人”。他在《述怀》诗中道，“筑屋龟溪滨”，“西与长松友，东将修竹邻”。母亲丘氏开导赵孟頫：“圣朝必收江南才能之士而用之。汝非多读书，何以异于常人？”从二十二岁到三十四岁，赵孟頫一直隐居德清，有十二年之久，直至应召去大都结束。这段岁月，也是赵孟頫一生最青春的年华，是他书画艺术厚积薄发的时期。他已经成长为江南最有名望的书画家之一。他的许多重要作品都会题写或盖上“松雪斋”字样的落款。

在德清，赵孟頫还迎来了人生最为重要的一场喜事，迎娶德清才女管道升为妻。在去大都的前一年，赵孟頫与管道升喜结连理。在《魏国夫人管氏墓志铭》里，赵孟頫简略介绍了他们的爱情经过，“夫人生而过人，公（管伸）奇之，必欲得佳婿……公又奇余以为必贵，故夫人归于我”。其实，两个人是自由恋爱。赵孟頫欣慰地描述婚后的乡间生活：“既归竹窗下，山妻稚子作笋蕨，供麦饭，欣然一饱，弄笔窗间。”新婚宴尔的日子以赵孟頫赴大都做官匆匆告一段落，世人皆道管道升的《我侬词》为爱情诗的绝唱，私以为她的《寄子昂君墨竹》同样情深意切：“夫君去日竹初栽，竹已成林君未来。玉貌一衰难再好，不如花落又花开。”

虽然元世祖给了赵孟頫等同于本朝文宗的政治待遇，但是赵孟頫内心充满矛盾，一方面“功名到手不可避”，另一方面又不时流露出归隐山林的出世想法，于是多次提出辞官，找不到更好的理由，就以病休为借口。元贞元年（1295）八月，赵孟頫偕管道升回到江南，他口称病休，实为隐逸。这一时期，赵孟頫在给姻亲石岩（即民瞻）的信中吐露：“孟頫只留德清山中，终日与松竹为伍，无复一毫荣进之意。若民瞻来杭州，能辍半日暇，便可来小斋一游观也。”“孟頫自去岁（1296）便过德清，盖三间小屋，滞留者三月，十一日归吴兴……或旆从过杭，千万一到龟溪为望。”

偶记旧诗一首（在德清别业时作）

春情浩无端，野兴欣有瞩。
山光艳桃李，涧影写松竹。
古来岩穴士，白驹在空谷。
幽鸟何处来，啼破林烟绿。

在德清别业过完新年，“新岁二日，忽路家迁吏见请，三日急回城中……今日至德清别墅，明日即过杭诣省中计事。”三月，赵孟頫在杭州理毕公务，便应召赴京书写《藏经》，途经德清时，思乡之念油然而起，作《奉隆福召命赴都过德清别业》诗，对路经家门而不能停留表达出一种进退维谷、悲喜交加之情。

奉隆福召命赴都过德清别业

骤暄气候变，幽园卉物凄。
山云石上起，春鸟雨中啼。
牵衣怜稚子，举案愧山妻。
苦被虚名累，未得遂高栖。

七月，写经完成后，赵孟頫力辞翰苑之任，由大都南返，《德清闲居》一诗当作于他史馆病辞还乡期间，是此时生活的真实写照。

德清闲居

已无新梦到清都，空有高情学隐居。
贫尚典衣贪购画，病思弃研厌求书。
圉人焚积夜防虎，溪女叩扉朝卖鱼。
困即枕书饥即饭，谋生自笑一何疏。

家人典衣购画，病人弃砚抛书，牧马人烧薪防虎，渔家女叩门卖鱼，《德清闲居》诗中的四个比喻，可谓赵孟頫的真实写照，同时也是自嘲对谋生的不熟悉。

多年之后，赵孟頫在诗文里仍深深怀念馀不溪畔的隐居生活："馀不溪上扁舟好，何日归休理钓蓑。"德清别业成了赵孟頫一生的牵系，也成了他艺术生命的重要源泉和后世文人心目中的圣地。

第五章 清诗选译

吕留良四游蠡山

山水田园诗的魅力在于人和大自然交流的一刻。蠡山风景奇特。徐倬《蠡山记》云:“蠡者,蠃也,即俗之所谓螺也……此地有巨漾,山峙其中,犹蠡之浮于水面。”

徐倬布衣时年年都游蠡山,并且喜欢发“朋友圈”。“(德清)诸山之胜,蠡山为最……蠡山之胜,以青鱼潭、石屋、剑池为最。青鱼潭在山之足,其形修长如虚舟,约有数顷。左有小岭,翠竹苍松,郁郁深茂。右有峭壁,俯瞰潭中,潭水澄澈作绿玉色,深不知所底,时见鲦鱼出没其间。石屋在山之椒,玲珑谽谺,如堂如宇,可坐数十人。剑池则涌出于山之巅,仿佛龙湫雁荡也。水色深靓,幽寒之气逼人,池上有五色石,丹砂翡翠,森然剑立。三处皆为奇观,余每岁必一至,或再至三至。尝语人曰:‘蠡山,吾白首之石友也。’”

清康熙七年(1668)秋,吕留良来德清访徐倬,坐船始游蠡山,作诗记其胜,后有再游、三游、四游,皆留诗,可以说是蠡山的知音,与徐倬同为蠡山旅游的代言人。他形容“蠡山八景”中“石池剑跃”一景为“寒潭老铁啼秋雨”,诗思旖旎。

游蠡山

峰峦平远水微茫，曲折撩人短棹忙。
璎珞结成山骨瘦，胭脂流出洞泥香。
寒潭老铁啼秋雨，古庙丛鸦哭夕阳。
一片闲愁何处著，五湖不尽泪痕长。

吕留良曾与徐倬、计筹山道士余体崖约定一同寻山隐居，但诸事牵累，一直无果，再游蠡山故作此诗以表达无可奈何之情。

再游蠡山

山灵拍手笑重来，断壁阴湫特地开。
波底神龙终自合，尘间凡马尽教回。
村名附会凭僧撰，碑记荒唐费客猜。
消得英雄归道院，陶朱遥对计然台。

清康熙八年(1669)三四月间，吕留良复至德清。立夏日，吕留良卧病徐倬斋中，又两度游蠡山。吕留良《三游蠡山》诗说，两人年复一年谈论隐居之事，可是始终不能成行，内心感到羞愧。此次出游，两人相与盘桓。

三游蠡山

藤花迎笑鸟寒温，竹稚桐孙莽候门。
负汝修容今日意，羞余践约逐年论。
画桥倒影悬孤艇，绝壁微阳冷一村。
山更娇娆吾更老，烟鬟白发两销魂。

四游蠡山

一抹浮烟看不遗，天教幻作几番奇。
故留绝顶第三石，撩取狂夫其四诗。
灵瀑小参康乐后，愚潭初配柳州时。
蠡山老大逢知己，比似前人已较迟。

这年夏天，吕留良本当再游蠡山，但徐倬一直未能见到吕留良的影子，于是作《约用晦同寓（用晦约予结茅蠡山）》诗以问："风起荷香断续闻，渔舠病榻欲平分。眠来对月明于雪，晓起看山薄似云。胜地能无思好友，花前最苦是离群。五年范蠡峰头话，网得西施日待君。"

修吉堂徐荫已到子孙辈

德清徐家一门五世入翰林，“家世恂谨好学，言门阀者侈焉”。这五位进士分别是徐倬、徐元正、徐以升、徐开厚、徐天柱。因之，徐氏祖居地新塘所在，原以寺多著称的寺林，因士多而更名曰“士林”。

徐倬，字方虎，号蘋村，清康熙十二年(1673)进士，历任翰林院编修、国子监司业、顺天府乡试正考官，七十岁致仕，以翰林侍读解官归里，曾组织月泉吟社。康熙帝第四次南巡驻跸杭州，召试在籍诸臣，以徐倬为第一，又缮录进呈《全唐诗录》，蒙康熙帝嘉奖，由侍读擢礼部侍郎，人称少宗伯徐公，并御制序文，赐帑刊刻，以为天下学者勤。讲到全唐诗，德清有个接力递藏整理的过程。徐倬之前有入籍武康的茅元仪之编《全唐诗》一千二百卷，与徐倬同时期有胡渭之编《唐诗玉渊》《唐诗丽则》《唐诗表微》，谈九乾曾参与鉴定的《唐音审体》。《全唐诗录》镂版后藏徐家。康熙四十七年(1708)元日，徐倬作诗云，“傲吏还家不悔贫”，“四世儿孙齐抱椠”。椠即刻本。徐倬八十八岁时，康熙帝御书“寿祺雅正”匾额赐之。

徐倬子徐元正，字子贞，号静园，康熙二十四年(1685)进士，以翰林充日讲官，与父同列讲筵，擢侍讲学士，官至工部尚书。康熙帝第四次南巡时，在杭州御书“修吉堂”匾额赐徐元正，时为康熙四十四年(1705)四月初四日，徐氏遂以“修吉堂”为堂号。康熙四十七年(1708)元日，徐元正在京寄示两儿徐志莘和徐志岩，“黄发老人何以慰？阶前唯喜茂兰之”。徐元正晚年乞归，制疏陈谢云:“在国则事五十年,景运方隆之圣主;在家则奉九十岁,皇恩优养之老亲。”一时传诵其语。康熙五十九年(1720)重阳节卒于家,钦赐全祭全葬,著有《修吉堂遗稿》。

示孙志莘一首

[清]徐　倬

已少田园成世业,强将章句代含饴。
涤肠须吸三危露,换骨多餐五色芝。
语带烟霞犹是俗,胸无书卷莫言诗。
致穷之具偏教汝,何怪旁人笑我痴。

徐志莘是徐倬孙、徐元正子,字任可,一字商农,侍祖在籍,赴京进《全唐诗录》,荫授京职,任顺天府通判,著有《根味斋诗集》。

南陔草堂牡丹为曾大父手植,雨后方盛开,怆然有作

[清]徐以升

风信轮番又数旬,朝来催起锦帷人。
余阴已到子孙辈,老屋依然富贵春。
舞蝶寻香金粉腻,游蜂酿蜜露丛新。
一卮私向花神酹,好护慈恩院里身。

南陔草堂,堂中坐对乾元山。据徐元正《修吉堂遗稿》之《清啸楼草》中的《乙丑人日青驼寺道中》诗注“去岁人日,侍大人南陔草堂同张介山限韵联句效韩孟城南体”,可知南陔草堂于康熙二十三年(1684)就已存在。后经重筑,徐倬《道贵堂类稿》之《鼓

缶集》中明确有《重筑南陔草堂，落成之日，蔡子凭父题诗以贺，即次其韵》诗，并注“堂成适值初夏，亲友沓来时在十月之望也”。草木会为门户庆，徐以升《南陔堂诗集》序亦云：“堂本少宗伯所建，有手植牡丹，至今犹盛。君子谓，徐氏孝友文章，世济其美，视《唐书》称，舍人学士谙识典故，父子显名于芳林集贤，盍有过之而无不及。”

徐以升，字阶五，号恕斋，是徐倬曾孙、徐元正孙、徐志莘子，家学相传，曾四世同堂。徐以升五岁就塾即读书于此堂，工诗。雍正元年(1723)，进士及第，授翰林院编修，历官江西按察使，而“老屋依然卅年前”。《南陔堂诗集》之《南还集》起乾隆丙寅(1746)十一月，尽己巳(1749)八月。该集中有《构新室，秋桐为余名之曰咏闲，诗以落之》，“廨傍恰恰只三间，肇锡嘉名先哲颜。词客题屏云纸灿，雏孙绕柱锦衣斑。”推知徐以升正是在此期间构新室，即天藻楼，“小楼敬藏圣朝全集御书并三朝诰敕”，还是向当铺举债建的，见《中秋前六日北上赋“欲别南楼去”四首留别天藻楼》其一注：“余构此楼逋负质库(质库即当铺)，至今未楚。”内有花树轩，“其户东南曝背宜，空庭顽石对支颐”。乾隆辛未(1751)，徐以升解组归田，简约如寒素。

徐以升孙徐天柱，字擎先，生而异禀，十五岁补诸生，因贫就赘云间(即今上海)。徐以升将珍藏了六世、先曾祖徐倬所最钟爱的紫云砚贻赠之。乾隆三十四年(1769)，徐天柱中榜眼，授翰林院编修，旋直上书房，两充会试同考官，记名以御史用，著有《天藻楼诗集》。《四库全书》副总裁曹地山赠徐天柱联曰：“前生慧性摩麟角；六世清声冠凤池。”

徐家虽累世簪缨，而家无长物，仅藏书耳。检《四库全书》中《全唐诗录》以及《近思录集注》用的就是徐天柱家藏本。徐天柱中榜眼后，徐氏举家正式迁居德清老县城赵家弄，时人称徐天柱住的房子为“榜眼第”，宅第应包括祖居南陔草堂、天藻楼。赵家弄东端北侧昔有徐氏祠堂。

徐养原是徐天柱长子，嘉庆六年(1801)副贡，出阮元门下，为诂经精舍高才生，斋号顽石庐，“为人舍书籍外无嗜好，非疾病丧纪不辍业。诵读孜孜，考论矻矻，迄老弗衰”。徐养原孙徐鉴春以花树轩作为斋号，诗集取名《花树轩吟草》。

徐天柱弟徐天骥是乾隆二十八年(1763)进士。徐天骥子徐养灏出嗣，入徐天柱支，为徐养原弟。徐养灏子徐球，字尹辅，号咏梅，曾得先祖徐元正印章四方，著有《还印庐集》。徐养灏孙徐芝淦，字长卿，号少梅，同治二年(1863)进士，官户部主事，旋充散馆纂修。自徐倬起，至徐芝淦，已然九世，得进士七人，可谓一门鼎盛，且后世不忘先泽，多以祖上斋号、旧物作集名。以故《吴兴诗话》云，“吾湖三百年来，几无其匹”。

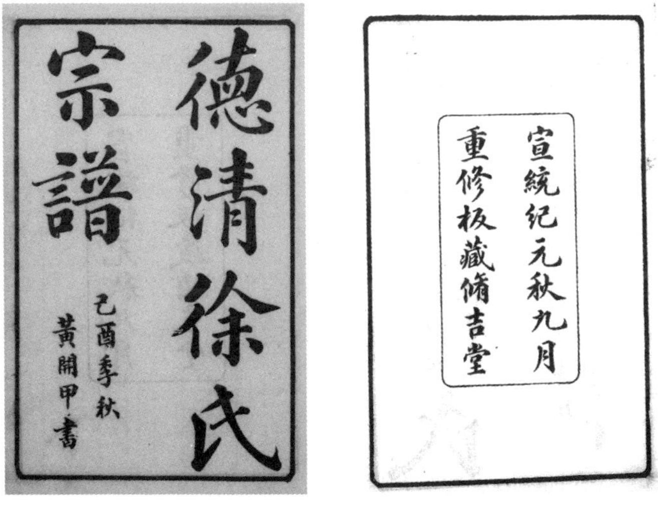

德清徐氏宗谱

胡渭耆年笃学

胡渭像

清芬堂胡氏，老德清县城中的四大望族（徐、胡、谈、蔡）之一。胡友信，字成之，号思泉，明隆庆二年（1568）进士，有《天一山稿》行世，明三百年制艺称大家者有八人，友信为其一，与归有光齐名，称“归胡”。

胡渭是胡友信的曾孙，字朏明，号东樵，十五岁为县学生，试高等，充增生，屡试举人不中，乃入国子监，后弃科举，而潜心经义，尤精舆地之学，为清代汉学先驱之一。在京期间，胡渭在相国冯溥、徐乾学府当西席，闲暇则与当时名流朱彝尊、毛奇龄、阎若璩、万斯同等过从甚密，彼此切磋学问，赋诗唱和，视野为之开阔。徐乾学领命修纂大清《一统志》，开局洞庭山，延请胡渭、查慎行等人共参其事。胡渭很可能是唯一以白丁身份入选的，其间他博览天下郡国书，凡与《禹贡》山川疆域相涉者，随手抄录，与经文比次。时人柳遇曾绘《胡渭小像图》，胡渭斜坐于兽皮毡上，右臂倚书匣，双手合抱左膝，周围卷轴、宝剑、如意、拂尘、笔、纸、砚错落有致，俨然为其内心世界的一种写照。胡渭六十岁那年，修纂班子散，他归里养苛，谢绝一切人事，历三

康熙帝赐胡渭“耆年笃学”

年撰成《禹贡锥指》，后进京请得礼部尚书李振裕、侍讲学士查士升为此书作序，于苏州刻成书。当查士升将《禹贡锥指》进献给康熙帝，康熙帝御览后，认为写得不错，就向查士升了解作者的情况。锥指者，取《庄子·秋水篇》，用管窥天、用锥指地之意。这当然是胡渭的谦辞。

康熙四十四年(1705)，康熙帝南巡驻跸苏州，胡渭亲献《禹贡锥指》并所撰《平成颂》。康熙帝嘉其博学，宣胡渭与其侄胡会恩至行宫南书房赐馔并赐御书诗扇，又题“耆年笃学”四字给胡渭。儒者咸以为荣，谓一时旷典。

《四库全书》收有胡渭四部书，即《禹贡锥指》《易图明辨》《大学翼真》《洪范正论》。而给当时学术与思想界最大震动的是《易图明辨》。这部书上下古今、“穷湖究委”，用实证的方法厘清了先秦儒学和宋明理学的区别，指出宋明理学只是夹带了道家私货的歪门邪道。梁启超就非常推崇《易图明辨》，认为胡渭“功不在禹下”。

胡渭八十大寿时，查慎行应刑部尚书胡会恩属赋二律遥祝。

寄祝胡东樵先生八十寿清溪大司寇属赋二首

［清］查慎行

其一

吴羌山色郁然青，中有元家野史亭。
人指所居为福地，天留此老应文星。
河汾业盛传三世，夹漈功高在六经。
千尺乔松多美荫，重看兰玉绕阶庭。

其二

尚书北面旧称师，硕果西吴更有谁？
著述久归三馆贮，才名曾受九重知。
烟波放艇怀清霅，风雨连床记莫厘。
见说精神犹健在，杖朝不异杖乡时。

胡渭八十二岁卒于家中，赠文林郎，其孙胡彦颖请梁诗正撰并书墓志铭，《清史稿》有传，《清代学者像传》有像。后嗣科举蝉联，孙十人，胡颜颖、胡彦升、胡彦辅知名。胡彦颖，字石田，号秋重，康熙五十四年(1715)进士，授翰林院编修，奉命随年羹尧幕，乾隆帝第一次下江南，曾迎驾，赐复职，著有《北窗偶谈》。胡彦升，字国渊，号竹轩，雍正八年(1730)进士，授山东定陶知县，曾为清溪书院掌教，著有《乐律表微》。胡彦辅，字云辐，乾隆四年(1739)进士，选贵州仁怀知县，调清平县。

洪昇访前溪三子

洪昇，字昉思，杭州人，胸次旷达，其岳父为宰辅，姻娅俱贵。然他无慕，清康熙七年（1668）国子监肄业，初居杭，恶其尘嚣，乃与弟殷仲于康熙十六年（1677）冬游武康。王士禛得知门生洪昇将寓武康，作诗以赠，“劝君卜筑岂无意，贞曜故宅留山阿。结邻尚友亦不恶，溪山况足供婆娑”。洪昇虽早有文名，但当时尚未写成《长生殿》，何以要到武康？

一个很主要的原因是，洪昇的京门好友郑在宜在武康县任教谕，管理县儒学。洪昇在这年春天，还为郑在宜饯行赋诗。武康有铁哥们，又近杭州之家，不妨南下。“忆昔前溪上，携家偶卜居”，洪昇是携妻女以及弟弟洪昌一起来武康的，由郑在宜安排，住在县儒学附近，听说此地旧有前溪歌舞，有文娱基础，遂组织演出了所撰传奇《长生殿》的初稿《沉香亭》，征求意见。据说场面极一时琴酒之盛。

洪昇在武康，拜访了前任琼州乐会知县潘汝奇和现任武康知县韩逢庥后，交往的文友有“前溪三子”——唐靖、陈之群、韦人凤。

唐靖，字闻宣，十三岁为诸生，居渚湖草堂，性狷介，不妄交一人，励志食贫，负经世济民之才，知县吴康侯、韩逢庥先后尊礼之。因县志多遗，乃穷搜博采，编成《前溪逸志》，又自著《前溪集》。唐靖家学渊源，七世祖唐尧臣曾任广东开建知县，在封山下有别业万竹山房，构楼五间，藏书万卷，书上有印曰：“借书不孝。”且自抄书目，以贻子孙。哀怜中叶式微，藏书悉付于火。

过唐闻宣渚湖草堂

遥指草玄亭，斜阳半在坰。
菱荷兼渚绿，松竹助山青。
河上真同调，江边讵独醒。
相逢歌复醉，谁复问苍冥。

陈之群，字兴公，世居三桥埠，清康熙十七年(1678)举人，工诗赋，著有《后溪集》。徐倬赠诗云："强力雄才跨两京，谈诗四座觉风生。"值父丧，陈之群守礼三年，暂歇吟事。期满病革，长年卧床。闻洪昇到，他披衣喜欲狂，忙唤妻炊菰米，留宾借草堂，欢言酌春醪。

访陈兴公题赠

其一

欲问三桥路，前溪接阜溪。
近山松鼠窜，当午竹鸡啼。
冰雪春沙净，烟岚野市迷。
主人长卧病，门径草萋萋。

其二

伏枕闻吾到，披衣喜欲狂。
积年心已豁，终夕话偏长。
唤妇炊菰米，留宾借草堂。
春醪知不惜，十日醉壶觞。

其三

迂拙难谐俗，蹉跎悔著书。
偷生频寄食，避地且谋居。
秋渚经霜钓，春田趁雨锄。
一枝倘安稳，吾愿耦长沮。

韦人凤，是韦若予第三子，字六象，号缑城，居三桥埠南几山东北池头，清康熙十三年(1674)贡生，与兄韦人龙、韦人驹皆好学，善属文，尤工诗，少隐山中，四书、六经无不博通，文社诗坛咸推领袖，有《缑城遗诗》传世。朱一是《缑城遗诗》序："吾友韦子六象，生防风氏之乡，继孟东野而起……其为诗也，挹六朝之芬，窥四唐之奥；气厚而庞，辞典而庞，律整而不拘，旨深而不晦，沨沨乎得大家之正焉。"洪昇称赞韦人凤"夫子儒中侠，义风横九秋"。韦人凤下还有两个弟弟，曰韦人麒、韦人骏。韦人凤有四子，曰白孙、忞孙、允孙、素孙，是韦氏最盛的房支。

访韦六象先生不值

夫子儒中侠，义风横九秋。
一身无处所，千里欲相投。
曳杖竟何适，停帆空自愁。
柴门松下闭，落日动溪流。

翌年(1678)秋，洪昇离开武康，又北上，但武康的生活留给他很多美好的回忆。这种思绪在他寄给武康文友徐时望、郑尚游、胡思皇兄弟的诗里随处可见，"昨岁偶流寓，比邻君最贤"，"去年二三月，日日约寻花"。

俞樾自述诗

俞樾像

德清，远自晋、宋以来，名公巨卿代出，降至有清一代，文风仍未削减，像俞曲园辈都是著作等身。俞曲园，名樾，字荫甫，著有《春在堂全书》五百卷，其治学以经学为主，以乾嘉汉学“因声求义”“以意逆志”之法则校勘、训诂群经、诸子，讲求“原本经典”“即训诂名物以求义理”，在此基础上又形成了“以疑存疑”、大胆质疑的学术个性和风格，旁及史志、诗词、楹联、书法，乃至现代科学之人类航天梦想，成果甚富，名播海内，影响兼及日本以及东南亚各国。

俞樾有《自述诗》《补自述诗》两百余首。其诗概述生平事迹、学术历程，颇为详尽。

曲园自述诗(其二)

乌巾山下旧居家，鹊喜楼头静不哗。
一夜春风吹喜气，迢迢千里到京华。

俞樾自注："余旧居在德清东门外乌巾山之阳，地名南埭。有小楼曰鹊喜，因屋后有老树一株，鹊巢其上，故得是名矣。余生于是楼。先大夫时在京师，有志喜诗曰：'春风吹喜气，千里到幽燕。'"俞樾四岁迁徙到今杭州市余杭区临平镇史家埭祖母戴氏家，为苦乡居闻见无，又不能从师读书。尽管俞樾一生大多时间寓居苏杭，但每忆及德清旧家，便生乡愁："仆家在乌巾山下，馀不溪边，有先世之敝庐，乃童时之旧地。阡陌则罗罗交错，衡宇亦簇簇相连。后即祖茔，松楸可望；前为溪水，菱芡颇饶。"他为人撰题必落款"德清俞樾"，更亲制三枚印章，曰德清俞氏、乌巾山舍、南埭村民，以示不忘祖居地；并在自述诗中屡屡述及祖德，"我家巾山阳，溯源自元末：堂堂希贤公，孙谋善诒厥"。

德清俞氏从何而来？由山东迁浙江，又从绍兴上虞、新昌迁湖州德清，因"先世多隐于农，故谱牒不著"，尔后又无考，清中期以后始露声望。俞樾支派祖考俞国培，字天因，略识字，具备了韩愈所谓"凡为文辞宜略识字"的条件。俞国培第三子名廷镳，字昌时，号南庄，即俞樾祖父，素喜韩愈文章，取"日惜轩"作为室名，清乾隆五十九年(1794)副榜贡生，例授文林郎，有遗著《四书评本》。举凡德清俞氏子孙，其名按火、土、金、水、木五行相生排行，浙江的大家族如钱塘许氏、南浔刘氏皆用此法。俞樾有一个胞兄，名俞林，后在福建做官，俞鸿渐曾有诗示俞林、俞樾兄弟："贮室无金穴，传家有砚田；异时耕且读，盼汝弟兄贤。"这是典型的耕读传家之写照。

清道光三十年(1850)，俞樾中进士二甲第十九名，而在此前的复试中，俞樾的表现尤为出色。这年复试的诗题为"淡烟疏雨落花天"，俞樾作诗"花落春仍在"，深得主考官曾国藩的赏识。选庶吉士，散馆，授编修，博物闳览，著称辇下。外放河南学政，因人言罢归。俞樾罢官之时，正值太平天国后期，可怜故乡德清旧屋无存，只得暂避苏州，后侨寓苏州曲园，专以著书自娱，遂不复出。曾国藩督两江，李鸿章抚吴下，皆礼重之，曾国藩题匾“春在堂”，李鸿章榜曰：“德清俞太史著书之庐。”历主讲紫阳书院，主持杭州诂经精舍三十余年，学者乡方，多所造就，蔚然为一时朴学之宗。曾任浙江官书局总办，联合江浙扬鄂四书局会刻《二十四史》。每岁来往苏杭，俞樾都要绕道回德清一次，上先人冢，更有改旧屋为先人祠之愿。他在写给弟子戴望的信中道，“他日南中肃清，得归卧乡山，拟于南埭旧居改造先祠，即依古制为之，计所费亦不多，未知能如吾愿否？”

曲园自述诗（其一百一）

金鹅山土一抔黄，畚挶经营匝月忙。
二十二年心愿毕，竟无可待愧泷冈。

父亲俞鸿渐殁后二十二年，尚浮厝德清西门外金鹅山之原，俞樾偕夫人姚氏于同治六年（1867）冬回德清治葬。二十五年后，俞樾回老家扫墓，自伤衰老，未知还能几度瞻拜松楸，因于曾祖父、祖父、父亲墓前各赋诗一首，示儿妇、孙辈，使之成诵，不致迷途。

俞樾晚年足迹不逾江浙，而声名扬溢海内外。德清县儒学重建，邑人请俞樾撰记，他坦言“余衰且老，犹倦倦然为吾桑梓之邦望也”。俞樾值中式举人六十年，光绪帝谕：“俞樾早入词林，殚心著述，教迪后进，人望允孚，加恩开复原官，准其重赴鹿鸣筵宴。”俞樾婉谢，因刻“殚心著述”“恩奖耆儒”印，以志荣幸。俞樾八十六岁卒，门生故旧所送之挽联不下二三百副，德清后学挽：

“祀典重乡贤，合与徐南陔先生，伯仲之间分片席；经师尊汉学，直接王高邮一派，道咸而后有传人。”俞陛云、俞平伯扶曲园老人灵柩从苏州往杭州，遵其遗嘱，灵船要经过老德清县城东门外南埭。当船驶到南埭时，偏偏坏在那里，只得停宿一夜。有好事者说，这是俞樾的意思，他不愿意离开故乡。这一次，也是俞平伯第一次过访德清。

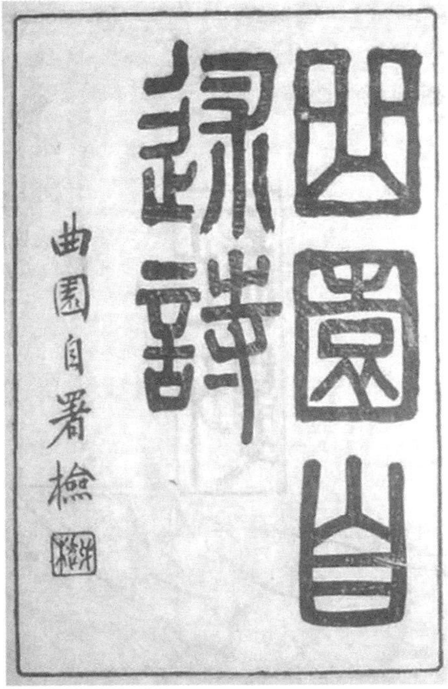

《曲园自述诗》书影

李端临送傅云龙游历日本美国

李端临，字藕青，号更生，乌程李承基之女。嫁德清兵部候补郎中傅云龙后，闺房之中常相探研文字，酬唱奉答，曾三次割股疗夫。生十子（七子早夭）一女，手执《尔雅》教子女识字，勤过塾师。著有《红余籀室吟草》。其诗情调洒脱超迈，即便送丈夫远行，亦少见儿女情长之语。另辑有《女艺文志》《续小名录》。

送外遵朝谕游历日本美利加等国二首

其一

片帆飞去海山秋，好向扶桑作壮游。
七万鹏抟真快事，天风吹送转星球。

其二

记睹十洲未足夸，水蒸舟更火飞车。
丈夫四海平生志，莫向临歧感鬓华。

清光绪十三年（1887），光绪帝命总理各国事务衙门组织一次从六部官员中选拔海外游历使的考试，闭关锁国已久的中国迫切希望了解外部世界，并希望引进外国的先进制度与技术来强国。傅云龙在五十四名考生中脱颖而出，名列第一，录为外交特使，出使日本、美国、加拿大、古巴、秘鲁、巴西六国，并顺途考察了哥伦比亚、巴拿马、智利、阿根廷、乌拉圭五国，历时七百七十天，总行程六万零四百二十二千米。当傅云龙行至美国旧金山时，彼人以中国京官遵，为他拍摄了一张小影，他称这是“按影古通用汉梅福传注景象也”，时年傅云龙四十九岁，作为中国历史上第一位环游北美、拉丁美洲的中国官员。每到一国，他即收集该国地理、历史、政治、风俗、特产诸多资料，勘察并绘制各种地图和表格，据以编制图经。他为自己的考察定下了三条原则：不拾人唾余、不拘己之成见、不旷日因循。昼游夜记，达上百万字。游历各国图经呈光绪帝和总理各国事务衙门后，傅云龙得到了“坚忍耐劳，于外洋情形考究尤为详确”的批语，品秩升至二品，派往北洋大臣李鸿章麾下使用。此后，傅云龙先后任北洋机器局会办兼海军衙门帮总办并会办天津海运，兼办北洋水师内学堂，又督办“翔凤”轮，随阅海军操练，升北洋机器局总办，又兼神机营机器局总办，生产出第一炉好钢、第一批无烟火药，铸造银圆，编著水师内学堂教材，堪称国之干臣。俞樾对傅云龙评价很高：“真旷代逸才而中朝奇士”“此可为吾中国得人幸，非徒吾邑之光也”。

傅云龙像

可惜傅云龙的海外游历事迹和成果未引起高度重视，更没有及时转化，以致长期以来各种历史著作和教科书中几乎失载。

第六章 胜景诗举隅

景是诗的源，诗是景的魂。凡看一部县志，这一县往往有八景、十景，乃至十二景之谓，景名多为四个字，不仅用字典雅，还要讲究平仄。追溯起来，中国十景诗的发源地在金华八咏楼，肇见于沈约。如果说宋以及宋之前的德清、武康文化地标的选树，是外来文化人的促进与推动，那么从明开始，已由本土文化人来实现了。

武康“其望封禺，其镇莫干，其川前溪，其浸渚湖”，旧有八景，曰莫干剑池、前溪落花、烟霞洞天、铜官石燕、桂枝春水、东野古井、响潭瀑布、仙台丹灶。又有永安八景，曰竹径清阴、野桥鸣涧、醉琼仙树、鹃岭繁红、梅崦疏雪、英溪新涨、桃林春晓、柏村霜叶。另有杂见八景，曰髻峰远眺、龙湫沉碧、石城云垒、渚湖初荻、东渡乔林、西溪竹翠、云岫石门、钓台孤槎。

清溪八景，曰石壁归樵、月泉桂影、野桥梅雪、羌山过雨、乾元晓钟、金鳌秋月、玉麈晴云、龟溪夕照。“清溪八景”诗最早为明吴江所作，清蔡启僔、蔡赐勋祖孙亦有题诗。

仙潭十景，曰三潭夜月、九井寒泉、南寺晓钟、西溪夕照、渚山花雾、塔院松风、马迹秋芜、桃源春洞、土祠古杏、佛舍灵芝。此十景形成于唐宋，至明代已基本定型，陈霆、胡藻、童逸、朱文正均有“仙潭十咏”。

武康八景选五

莫干剑池

“世说吴王铸剑于此，取镆铘、干将之义以名。”清雍正年间编纂的《浙江通志》，恐怕是最早将莫干山和干将镆铘夫妇联系起来的。早在东汉，《吴越春秋》“阖闾内传”就写下了这个铸剑的传说：吴王阖闾命干将、镆铘二剑匠铸剑，金铁不化，干将不免想起先师夫妇俱入冶炉中才化的前事，于是放豪言：“师知烁身以成物，吾何难哉？”镆铘为了不负夫妻剑师之名，断发剪爪，纵身一跃入炉中，顿时金铁涌沸，终于铸成一对绝世好剑：阳曰干将，阴曰镆铘。这大概是我们很早就已经知道，并且不断熟悉的一个故事。

莫干剑池

宋董嗣杲诗：“苕溪直西山嶙峋，莫干矗空参北辰。”疑是最早写莫干山的诗句。《馀英志》云：“（莫干山）上有铸剑池，水常清澈，水旱祷焉。侧有磨剑石，世传吴王铸剑所也……今铁工造刀剑，磨以山之石，淬以池之水，则铦利异常。”在清道光《武康县志》的《莫干山图》上，犹能看到摩崖题刻“莫干剑池”。周梦坡造访莫干山时，山存其名，但“莫干剑池”四字不可得见，于是仿佛其处补书“剑池”二字，后来又在剑池之旁用篆文书“周吴镆铘干将磨剑处”。试问中国的名山中，除了莫干山，还有哪座山是以铸剑人的名字命名的呢？

莫干剑池

［明］唐　铿

欧冶勾吴地[1]，清池旧日闻。
鹏鹈[2]三尺雪，菡萏[3]一炉云。
岭峻天疑近，山荒路不分。
尚馀金铁气，千古碧氤氲[4]。

唐铿，字文振，武康人，明洪武二十六年(1393)举人，江苏沭阳教谕，有咏“武康八景”诗。

［注释］

①欧冶，欧冶子，铸剑师鼻祖。勾吴地，吴越交界地。

②鹏鹈，一种水鸟，其膏涂刀剑不锈。

③菡萏，荷花。南唐中主李璟《摊破浣溪沙》词：“菡萏香销翠叶残。”

④氤氲，形容烟气很盛。

莫干山

［清］唐　靖

剑已延津去①，山犹号莫干。
泉声飞百道，鸟径②仄千盘。
峡束青天小，池空六月寒。
龙光③常不夜，斗气复谁看？

［注释］

①剑已延津去，用延津宝剑的典故。

②鸟径，指险绝的山间小径。清吴绮《题吴羌山》诗："鸟道篮舆绝。"

③龙光，宝剑的光芒。王勃《滕王阁序》："物华天宝，龙光射斗牛之墟。"

剑　池①

李冰若

短褐②谈兵意若何，剑池残迹共摩挲③。
空山昨夜神灵雨，喷雪飞琼④特地多。

李冰若，名锡炯，号栩庄主人，湖南新宁人，作家。

［注释］

①诗题原为《莫干山同嘉礼十三弟作五首》，选其一。

②短褐，粗布短衣，代指平民。

③摩挲，用手抚摩。可参清许宗彦《同徐养原、严九能游慈相院》诗："摩挲认碑字，诗客爱留名。"

④飞琼，指飘飞的白色物。

癸酉游莫干山剑池二首[1]

熊希龄

其一

瀑落悬崖几道流，剑池人去竹林幽。
钱江远激胥涛[2]怒，不为吴王斩佞头[3]。

其二

风声习习入幽篁[4]，华屋[5]茅庐暑气藏。
天意不为阶级[6]恨，众生一例[7]享清凉。

熊希龄，字秉三，别号双清居士，祖籍江西丰城，曾任北洋政府国务总理。

[注释]

①本诗作于1933年。

②胥涛，相传伍子胥死后为涛神，故称潮水为胥涛。

③佞头，奸佞之头。

④幽篁，幽静深暗的竹林。王维《竹里馆》诗："独坐幽篁里，弹琴复长啸。"

⑤华屋，此指别墅。

⑥阶级，等级。

⑦众生，芸芸众生。一例，一律。

剑池观瀑[①]

陈叔通

剑气销沉尽，寒流自古今。
最宜乘雨后，相对坐亭阴。
射日惊衰眼，因风送远音。
耳根真洗净[②]，始觉入山深。

陈叔通，名敬第，杭州人，著名爱国民主人士，在莫干山有方方小筑(即552号别墅)。

[注释]

①本诗发表于1936年《东华》。李青崖评："字字洗练，氛诟已离，可比四十贤人。"佳句如名士，分班四十贤。

②耳根真洗净，耳根清净。清蔡思铨《李澹园明府过访》诗："欲把清泉涤耳根。"

前溪落花

明清时期的武康，最赏心悦目之事，莫过于到千秋桥看前溪落花。因受武康旧志的误导，前溪源出铜岘山，夹岸桃花十余里，春水时至，乱红蔽流，皆花英也，故名馀英溪；又东流别出下渚湖，合于天目之苕水，则花瓣消而花萼仅存矣，故名馀不溪，使当时许多文人，如洪昇皆以为六朝前溪歌舞的演出地就在武康，而来武康寻前溪歌舞的影子。

前溪落花

［明］唐　铿

前溪花正落，两岸[①]拍红波。
绿树春风满，青山夜雨多。
馀香消蝶梦[②]，新蜜上蜂窠[③]。
每赚沧浪客[④]，寻源入钓蓑。

［注释］

①两岸，明嘉靖《武康县志》录为“两暗”，据《历代诗人咏德清》版改为“两岸”。

②蝶梦，指梦境。李商隐《锦瑟》诗：“庄生晓梦迷蝴蝶。”

③蜂窠，蜂巢。

④赚，骗。沧浪客，浪迹江湖的人，此指游人。

前溪观涨

［明］陈　素

前溪渡曲旧时春，岁岁桃花涨水滨。
今日千秋桥[①]下过，人烟寂寂柳条新。

陈素，字函白，号澹仙，浙江桐乡人，明崇祯七年（1634）进士，江苏泰州知州。

［注释］

①千秋桥，俗称官桥，在今德清县武康街道兴康路，南北向横跨前溪，始建于三国吴黄武初年，有桥联：“千秋永古；万民如康。”

前　溪

［清］洪　昇

六代繁华地[①]，凋残近若何[②]？
村巫纷屡舞[③]，渔父自成歌。
花落红漂水，莎[④]长绿映波。
当年风月夜，丝竹[⑤]画楼多。

［注释］

①六代繁华地，原出明童冀《送人之金陵》。六代，六朝。

②若何，如何。

③村巫纷屡舞，化用王维《凉州郊外游望》诗“女巫纷屡舞”。屡舞，屡次起舞。

④莎，莎草。

⑤丝竹，琴瑟与箫管等，泛指乐器。

前　溪

［清］张　琴

清溪一道艳阳中，堤柳犹含六代风。
山到渡头横锁黛[①]，花分洞口乱摇红。
彩云不逐歌声散，白纻[②]还传舞态工。
子夜[③]香魂呼欲出，莺啼芳树燕穿栊[④]。

张琴，武康人，著有《花溪集》。

［注释］

①锁黛，美女皱眉头。

②白纻，白纻舞，一种盛行于六朝的江南民间舞蹈。

③子夜，子夜吴歌。

④芳树，河阳芳树，代指佳木。栊，帘栊。

桂枝春水

在老武康人心中，河桥头、八角井、官桥是武康地标性建筑。桂枝桥，又名武康桥，俗称河桥，位于武康县儒学前，跨前溪。志载："桂枝桥下溪流澄湛，天光掩映，方春和时，群鱼游泳，历历可数，雨集则波涛汹涌，若巫峡然。""武康八景"之一"桂枝春水"，即在此。清乾隆十二年（1747），知县刘守成于桥北建桂枝坊。道光九年（1829），知县疏筤重修桂枝桥，并创建文昌阁于南堍，杏坛坊于北堍。自桂枝桥西，舟楫不通，米薪多以筏运，是武康通往德清东部的唯一水道，也是德清东西部农产品贸易的集散地，昔河道堵塞时常发生。今县城武康的主要街道英溪路跨桥而过，桥上一派车水马龙，桥下却早已断航。

桂枝春水

［明］唐　铿

泮水黉宫①路，舆梁②桂一枝。
朝晖金翡翠，春影绿玻璃。
虹见③云开际，鸥眠雨过时。
昔年游此地，鱼有化鲲④期。

［注释］

①泮水，泮宫之水，学宫前的半月形水池。武康县儒学的泮池，迟至明嘉靖初才凿，清乾隆、嘉庆时两修，无论知县还是教谕、训导，都把筑泮池事作为一项兴学的善举，争相捐俸为之。清武康知县刘守成《泮池》诗

云:“莫嫌半壁无多水”,“十载修鳞在此池”。诸生们也懂得其中奥妙,“凡过泮池而东西行者,无不张拱走趋”。黉宫,学宫。黉宫胶序,乃乡学之称。

②舆梁,桥梁。

③见,通“现”,显现。

④化鲲,唐铿为武康县学学生时曾游桂枝桥,后“化鲲”中得举人。鲲,大鱼。《庄子·逍遥游》:“北冥有鱼,其名为鲲。”

东野古井

孟郊“虽产武康,未尝家也”。孟郊诗集中有一首《湖州取解述情》,说明他是到湖州参加的解试。也就是说,他自视为武康县生员,中进士后名字自然刻在武康县儒学的进士题名碑上。孟郊作古后,武康县将孟郊故宅所在的里坊取名“东野旧里”,将孟郊故宅前的古井取名“东野古井”。可谓相得益彰,不亦《游子吟》主题所寓欤? 1919 年,武康知事熊宪章置古井并刻辞:“唐邑人孟郊,贞元进士,官溧阳县尉。其故宅于此,井亦郊所凿。清乾隆十一年(1746),知县刘守成重浚并建亭。今亭废井智,仅留碑。余偕县绅程最忻、僚友倪养吾、章紫阁、王慕莲、杜祥农、诸启访迹至此,见碑堕而扑,爰竖立并加石棋于井,以存古迹。是为志。”

东野古井

[明]唐 铿

青山灵液①在,东野旧居边。
秋入铜瓶②早,天垂玉甃③圆。
银床理碧藓④,紫绠⑤落苍烟。
岁旱何曾竭,丹砂可引年⑥。

[注释]

①灵液,对水的美称。

②铜瓶,铜壶,古人计时之器。

③玉甃,对井壁的美称。

④银床,对井栏的美称。碧藓,青苔。古诗中亦有用苍苔、碧苔、莓苔。

⑤绠,汲水用的绳子。

⑥丹砂,朱砂。引年,延年益寿。

过孟井

［清］高　怡

自幸无多屋，居临孟宅前。
诗穷泉半古，名重井犹存。
薄宦[①]洛阳日，来归瀚海[②]年。
此生遭际[③]近，应许问林泉。

高怡，字仲友，武康人，清康熙三十三年（1694）进士，官监察御史，有“白面龙图”之誉，以疏议建储，谪戍，后以原职释还里，与邑人歌诗赠答或觅胜游。

［注释］

①薄宦，卑微的官职，谦辞。

②瀚海，蒙古大沙漠的古称。唐陶翰《出萧关怀古》诗：“孤城当瀚海，落日照祁连。”

③遭际，境遇。

东野古井

响潭瀑布

响应潭(唐·湖州刺史于頔题刻)

武康城西村花石开有龙湫，名玉石响，又名响应潭。玉言色，响言声。唐湖州刺史于頔于贞元十年(794)、贞元十六年(800)先后两次来此留题："湖州刺史京兆于頔、监察御史河东薛公允、前右卫胄曹吴兴沈必复、处士弘农扬系、富春孙革、天水赵匡时、河南于崟、(武康)县令明瑞、尉包举，贞元十年二月五日题""玉石响贞元十六年二月六日改此名"。唐元和七年(812)，湖州刺史裴汶，武康县令刘汭率僚属来此祷雨辄应，因建龙王堂。宋元符元年(1098)，武康县境不雨，县令毛滂响潭祷雨，得之。毛滂后特作长诗寄苏轼。苏轼次韵毛滂感雨，称赞毛滂诗品"定非郊与岛，笔势江河宽"。是年冬，湖城无雪，湖州刺史蒋之翰派主簿携酒食，请毛滂代为祈雪，亦应。事闻，敕赐龙王堂，庙额渊应。宋葛胜仲曾游并有长诗，“云岩五花树，下临碧玉潭。泛泛石溜中，此独潴揉蓝。潭底玉石响，声如奏韶咸。”宋咸淳末，董嗣杲任武康知县，有《洁牲谢响应龙庙……》诗。

响应瀑布

［明］骆文盛

飞瀑悬崖下，荒亭坐自看。
细穿云窦[1]远，密洒雪花寒。
响欲谐金石，清堪濯肺肝。
诗魂凭唤起，逸兴[2]满林端。

骆文盛，字质夫，武康人，居在馀不溪之下，乃号两溪，明嘉靖十四年(1535)登进士，改庶吉士，授翰林院编修，官史局六年，两典文衡，均能得士。著有《两溪集》，其文简古多思，尤深于诗，冲雅似唐人，有王维、孟浩然之风。卒葬石城山南麓。

［注释］

①云窦，云气出没的山洞。

②逸兴，超逸豪放的意兴。王勃《滕王阁序》：“遥吟俯畅，逸兴遄飞。”

龙湫沉碧[①]

［清］张　琴

悬崖碧嵌空，澈底[②]清涵月。

横亘[③]一缕云，时见龙出没[④]。

［注释］

①龙湫沉碧，即响应瀑布。在“杂见八景”中，此景谓“龙湫沉碧”。龙湫，上有悬瀑，下有深潭。

②澈底，清澈见底。

③横亘，绵延横陈。

④时见龙出没，清徐梦曾《游龙潭》诗：“有时风雨出蛟龙。”

武康杂见八景选一

石城云垒

武康旧志载："马头高拥于南，乌回盘旋于北，石城西峙，黄陇东蹲。馀英溪襟带于前后，风渚湖荡映于上下。""武康杂见八景"有一景，石城云垒。石城山，今名城山，在今德清县舞阳街道城西村境内，主峰海拔406米。西汉末年赤眉起义时，邑人因山垒石为城，赤眉军攻其下，失利而退，故名。石城山为姚氏祖茔地，东汉青州刺史姚恢，尚书左仆射姚皓，三国吴太常卿姚信，隋蜀王府司马姚最，唐秘书少监姚思聪皆葬于此。"武康杂见八景"有一景，曰石城云垒。清胡国桢《登石城山绝顶》诗："巉岩倚云端，樵路盘空小。遐瞩万象平，耸身一飞鸟。神明接呼吸……危峰若倾倒……"

石城云垒

［清］张　琴

筑城临绝峤，言避赤眉乱。
遥望隐如环，和云垒天半。

石城山顶观云[①]

［清］吴康侯

日坐高窗俯白云，下方岚影碧氤氲。
时人不识山头路，只道鸡声天上闻。

吴康侯，字定远，号铁庵，上海嘉定人，明崇祯十二年(1639)举人，清康熙元年(1662)任武康知县，以廉能抗直称，解任布袜青鞋，放情山水，曾遍游县域古迹名胜，搜集遗事而成《武康县志》稿本。

［注释］

①诗题原为《石城山浣月潭坐雨竹楼二首》，此为其二，此题为选注者拟。浣月潭，又名偃月潭，在石城山顶，石底石壁俱属天成，中产五色鱼，大旱不竭。坐雨，同坐夏，旧时僧人于夏季三个月中安居不出坐禅静修，其时正当雨季，亦称坐雨安居。

封山八景选二

巽渚澄清

封禺山图

“封山八景”中的“巽渚澄清”，即“武康杂见八景”中的“渚湖初荻”。渚湖、巽渚，皆下渚湖别名。下渚湖，以防风氏所居，故名风渚；以在封禺二山间，故名封渚；在东南隅，名巽渚；广九里，名九里湖，前代禁采捕。湖中多芦荻茭莼。渚旁土黏埴，陶户皆居之，浙右陶器多出于此。明洪武十四年(1381)，在下渚湖上设河泊所，厅轩十六间，专管征收渔业课税，景泰间废。清吴康侯《封山记》云：“假东坡、和靖两公，筑堤移柳，栽梅放鹤，曷亚荷花十里，桂子三秋耶！”按此，下渚湖可谓西子湖的姊妹湖。游人用心体会，下渚湖并不逊于西子湖的湖光山色。下渚湖今为浙江省第五大内陆湖、江南最大的天然湿地、国家湿地公园。

下渚湖

［宋］毛　滂

春渚连天阔，春风夹岸香。
飞花渡水急，垂柳向人长。
远岫分苍翠，澄波映渺茫[1]。
此身萍梗[2]耳，泊处即吾乡。

［注释］

①渺茫，辽阔。

②萍梗，浮萍断梗。

八月二十八日挈家泛舟上渚[1]

［宋］毛　滂

秋色向幽处，浮家聊[2]远寻。
醉来蓬鬓乱，卧入蓼花[3]深。
云壑封诗物，烟波留客心。
未应儿辈觉，余醪且勤斟[4]。

［注释］

①诗题一作“上渚湖”。挈家，携带家眷。上渚湖，与下渚湖其实是一个湖。上渚湖是汀渚较多，现大部分淤塞，只剩下通行的河道以及河道上那座保存完好的宋代石拱桥——上渚桥，即寿昌桥。

②浮家，浮家泛宅，形容以船为家，在水上生活。聊，姑且。

③蓼花，又名荭草，生于水边，花为穗状红色。

④醪，酒。斟，倒酒。

行次下渚湖二首

［宋］张　镃

其一

绵延苍岫补林空，菱荇[①]通船万镜中。

黄白花明如绣出，蜻蜓犹爱蓼成丛。

其二

野童[②]绿草牧鹅群，诗料今朝得几分？

俯仰纵横皆合律，云如层树树如云。

［注释］

①荇，根生在水底，花黄色，蒴果椭圆形，茎可以食。

②野童，村野儿童。野人，即村野之人。

下渚湖

［明］易　纲

满湖风景类蓬莱[①]，胜会相逢笑口开。
上下有天涵[②]日月，往还天地着尘埃。
鱼翻晓浪[③]迎风跃，雁引秋声隔棹来。
抚景放怀拼共醉，浩歌飨震豸山隈[④]。

易纲，字正道，湖南衡阳人，明成化十三年(1477)举人，弘治十一年(1498)任武康知县，曾主修《武康县志》。

［注释］

①蓬莱，也作蓬岛，传说中的神山。另如员峤、方壶，皆喻仙境。

②涵，包含。

③鱼翻晓浪，下渚湖渔利颇丰。

④飨，酒食。豸山，一名廌山，为下渚湖中一座孤屿，状若獬豸，有小路可登顶。隈，山水等弯曲的地方。清徐熊飞有“移家合住廌山隈”句。

下渚湖

[清]洪　昇

地裂防风国，天开下渚湖。

三山浮水树，千港划菰①芦。

埏埴②居人业，渔樵③隐士图。

烟波横小艇，一片月明孤。

[注释]

①菰，又名交笋，即茭白，春天萌生新株。初夏或秋季抽生花茎。而未受菰黑粉菌侵入的菰其结成的颖果即菰米，也叫雕胡，为“六谷”之一。

②埏埴，滨湖居人以埏埴为业。清沈维均《东岭夜月》诗：“陶穴火初红。”清洪𫄧《送客归浙》诗云：“风渚渔陶茗水傍。”

③渔樵，渔樵耕读是农耕社会四个比较重要的职业。

下渚湖

[清]唐　靖

极浦①遥天外，千山一镜中。

人烟迷蜃气②，石径隐龙宫。

岸远星星火，帆随面面风。

未能期汗漫③，终欲过鸿蒙④。

[注释]

①极浦，遥远的水滨。

②蜃气，海市蜃楼。古人误以为蜃吐气而成。

③汗漫，水大渺茫无际的样子。

④鸿蒙，古人认为天地开辟之前是一团混沌的元气，这种自然的元气叫作鸿蒙。

过下渚湖

[清]汪廷桂

水阔云深短棹迟，青山一点数茅茨①。
园林鸟唤春归日，村落蚕忙画永时。
桑陌枝扬新妇②摘，芦汀③烟袅老渔炊。
眼前饶有豳风④意，人在诗中自不知。

[注释]

①茅茨，茅檐，皆指茅屋。

②桑陌，桑间小路。陌，阡陌，田间小路。新妇，儿媳妇，泛指妇人。

③芦汀，即芦苇地。芦苇，是下渚湖最具代表性的风物之一，为湖终生厮守。早春，芦笋钻出地石，很嫩很嫩，紫中带红，不久开始抽碧。初夏，芦苇已长到两米高，不管湖滨湖心，不管泥土肥瘠，总在蓬勃地生长。深秋，芦叶飘零，芦壳剥落，芦秆黄中发亮，连同湖上连绵的秋雨，刚柔相济。

④豳风，《诗经》中豳地的风谣，多与农事有关。

大风过下渚湖

[清]沈天柱

纵步风涛险，仍安自在心。
披襟①闲弄笛，尽作水龙吟②。

沈天柱，字擎旃，武康人。

[注释]

①披襟，敞开衣襟。

②水龙吟，词牌名，双调，仄韵。

下渚湖[①]

［清］高文照

下渚湖连上渚湖，乌菱白芡足官租[②]。
行舟六月荷花市，不数钱塘堤姓苏。

高文照，高植子，字润中，号东井，武康人，清乾隆三十九年(1774)举人，著有《阆清山房诗录》《七峰草堂诗钞》《听雨楼诗集》，被蔡环黼赞为"东野后一人"。高植、高文照父子合葬在上柏大庙山。

［注释］

①本诗选自《前溪后歌》，此题为选注者拟。

②乌菱白芡足官租，明赵金《过德清》诗："菱藕官租足。"

古庙唐碑

封山，防风氏封守之地，以禁樵采，又名封公山。旧有八景，曰古庙唐碑、乾峰耸翠、巽渚澄清、西岭朝烟、东岭夜月、湖山云霁、渚桥夕照。清沈维均有“封山八咏”诗。

古庙唐碑，古庙即防风庙，唐碑即吴越新建风山灵德王庙碑，系江南地区罕见的千年古碑。防风，古越无文字，以字记音，故防风音实同庞风，殊古老。防风氏，又名汪罔氏、汪芒氏，是正史中唯一有记载的江南先民，也是为数不多的可以与大禹媲美的治水英雄。《史记》：“汪罔氏之君守封禺之山。”《国语·鲁语下》：“昔禹致群神于会稽之山，防风氏后至，禹杀而戮之，其骨节专车，此为大矣。”明刑部郎中沈彬撰《防风氏神庙碑记》，对防风氏之死提出异议，“决非禹戮，后期乃其沴世”。

晋元康初，武康县令贺循在封山之麓建防风庙，此为防风庙有记载之始。南朝梁任昉《述异记》：“今吴越间防风庙，土木作其形，龙首牛耳，联眉一目。昔禹会涂山，执玉帛者万国。防风氏后至，禹诛之，其长三丈，其骨头专车。今南中民有姓防风氏，既其后也，皆长大。越俗，祭防风神，奏防风古乐，截竹长三尺，吹之如嗥，三人披发而舞。”唐王勃《益州夫子庙碑》：“稽山南望，识皓骨于封禺。”唐天宝六年(747)，敕改封山为防风山。元和间，防风庙曾重修，并有碑记，可惜已佚。吴越国王钱镠封防风氏为灵德王，于吴越宝正元年(926)易址新建风山灵德王庙，并亲撰庙记碑，凡七百三十四字。宋章杰《防风庙》诗，“厥祝唯防风，庙貌侔王居”，“血食庇此方，永世终无渝”。宋董嗣杲《武康防风王庙前入西乡山中旷游，归看邑志偶成》诗：“敝祠古木质拥肿，色泥痴塑防风身。”

清乾隆间，有“书癖”之称的严元照来观碑，作有《观武康风山灵德王庙碑》诗，序云：“庙有吴越宝正六年碑记，向来金石家无著录者，近徐孝廉熊飞始椎拓示人……庙在山麓，入庙见山如张屏障。碑在庙门之东壁，‘宝正’二字已磨灭，盖钱氏纳土后自行镵去。文中又镵去数人姓名，余皆完好。行狎书，茂美可爱。”交代了最早是徐熊飞拓得此碑示人，乃有严元照观碑之事。严元照的诗紧扣碑文，中有“奕奕灵德王，肸蚃四千祀。像设何隆崇，与山同不圮。穹碑犹未泐，吴越文可纪”句。后来，阮元纂《两浙金石志》，陆心源纂《吴兴金石记》皆著录了此碑。

“新建风山灵德王庙记”拓片

每岁仲秋八月廿五的防风氏祭，乡人刲羊酾酒，有司俎豆祀之。防风传说更被誉为继中原神话、云南岩画、纳西族祭天古歌之后，又一“珍贵的发现”。千百年来，防风彩衣因盖着重要的历史肉躯，保存了许多端倪。

防风氏庙

[宋]陈必复

一去归期不复闻，故乡目断会稽[①]云。
乌江空堕将军泪[②]，蜀国曾招望帝魂[③]。
两壁衣冠存古貌，千年城郭说邦君[④]。
遗民尚指专画骨，老树槎牙[⑤]枕庙门。

陈必复，字无咎，号药房，福建长乐人，宋嘉定间寓居封禺山中，淳祐十年(1250)中进士，著有《山居存稿》。

[注释]

①目断，犹望断。会稽，大禹在会稽会盟，执玉帛者万国，防风氏后至被杀。

②乌江空堕将军泪，用西楚霸王项羽乌江自刎典。

③蜀国曾招望帝魂，用望帝化杜鹃典。李商隐《锦瑟》诗："望帝春心托杜鹃。"

④邦君，诸侯国君主，此指防风氏。

⑤槎牙，树木枝杈歧出，错落不齐。

防风庙

［清］唐　靖

自昔防风氏，山川亦禹敷①。
春秋绝长狄②，吴越始神巫③。
云暗东西岭，花深上下湖。
有司仍俎豆④，不改旧封禺⑤。

［注释］

①禹敷，《禹贡》："禹敷土，随山刊木，奠高山大川。"

②长狄，《国语》："汪芒之君也，守封禺之山者也为漆姓，在虞夏商为汪芒氏，于周为长狄，今为大人。"

③神巫，巫师。

④俎豆，同祭豆，指祭祀。

⑤不改旧封禺，清光绪间，本地秀才梁英撰有防风祠长联："五千年藩分虞夏，矢志靡佗，追思洪水龙蛇，捍患到今留圣泽；一百里壤守封禺，功垂不朽，试看崇祠俎豆，酬庸终古沐神庥。"

清溪八景选五

玉麈晴云

玉麈晴云，即玉麈山，在老德清县城北，山有白石洞。元宗师吴全节来游，留有“谈挥玉麈看云起，坐俯金鳌待月生”句，遂更山名为玉麈山。元姚文奂有“水光摇玉麈，山色舞金鹅”句。

玉麈晴云[1]

［清］蔡赐勋

山如苍珮净纤埃[2]，锦绣晴光迤逦[3]开。
舒卷[4]恍同披絮影，氛氲[5]低护讲经台。
青松涧底随龙起，红叶峰头送雁来。
小憩僧寮[6]堪共话，清谈[7]还想晋时才。

蔡赐勋，蔡启傅孙，字鼎书，德清人，诸生，著有《临诗草堂诗稿》。

［注释］

①本诗选自《清溪八景恭和先修撰公启傅韵》。

②纤埃，微尘。

③迤逦，连绵不断的样子。宋毛滂《入石颐寺》诗：“俯看众山皆迤逦。”

④舒卷，云卷云舒。

⑤氛氲，云雾朦胧的样子。

⑥小憩，短暂休息。僧寮，僧舍。

⑦清谈，魏晋时期崇尚老庄，空谈玄理。

金鳌秋月

金鳌山，又名金鹅山，在老德清县城西门外。德清旧志载：“山枕溪流，其体四面剥换，五形互见。绝顶有池，冬夏不涸。昔传有金鹅翔集，樵者或闻其鸣，今山南有村名上初鸣、中初鸣、下初鸣者，盖因是也，后人因以名其山。下有后汉述善侯沈戎墓，沈麟士《述祖德碑》。”东汉永平元年(58)，沈戎下葬于此，金鹅飞集，三鸣而去。沈戎长子尚书令沈醴墓、次子荆州刺史沈彦墓、幼子河间相沈景墓俱在金鹅山。童谣云：“金鹅鸣，沈氏兴，代代出公卿。”唐乾元间，盗起，碑为火所焚，碑首毁裂将堕，幸有仆树生于碑座龟腹，盘根抱趾，耸干夹碑，碑乃得一时之固，名“庆树碑”。唐大历八年(773)，湖州刺史颜真卿书碑阴记。

金鳌秋月[1]

[清]蔡启僔

郭外霜霏一径间，秋高寒影近潺湲[2]。
风柯[3]不定时惊昼，鳌背依然挟素鬟[4]。
回溯溪光堪并照，遥连石壁尽成斑。
凉飔[5]莫惜吹双鬓，好日偏期数往还。

蔡启僔，字硕公，号昆旸，德清人，清康熙九年(1670)状元，曾充顺天主考官，得士徐倬等，仕至右春坊右赞善，著有《游燕草》《存园集》，卒祀乡贤祠。蔡启僔侄蔡升元，字方麓，号征元，康熙二十一年(1682)状元，官至礼部尚书，故有“十二年间两状元”语。

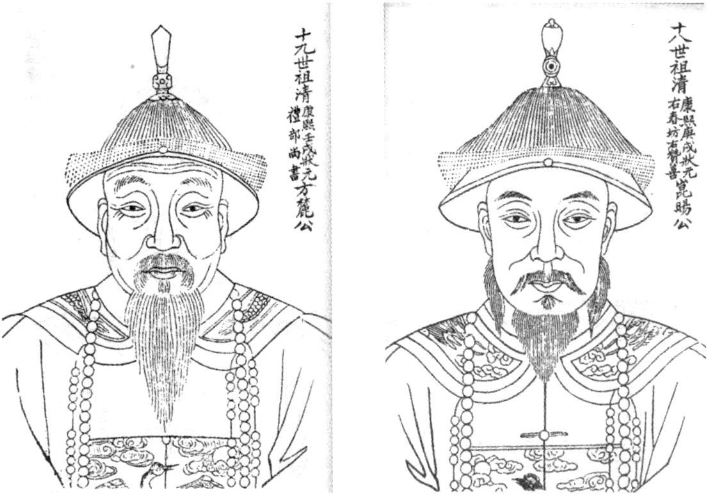

蔡启僔像、蔡升元像

［注释］

①蔡启僔孙蔡赐勋依蔡启僔韵有同题诗："万象澄明松竹间，清池流水照潺湲。跨来飞彩青磨镜，占断秋光绿映鬟。大好凌云蟾窟近，一空隐雾豹纹斑。科名沈氏传佳话，更听鸣鹅往复还。"

②潺湲，水流动的样子，此指流水。王维《辋川闲居赠裴秀才迪》诗："秋水日潺湲。"

③风柯，风中的树枝。

④鳌背，此指拱桥。鬟，古代妇女梳的环形发髻，此喻山形。

⑤凉飔，凉风。

羌山过雨

羌山，吴羌山，即乾元山。相传汉高士吴羌避王莽之乱，遁迹于此。南朝齐名贤沈麟士隐居于此讲经教授。德清旧志载：“（羌山）山形当县而峙，盖县之屏扆也。山川之秀，于焉为冠。”旧谚有“德清人勿见乾元山要哭”，足见恋家恋土之意。

羌山过雨

［清］蔡启僔

山城高士几留芬，避地[①]还随猿鹤群。
白练昼悬千涧水，翠微[②]朝锁一峰云。
时开岩壑飞花远，遍老藤萝落叶殷[③]。
常似灌坛[④]风雨过，蛰龙雾豹[⑤]此中分。

［注释］

①避地，迁到安全地方以避灾祸。

②翠微，青翠的山色。

③殷，多。

④灌坛，祭坛。

⑤蛰龙雾豹，比喻隐居之士。

月泉桂影

月泉，即慈相寺半月泉。抗战前中秋之夜，邑人多携亲友来游，只见“近处，山寺台阶依旧，大殿只遗陈迹，泉水映月，树影婆娑，宁静空灵。远处，月影如盘，山影如黛”。

月泉桂影

［清］蔡启僔

片月分移导我泉，犹然不破水中天。
欲知天上吴刚斧①，但咏人间秋水篇②。
卓锡可思龙象法③，漱流犹待隐沦④缘。
遥怜桂子⑤为谁落，斫⑥却清光更自圆。

［注释］

①吴刚斧，《酉阳杂俎》：“旧言月中有桂，有蟾蜍，故异言月桂高五百丈，下有一人常斫之，树创随合。人姓吴名刚，西河人，学仙过，谪令伐树。”

②秋水篇，指《庄子·秋水》。

③龙象法，佛法。

④漱流，枕石漱流。隐沦，隐居。

⑤桂子，桂花。柳永《望海潮》词：“有三秋桂子，十里荷花。”

⑥斫，用刀斧砍。

野桥梅雪

野桥，在慈相寺上，跨古涧，有泉幽幽然，其鸣乍大乍细。距赵孟頫德清别业半里许。梅花放时，自桥上望之，如积雪然，故以是得名。明陈霆《偕客游慈相寺》诗："留题石壁云，照影野桥水。"清沈宗元《野桥》诗："何如野桥雪，恍见武陵春。"

野桥梅雪

［清］蔡启僔

精蓝①独出万山中，寺掩松门断涧空。
梅在雪前香细细，雪随梅落雨蒙蒙。
花飞艳夺王恭氅②，絮舞轻吹谢女风③。
幽意可怜消④不得，骑驴⑤还逐小桥东。

［注释］

①精蓝，伽蓝，梵宇，精舍，禅宫，仁祠，上方，皆指寺院。

②王恭氅，《世说新语》："（孟昶）尝见王恭乘高舆，披鹤氅之裘。"

③谢女风，谢安侄女谢道韫有咏絮才。

④可怜，可爱。消，消受。

⑤骑驴，骑驴寻梅。按照明张岱《夜航船》中的说法，第一个在驴背上吟诗的诗人是孟浩然，"孟浩然情怀旷达，常冒雪骑驴寻梅，曰：'吾诗思在灞桥风雪中驴背上。'"钱锺书先生将驴子称为"诗人特有的坐骑"。

仙潭十景选四

三潭夜月

三潭，通济桥下为一潭；通仙桥下为一潭；米漾桥下为一潭，名神驾潭即陈家潭，岁久变迁，今皆浅浊淤狭，船难于靠岸。

三潭夜月

［明］陈　霆

老蛟全赖[1]静无波，向晚平潭月色和。
山翠[2]已收眉尚浅，水光相荡镜新磨。
客船有笛吹杨柳[3]，渔浦无灯落雁鹅。
却信仙人过旧隐[4]，冰弦[5]弹处夜凉多。

陈霆，字声伯，号水南，新市镇人，明弘治十五年(1502)进士，曾官刑部主事、山西提学佥事，隐居渚山四十年，更号渚山真逸，晚号可仙道人，著有《水南集》《仙潭志》《渚山堂诗话》《渚山堂词话》等，卒祀乡贤祠。

［注释］

①老蛟，蛟龙，传说中的水底猛兽，最惯用水。赖，原字为懒，通赖，仗恃。

②山翠，比喻女子黛眉。

③杨柳，古乐曲名。王翰《凉州词》："羌笛何须怨杨柳，春风不度玉门关。"

④过旧隐，过访。

⑤冰弦，琴弦的美称，传说中用冰蚕丝做的琴弦。

马迹秋芜

马迹,马迹山,在新市镇之西园,原宋显谟阁学士刘光祖府中旧物,今废久迹削。秋芜,秋草也,经霜不复繁。

马迹秋芜

[明]陈　霆

向来遗迹漫[1]西东,千古豪华慨叹中。
谷变[2]不量胡地马,山颓兼伐大夫松[3]。
荒郊尽让寒烟碧,野烧[4]时添夕照红。
寂寞川原容易[5]老,一堆黄叶诉西风。

[注释]

①漫,遍布。

②谷变,陵谷变迁。

③大夫松,五大夫松,此指古松。

④野烧,野火。唐严准《荆溪馆呈丘义兴》诗:"野烧明山郭。"

⑤容,面容。易,容易。

渚山花雾

渚山，为陈霆所构游憩著书之所，叠石洲渚间，有可仙洞、呼鹿砦、贮月岩、飞南泉、漱石滩、长春坞、扣鲫桥、春溜池、驯象峰、啸猿峰、透墩峰、嵬灵峰、卓剑、了髻峰等景。

渚山花雾

［明］胡　藻

漫山香霭[1]郁津津，半似烟霏半似尘。
养晦[2]正宜藏壑豹，看花全像老年人。
楼台已失桃源路，障幄深蒙梓泽[3]春。
忽地羲和鞭日[4]起，却看红露湿沾巾。

胡藻，字棠文，号春江，新市镇人。

［注释］

①霭，云气。

②养晦，韬光养晦，修身养性。

③障幄，幕布帐子。梓泽，晋石崇在洛阳的别墅，别称金谷园，后泛指名园。

④羲和鞭日，古代神话中羲和为太阳驾车，比喻光阴流转。

南寺晓钟

南寺，即明因寺，又名鸣因寺，在新市镇果山北，与觉海寺齐名。吴越国时余杭令章靖舍宅创建，号罗汉院。宋熙宁元年(1068)，赐今额。清顺治间，蔚为丛林，为一邑禅刹之冠。清画僧芝田曾主明因寺，与文人雅士有交往。沈铨入室弟子童衡曾入明因寺为僧。寺有大铜钟，晨钟之声可传到韶村十二里塘上的圣济桥。寺址后建青莲庵，镇人钟萼辉遗孀捐资。今不存。

南寺晓钟

[清]沈鸿谟

古寺白云边，烟外钟未歇。
虫语响空阶，吟落一床月。

沈鸿谟，字良范，德清人。

第七章　山水田园诗存

山

铜官山

德清、武康山水佳胜甚多，历代名人题咏繁不胜数。爬梳剔抉，斯地有四座以县名作山名者，曰防风山，曰永安山，曰武康山，曰德清山。

铜官山，原名武康山，晋以之名县，唐天宝六年(747)改今名。读历代方志和诗文，关于铜官山采铜的记述非常多：山顶有两坎，为汉代所遗铜井，方丈许，深不可测，水无盈缩，色以时变；距铜井半里为炼铜滩，大约一亩，碎石锈绿，皆金碧色，纤草不萌，传是炉冶地；又井旁石笋多产青绿，山僧取之以饰佛髻。西汉吴王刘濞曾在铜官山招募天下亡命之徒，凿山炼铜铸钱，朝廷鞭长莫及，只能听之任之。须知，凡铜、铁、盐悉国营。铜官山采铜，自西汉吴王始，采采停停采采，千年之后，把山之铜精庶几开采完了，以致清初复采时，郡遣一从事督其役，设十炉取石屑炼之，初视如铜，击以斧则复解如沙砾。有老矿工验之曰："此铜皮也。铜之精已罄，山无铜矣。"邑人唐靖遂作《论铜官开矿事宜》

力止采铜。铜官山采铜遗址、文献、口碑都有了，实物有吗？清道光《武康县志》载，邑人蔡思铨于铜官山古矿得五铢钱范一具，后为金石大家阮元购去。

铜官山

［清］韦人凤

汉代宗藩①重，开山竞铸钱。
金沙遥映日，铜井暗流泉。
鸟宿吴宫树②，猿鸣萧寺③烟。
空怀亡国恨，天外一钟传。

［注释］

①宗藩，受分封的宗室。

②鸟宿吴宫树，化用贾岛《题李凝幽居》诗“鸟宿池边树”句。

③萧寺，相传梁武帝造寺，令萧子云飞白大书“萧”字，后世遂以萧寺为佛寺之称谓。

铜官之游①

太虚法师

汉时采铜处，唐代名铜官。
内外铜山寺，犹留铜井寒。

太虚法师，原籍浙江桐乡，著名高僧。

［注释］

①诗题原为《铜官石峤之游五绝四首》，此为其二。此题为选注者拟。

塔 山

塔山，为莫干山主峰，海拔720米，山顶旧有塔，吴越王钱氏建，明弘治以后颓圮。清吴康侯《莫干山记》："山有古塔遗迹，俗呼'塔山'，实则莫干之顶矣。"乾隆《武康县志》不但以塔名山，且在舆图上绘一塔影。道光间，有樵夫曾拾一塔砖，铭文曰"天福二年造"，知为后晋天福砖。清末民初，莫干山避暑界胜地渐为西人购尽，属中国人者甚少，政府公地只存一塔基而已。有人瞒禀官厅，将塔基冒作荒地售予西人，势已垂成。武康知事曹有成查悉，将案取消，拟辟为公园，以留古迹。1920年夏，塔山公园落成，中有一座八角亭，悬"高瞻远瞩"匾，继任武康知事王会中重修，缭以横槛，覆以高甍，务"使登斯山者高瞻远瞩，知吾国土地主权所在"，并在亭顶插象征五族共和的五色旗。昔登莫干山，必至塔山公园。据言，天朗气清之时，北眺太湖如镜，东南眺钱塘江疑是长玻璃，而杭城一角的房屋若鸽笼，人物如豆。坐此观日出日落，红云赤霞万状，与山中绿竹万竿，朱碧交映，极为壮观。抗战前，莫干山管理局复修，亭柱石砌，增高数尺，游人自山腰伫望，几疑古塔重现人间。今塔山建军用雷达站，游人却步。

挈眷游塔山

周梦坡

泉流百道助诗豪，驱遣[1]云烟笔底劳。
剑气已销名尚在，塔铃无语迹犹高。
近瞻武邑疑萧市，远溯钱江起壮涛。
济胜[2]各携洪胆略，举家饮渌恣贪饕[3]。

周梦坡，名周庆云，字景星，号湘舲，湖州南浔人，儒商，在莫干山有薖庐、六月息园别墅，纂有《莫干山志》。

［注释］

①驱遣，驱逐。

②济胜，攀登胜境。

③渌，渌酒。贪饕，恣，恣意，恣肆。贪吃，嘴馋。

游塔山[1]

周世选

叠岫层峦路转回，浅青浓碧几番催。
野迷烟谷知人处，村翠经秋渐叶堆。
塔影久随剑影后，山光犹逐日光开。
此时莫说风情淡，只有白云先我来。

周世选，周梦坡之孙，著有《南风集》。

［注释］

①本诗原刊于1935年莫干山中国青年协会编《幽篁》。

高峰山

高峰山踞其高，挺然干霄而耸翠，有清风洞、明月台、回龙冈、伏虎岩、玉乳泉、金沙涧诸胜，可临风登眺，邀月赋诗，洗心养目。明武康知县易纲、金九皋、杨誉、王懋中、贺鼎均曾登临并留诗。

乙巳九日同龙溪先生①登高峰

［明］易　纲

排云削出玉芙蓉②，此是馀英第一峰。
海日晓观江浪起，林烟晴洗翠堆浓。
归巢鸟捎风前树，施食③僧敲月下钟。
正值岁丰民讼简④，偶来游赏得从容。

［注释］

①九日，农历九月九日，即重阳节，宜登山。龙溪先生，王畿，字汝中，号龙溪，绍兴人，阳明学派主要成员之一。

②芙蓉，木芙蓉，晚秋开白、红、黄各色花，黄昏时变为深红色，大而美艳。清林述曾《游铜官山》诗："芙蓉朵朵插青苍。"

③施食，一种佛教仪式，为转障消灾延年益寿。

④正值岁丰民讼简，林述曾《游铜官山》诗："秋获欣观田父喜，丰容得问长官闲。"

登高峰绝顶

［明］杨　誉

琴尊[1]日日倚幽丛，更步青莲眺远峰。
玉乳泻泉环伏虎，金沙叠石绕回龙。
苔生明月仍留碧，叶满清风乱坠红。
坐啸不妨多品第[2]，移文空自叹周颙[3]。

杨誉，号少渠，福建建安人，举人，明隆庆五年(1571)任武康知县。

［注释］

①琴尊，即琴樽，古琴与酒樽为文人常备生活用具。

②坐啸，用东汉南阳太守成瑨典，指为官清闲或不理政事。品第，品评优劣，以定高下。

③移文，指行于不相统属的官署间的公文。周颙，为永明体诗的重要创始人之一，精通声律。

九日前登高峰

[明]王懋中

高峰望处迥崚嶒[1]，佳节重阳快此登。
野寺云遮清梵[2]出，空岩笕引[3]暗泉升。
松风洞壑来归鹤，竹屿藤萝入定僧。
顿觉归休[4]朝市远，明年胜会复谁仍。

王懋中，号实庵，江西南城人，明万历二年(1574)进士，万历十一年(1583)任武康知县。

[注释]

①崚嶒，高耸突兀。

②清梵，诵经声。

③笕引，饮水用的长竹管。

④归休，辞官退休。

天泉山

天泉山，在后坞村境，上有长流水，谓之天泉，旁多沃壤可耕。清吴康侯《天泉山记》："……山顶，昔日遗垣断灶、水碓故址犹存焉。绝顶平田顷亩，四时流水。昔之人引为沟渠，注为陂池，插禾艺黍。隙地徧植茶苧桑栗林檎金橘之属，即山栽种莱菔，贩者四方云集，脂膏鱼盐丝缟醯酱诸物，交易互市，不微而至。以故天泉之民，自昔饶腴，有老死不识县市，宴尔于归。"清唐靖《采茶谣》云："朝上天泉山，日暮采茶还。"

登天泉山

［清］郑训达

爱游直到千峰顶，万朵芙蓉足下横。
竹为多连惟见绿，山因太好不知名。
涓涓泉水松间听，冉冉白云衣上生。
从此不愁前路险，蓬莱原许散仙[1]行。

郑训达，字辑康，号琴雅，浙江浦江人，著有《漱云楼诗草》。

［注释］

①散仙，比喻放旷不羁、自由闲散的人。

天泉山麓古树[①]

梁　希

怒虬[①]倒挂苍鳞死，岩崖露骨石露齿[②]。
当年莫干炼剑时，此树此山已如此。

梁希，字叔伍，湖州人，林学家。

［注释］

①本诗原刊《新社会》1933 年第 5 期。虬，虬龙，这里指树干。

②岩崖露骨石露齿，原诗为岩崖露骨石齿露，明显有误，故改之。

石峤山

石峤山，一名七里峤，与石颐山对峙，其山峻滑，以石为骨。山顶有石峤，凌空而跨。美国传教士范约翰纂《莫干山小志》："黄海之滨，古多巨石，江水泛滥，遂为淹没。今之莫干山，即巨石之幸存者；观其岩石剥蚀之状，可以想见。"这话若不错，那么石峤山尤其可以作为剥蚀的岩石的显例。1924年夏，周梦坡克服石峤山难行之苦，由石峤山主钟氏子，约壮夫二人做向导，觅径登之，有感而撰文云："峤在两山夹缝中，顶锐不能渡……峤洞左方，豁然开朗……环行至右，则与后岩相接，成一石屋形……在洞中遥望，见莫干一角。"从峤洞远眺，炮台、上横、荫山诸峰彩楼碧树，历历如在画屏间。自此，上莫干山避暑的中外人士游兴逾不可遏，周梦坡慷慨捐资筑石峤山路，原峻滑处可拾级而上，并在石峤洞下浇筑一水泥平台，置石几石凳供游客小憩，剖柑饮水，携食进餐。后莫干山管理局将下段泥路改筑石级，全山遂循一条石级路可达。周梦坡作古，莫干山中旧侣拟择石峤山顶筑周公梦坡纪念亭。

石峤山

［清］徐同人

最好山居绝送迎，翛然[①]散步足闲情。
风清野旷吹寒絮，日暖林香弄好莺。
雨透春山翻嫩绿，晴凝溪涨贮深情。
悠然领得渊明意，爱看村农处处耕。

徐同人，字贞野，号信甫，武康人。

［注释］

①翛然，无拘无束的样子。

石峤山[①]

周世选

每怜秋色动游兴，石径高悬百草馨。
万竹留风生绿浪，一峤迎日锁红云。
峰回有影乾坤窄，涧泻无声井陌分。
洞外桃源多入画，我家亦染翠岩氛。

［注释］

①本诗原刊于《幽篁》。

德清山

德清山，又名乌山、乌巾山，唐天宝六年(747)敕改德清山，今呼乌牛山。山中曾出土西汉釉陶麟趾金。明许孚远《德清山馆记》："是山(德清山)尊岩庞厚，西对金鹅，而乾元、百寮在其左右，复有支脉盘旋，横于襟带之间。远近峰峦，森罗如画。余家世阻山为居，丘陇之所依，盖旦暮春秋而在于山。其入山稍深处，窈静可隐，余始除地而筑焉。"清严元照有《经乌山许恭简公故第，所谓德清山馆也》诗，"德清山下尚书庄"。许孚远先世于明初居此，号乌山许氏。俞樾先世亦居此。俞平伯有"乌巾山下先人屋"句。

观德清山[①]

［明］蔡汝楠

故乡胜地原相引，况属春来物候殊。
岭上孤云浮碧树，沙边过雨洗新芜[②]。
看山稠叠[③]环西郭，问水迢遥入具区[④]。
千载县名那可称，知君雅意托冰壶[⑤]。

蔡汝楠，字子木，号白石，德清人，明嘉靖十一年(1532)进士，官至南京工部右侍郎，著有《自知堂集》，卒赐御祭御葬。

［注释］

①诗题原为《乾元山绝顶观德清山赠箕南》，此题为选注者拟。绝顶，山之最高峰。杜甫《望岳》诗："会当凌绝顶，一览众山小。"

②沙边过雨洗新芜，"清溪十景"之"羌山过雨"即源于此。

③稠叠，重叠。谢灵运《过始宁墅》诗："岩峭岭稠叠，洲萦渚连绵。"

④具区，太湖。笠泽，亦指太湖。

⑤冰壶，盛冰的玉壶，比喻品德清白廉洁。

百寮山

百寮山，又名东主山，今称百凉山。老德清县城四山峥嵘列峙，北为百寮山，南为乾元山，西为金鹅山，东为乌山，若四维无阙。

登德清百寮山

［明］张　羽

湖乡风景三秋[①]后，佛界[②]轩亭四望开。
碧水翻从城里过，青山直到县门[③]来。
鱼商酒市晴偏集，钓艇莲舟晚共回。
自古登高能作赋，坐中谁是昔贤才？

张羽，字来仪，又字附凤，号静居，江西九江人，寓居湖州，曾任安定书院山长，著有《静庵集》。

［注释］

①三秋，深秋。王勃《滕王阁序》："时维九月，序属三秋。"

②佛界，真界，借指寺院。

③县门，代指县衙，前有县桥。

水

馀不溪

德清的水，以馀不溪最著名。宋郑如几诗："溪从古县中间过，帆从青山缺处来。"清顾祖禹《读史方舆纪要》载："馀不溪，（德清）县治东南，一名清溪，即苕溪下流也。自杭州府安溪奉口流入县西南境，会武康县前溪之水，逶迤而北，经百寮、吴匡两山之间，至下兰山东，益折而东北。"

馀不是个古地名，最早出现在沈约《宋书》自序里，说他的先祖沈戎在东汉初年"徙居乌程县之馀不乡"。至宋嘉熙间，章鉴任德清知县，为县志题名《馀不志》。可是，馀不何解？

《太平寰宇记》载："馀不溪者，其水清，与余杭溪不类也。"这显然是望文生义。

明田艺蘅《留青日札》释"馀不"，比附《诗经》郑笺"常棣之华，鄂不韡韡"，将"不"解释为"柎"，即花蒂。此说虽然浪漫，诗人们很喜欢，但不足为训。不过是后人附会上去的。

清李慈铭《越缦堂日记》说："余姚如余暨、余杭之比，皆越之方言，其义无得而详。"同理，馀不极可能是古吴越地名的遗存，至于其意思，不妨阙疑为是。

"馀不"怎么读，音同余夫，宋人诗里"馀不"的"不"皆作平声，归为虞韵，略举几例以证。

宋王十朋："舟溯馀不水，回头忆两溪。"

宋葛立方："定非校入池，恐是馀不派。"

宋周倜："山势迢迢挽不回，馀不溪水两山来。"

宋贺铸："馀不亭下舣归舟，访古怀贤百刻留。"

据《水浒》描述，梁山好汉插翅虎雷横在德清县南门外，和方腊部大将司行方交锋，斗到三十回合，被司行方砍下马去。花项虎龚旺因和方腊部另一大将黄爱交战，赶过馀不溪来，连人带马陷倒在溪里，被方腊军乱枪戳死。姑且信其真，但戴继元馀不溪上救人的故事确是真的。

元代，"馀不"的读音与宋代相合。

元赵孟頫："馀不溪上扁舟好，何日归休理钓蓑。"

元陈旅："馀不溪水连天碧，只借盆池浣羽衣。"

元钱惟善："馀不溪上张公子，一日乘槎过婺州。"

元邵亨贞："忆过馀不玉麈山，开元堂下水潺潺。"

元黄玠："馀不溪上神仙馆，春水隔花天路寻。"

但宋元以后的外地诗人，似乎已经不晓得"馀不"怎么读了，"不"字多作仄声。如清吕留良有七律云："阖闾城外鼓连挝，馀不溪前月正斜。"王士禛有七律："问俗知馀不，还人吊隐侯。"其作韵字依旧平声，但归为尤韵。最明显的例子是，朱慰深的《鹤巢于厅治前补种梅花二株为赋二首》其一："治行吴公第一流，种花今又到馀不。画堂琴罢锄明月，东阁梅开点酒筹。入座新添春意满，放衙仍有暗香留。从知此后天寒鹤，稳守花枝最上头。"

馀不溪，在明清时，多名清溪。清章金奏《清溪渔歌》："鲂鲔沿流鲲鲕生，锦鳞游泳馀不清。"章铁珠《德清近情》："那条蜿蜒于城中部的清溪，像庄稼汉子腰部的带子一般。""四周有秀气的山峦，水是清碧和甘芳，一年四季除了梅雨一季外，永远吃着那种甘露一样的活鲜鲜的溪水。"

馀不溪回舟[1]

［明］冯梦祯

吏部才名旧，琼瑶昔见诒[2]。
山川闻问隔，日月鬓毛衰[3]。
身退仍忧国，家贫但赋诗。
回舟缘兴尽，风雪寄相思。

冯梦祯，字开之，自号真实居士，浙江嘉兴人，明万历五年(1577)进士，官至南京国子监祭酒。

［注释］

①诗题原为《馀不溪回舟，寄讯章元礼吏部，是日雪》，此题为选注者拟。寄讯，传递消息。章元礼吏部，吏部司勋郎章嘉祯。

②琼瑶，美玉，比喻别人酬答的诗文。见诒，见赠。

③衰，疏落。贺知章《回乡偶书》："乡音无改鬓毛衰。"

秋日过馀不溪怀史德清[1]

［明］茅　坤

江上忽闻流水音，却疑单父[2]弄鸣琴。
泠泠散入千峰色，渺渺如骞[3]孤鹤吟。
官舍遥连苍霭曲，讼庭[4]应卧白云深。
故人相望不相见，芳杜秋光何处寻？

茅坤，字顺甫，号鹿门，湖州南浔人，明嘉靖十七年(1538)进士，官至广西兵备副使，著有《茅鹿门集》，编选有《唐宋八大家文钞》，九十岁谢世。子国缙、孙元仪俱由武康籍登第。

［注释］

①史德清，即史朝禄，号直吾，福建晋江人，明万历三年(1575)任德清知县。茅坤在《与陈德清岷麓书》开头便道："故德清史直吾公莅县三载，虽不敢拟公，然亦江南良吏也。"《德清县志·治行传·名宦》语史朝禄"适洊罹水涝，甘罚俸，缓征输，且曲为赈恤，以活民命。至如辨人命之诬，清丈量之奸，葺治学宫不烦民力，懿政不可殚述，民怀诵之。"

②单父，春秋末鲁国人宓子贱曾为单父宰，弹琴不下堂而治。

③骞，鸟向上飞的样子。

④讼庭，法庭。

湘　溪

湘溪，原名相溪，在今德清县舞阳街道上柏境内，主流源出佛座山，又一源出上柏何埠岭，还有一源出马头山，经上柏、下柏、二都等处注入东苕溪，为原武康县南之运输要道。清乾隆《武康县志》载："西南余杭、安（吉）、孝（丰）货陆运者，皆出于市。省会、郡城操奇赢者胥来市购焉，而悉达于镇市之河。""若竹木，若柴，若炭，肩负而至，交于舟次乃返，其余若茶笋之类，则息肩于主货之家，曰行。"湘溪，曾作为上柏镇名。

湘溪三首①

［清］徐熊飞

其一

鸡鹊②惊散棹歌声，一片湘溪入望③平。

山客乘船似骑马，南津桥④外劈风行。

其二

山泥滑滑⑤竹鸡啼，苦竹冈头日欲西。

上柏⑥春流过下柏，北溪花片⑦入南溪。

其三

背篷笭箵⑧长儿孙，野鸭穿花飞入门。

秋水为家鱼作饭，小姚村接大姚村⑨。

徐熊飞，字子宣，一字渭扬，号雪庐，别号白鹄山人，武康人，蔡思铨门人，清嘉庆九年（1804）举人，曾任诂经精舍讲席，特赏翰林院典籍，纂有《上柏志》《前溪碑碣》《前溪风土词》《武康伽蓝记》《白鹄山房诗选》《春雪亭诗话》。陈鸿寿曾为徐熊飞书联："琴淡朱丝传贺若；诗豪石鼎托轩辕。"

［注释］

①以上三诗选自《前溪风土词》，此题为选注者拟。

②鵁鶄，鹭鸶的一种。

③入望，进入视野。

④南津桥，浴兰亭，皆在湘溪北。

⑤山泥滑滑，泥泞。元萨都剌《道中漫兴》诗之二："竹溪泥滑滑。"泥滑滑，亦竹鸡的别名，因其鸣声如此。

⑥上柏，因在柏山上游，初名上陌里，后名上陌埠，为原武康县首镇。1958年，许炳堃曾建议武康、德清两县合并后县治迁上柏、县名改为武源。

⑦花片，花瓣。

⑧笭箵，渔具的总称。

⑨小姚村接大姚村，徐熊飞自注："大小姚村在湘溪东，居民多习鱼钓。"

荷叶浦漾

荷叶浦漾，位于德清县东，在下舍、勾里、韶村各漾荡之间，水面宏阔，是杭州、湖州、无锡沟通大运河的要道。此地奇绝，为古人平生所漫游，留下的题咏极多，其中不乏逸闻趣事。如《述异记》载，蔺村村民“斸泥得龙首骨一具，两角长不及尺，短额耸鼻，两眼孔大如碗，锯牙双出，头骨长二尺余，两旁扁骨阔如牙笏”。又如荷叶浦向为强盗所喜，宋人陈造、周南、戴复古过荷叶浦漾，皆闻寇盗出没，时有不测，乃不敢渡，宿浦下，直到天亮，选择早行。所以，旅人有夜莫过荷叶浦之说。为此，湖州知州林岳申奏朝廷，请“于韶村建立寨屋，招募土兵，添造巡船……置荷叶浦巡检一员……专一巡警”。乃有宋嘉定八年(1215)十月二十一日诏立巡检寨，设兵卒五十人，巡捉私茶、盐矾、私铸铜器兼催纲。可惜明初这个巡检寨移到新市镇去了。

宋以降的旅人过荷叶浦，更关心浦上有没有荷花，能不能听到歌声，于是荡舟来寻莲采莲，留下一首首抒情诗，读之令人浮想联翩。

昼过荷叶浦二首

［宋］陈　造

其一

荷叶浦边支港多，凶人出没土人[1]窝。
故人饭我非留滞[2]，月黑天阴免夜过。

其二

一舟失得关生死，中夜何人肆夺攘[③]。
外此湖江多乐土，忆常通夕听渔榔[④]。

陈造，字唐卿，自号江湖长翁，江苏高邮人，宋淳熙二年(1175)进士，曾官浙西路、淮南西路安抚司参议，著有《江湖长翁集》。

[注释]

①凶人，恶人，坏人。土人，世居本地的人。宋周南诗题即语《南仲将至荷叶浦，舟人忧鼠患，窃不敢宿浦下，迨晓方渡，闻久无荷矣》。明陈基《荷叶浦》诗："昔年荷叶浦，椎剽伏蒲萑。"蒲萑，芦苇之类，因盗贼常聚集于蒲萑所生之地，故用以指盗贼出没之处。

②留滞，停滞不前。

③中夜，中宵，半夜。夺攘，抢夺。

④通夕，整夜。渔榔，渔人捕鱼时用以敲船舷、惊鱼入网的长木。

荷叶浦[①]

[宋]张　镃

向来曾爱叶田田[②]，落日荷花拥棹前。
霜冷不移鱼世界，苇残聊作雁家缘。
诗狂顷刻成三首，懒病中间接四边。
除此今朝无别事，与君相就乐觥船[③]。

[注释]

①诗题原为《次以道荷叶浦》，此题为选注者拟。以道，张以道，朱熹门人。

②田田，形容荷叶相连的样子。古乐府《江南曲》："江南可采莲，莲叶何田田。"

③觥船，载酒之舟。

荷叶浦中

［宋］葛天民

急雨捎荷分外奇，珠玑狼藉[1]锦纷披。
下塘[2]六月关心处，西塞扁舟[3]入手时。
却傍青芦深处宿，还思白石[4]去年诗。
平生浩荡烟波趣，月淡风微只自知。

葛天民，字朴翁，绍兴人，初为僧，名铦翁，其后还俗，居杭州西湖，与姜夔、赵师秀等多有唱和。

［注释］

①狼藉，形容凌乱不整。

②下塘，下塘巡检司，介于余杭、德清之间，宋绍兴间两浙安抚司奏请创设置兵卒六十人。

③西塞，西塞山，在湖州城西南，因张志和《渔父》词"西塞山前白鹭飞"而闻名。扁舟，小船。

④白石，姜白石，即南宋著名词人姜夔。

荷叶浦

[宋]宋伯仁

小舡[①]摇荡水中央，喜得归程近帝乡[②]。
秋与荻花俱淡薄，地名荷叶素凄凉。
几番来往人虽熟，两月奔波话更长。
巡检不知何日满，一堤衰柳对夕阳。

宋伯仁，字器之，号雪岩，湖州人，盐运司属官，后寓居杭州，工诗。

[注释]

①舡，船。

②帝乡，京师，此指临安。

橹声荷叶浦[①]

［宋］王　镃

客程[②]因太早，却费一更眠。
落月已归海，残星犹在天。
橹声荷叶浦，萤火豆花田。
隔岸谁家起，青灯[③]远树边。

王镃，字介翁，号月洞，浙江遂昌人，江西金溪县尉，宋亡遁迹为道士，著有《月洞吟》。

［注释］

①诗题原为《早行》，此题为选注者拟。

②客程，旅程。

③青灯，光线青荧的油灯。

过荷叶浦

［明］李　昱

雨后乘船好，春流处处浑。
买鱼荷叶浦，沽酒杏花村[1]。
野景苍茫过，清诗仔细论。
矶[2]头双白鹭，相对似忘言。

李昱，字宗表，号草阁，杭州人，国子监助教，著有《草阁集》。

［注释］

①杏花村，泛指卖酒处。杜牧《清明》诗："借问酒家何处有？牧童遥指杏花村。"

②矶，突出水边的岩石。

荷叶浦二首[1]

［清］徐以泰

其一

鱼戏各西东[2]，鸥飞时一两。
不见采芳人，遥怜唱歌响。

其二

荷叶浦头明月多，教郎吹笛唱侬歌[3]。
莲心的的[4]须含露，莲叶田田自贴波。

徐以泰，徐倬曾孙，徐元正孙，徐志岩子，字陶尊，号柳樊，德清人，国子监生，山西绛县、阳曲县知县，著有《绿杉野屋集》。

［注释］

①本诗其二选自徐以泰《临溪曲》，此题为选注者拟。

②鱼戏各西东，乐府民歌《江南》："鱼戏莲叶东，鱼戏莲叶西。"

③侬歌，吴歌。吴地人自称曰"我侬"，称人曰"渠侬""个侬""他侬"，因称人多用侬字，故以吴侬指吴人，侬歌指吴歌。刘禹锡《竹枝词》："杨柳青青江水平，闻郎江上踏歌声。东边日出西边雨，道是无情却有情。"《苕溪渔隐》曰："余尝舟行苕溪，夜闻人唱吴歌，歌中有此后两句，余杂以俚语。今之舟人、樵子往往能歌，俗谓之山歌，即吴歌也。"

④的的，昭著明显的样子。

荷叶浦[1]

［清］蔡　熙

村居下舍近渔庄，郎理鱼罾[2]妾理妆。
轻桨晓穿荷叶浦，惊他好梦破鸳鸯[3]。

蔡熙，字缉斋，德清人，著有《含青轩集》。

［注释］

①本诗选自《清溪竹枝词》，此题为选注者拟。

②鱼罾，用木棍或竹竿做支架的方形渔网。清徐以泰《晚晴步小虹桥一带》诗："绿树罾斜挂。"

③鸳鸯，比喻夫妇。

苎溪漾

德清县域之湖漾以苎溪漾最大，洛舍漾次之，荷叶浦、下渚湖又次之。苎溪漾，位于今德清钟管镇澉山、新市镇士林之间，以多苎得名，为湖属之土产。

苎溪漾上[1]

冯　薰

红巾白袷映青空，冷露繁星两不同。
含枚急进健儿勇，单刀赴会[2]敌营中。
尽灭倭寇[3]无遗种，一时澉溪[4]尽染红。
班师漾上扁舟月，有人高唱大江东[5]。

冯薰，字子鸣，号措宇，湖北麻城人，戈亭诗派诗人。

[注释]

①诗题原为《苎溪漾上寄霞飞》，序云，1942 年克复德清澉溪，将士两百人皆红巾系短枪，白布系袖，乘夜渡澉溪突袭，全歼日寇回师有感。是役，砍日寇头颅六十八颗，缴获军资十余船。此题为选注者拟。霞飞，即朱渭深，号霞飞，湖州人，戈亭诗派诗人。

②单刀赴会，用三国蜀将关羽典。

③倭寇，日寇。

④澉溪，在德清县钟管镇澉山境内。

⑤大江东，苏轼《念奴娇·赤壁怀古》："大江东去，浪淘尽，千古风流人物……"比喻得意之形。

洛舍漾

洛舍漾，以靠近今德清县洛舍镇而名，为德清县北流之巨浸，与湖州接壤，宋人说漾产金莲子。明顾应祥《东林山新建远眺亭记》云，洛舍漾“风帆往来，菰蒲交映，鸂鶒鸬鹚或上或下”。古往今来，水就这么来去自由地荡漾着。饱满充盈的漾水，经过洛舍镇东的大通桥，与小镇的河港连成一体。

洛舍漾二首

［清］戴　望

其一

洛舍漾南风浪喧，大通桥① 北雨飞翻。
榜人② 苦劝公无渡，遥指金鹅山气昏。

其二

抽帆③ 齐唱大江东，百里湖山指顾④ 中。
雪浪高飞云倒卷，狂歌不怕鲤鱼风⑤。

戴望，字子高，又字仲颀，号水苍，德清人，诸生，著有《谪麟堂遗集》。

［注释］

①大通桥，桥柱上有两副很出名的对联：“两岸潮平，灯火万家称洛舍；中流浪急，石梁五柱作长城。”“风大云扬，远及东林近洛水；南通北达，上连天目下苕溪。”清许宗彦《大通桥》诗：“大通桥外抹寒烟，五度维舟别

梦纤。最是销魂西去路，暗潮随月上葑田。”何谓葑田？湖面上茭蒲等水生植物生长日久之后，根离地而浮于水上，农家乃利用其又广又厚密的特性在上面施土种植。

②榜人，划桨、摇橹的船工。语出晋张协《七命》诗：“榜人奏采菱之歌。”

③抽帆，将帆放下。

④指顾，手指目顾之间。

⑤鲤鱼风，九月风。见李贺《江楼曲》诗：“鲤鱼风起芙蓉老。”

镇　村

新市镇

新市镇，古名仙潭，在德清县境之东，距苏杭之中，大运河在新市镇外绕过，航轮四达，商贾云集，为江南大镇。晋永嘉二年(308)夏，陆市为大水所淹，居人东迁，陈廷肃来镇相地，以其水陆环绕，舟车通利，遂率众定居，乃名新市。南朝时，道士陆修静隐居东栅水潭，筑庐读书，沐浴潭中，步云升仙，故又得名“仙潭”。至于陆修静有无到过新市已无关紧要，反正在新市人的观念里，陆修静是来过的。宋太平兴国三年(978)，吴越纳土，签枢密院石熙载检阅地图，奏请立名新市镇，设遵教乡。且新市镇史沿的构筑体系处处隐藏着神秘的道风遗迹，如三潭、九井、十八块、三十六弄、七十二桥。现尚存古河道三千余米，石砌驳岸一千余米，望仙桥、会仙桥、驾仙桥等古桥十余座。清吴敬梓写的新市故事，在《儒林外史》里是属于极其精彩的。前朝旧闻，以及星散的后人，正因为有永在的旧，才会历久弥新。

过新市

［明］刘仲璟

泽国鱼盐①一万家，从来人物盛繁华。
青衫云鬓②能摇橹，白苎冰肌解踏车③。
比屋傍河开市肆，疏苗盈野间桑麻④。
吴歈⑤一曲随风度，荡漾河光映晚霞。

刘仲璟，刘伯温次子，浙江青田人，阁门使。

［注释］

①泽国，水乡。鱼盐，贩卖鱼盐的人。

②青衫，与白苎，代指年轻男子。云鬓，与冰肌，代指年轻女子。

③踏车，用人力脚踏作动力灌溉的水车。

④比屋傍河开市肆，疏苗盈野间桑麻，明陈霆纂《仙潭志》："平畴四衍，桑稻有连接之饶；晓市竞开，舟车无间断之隙。诚一邑之禾壤，四贩之通道也。"比屋，房屋并列相邻。市肆，市中店铺。

⑤吴歈，吴歌。

新市道中

［清］厉　鹗

擘岸[1]风多损昼眠，荻芽[2]短短不生烟。

水村无避春寒处，来觅酒家门系船。

厉鹗，字太鸿，号樊榭，杭州人，清康熙五十九年（1720）举人，江浙诗坛盟主。

［注释］

①擘岸，开岸，风吹舟离岸。

②荻芽，芦芽。苏轼《惠崇春江晚景》诗："蒌蒿满地芦芽短。"

梅林村

梅林村，在新市镇西郊，村中旧有梅林，故名。宋南渡张岩等三人寓居是村，相继登第。

寓梅林村

［清］蔡堃元

避得尘嚣[①]俗，幽居水竹斜。
何如结茅舍，且住织帘家。
半榻书犹剩，孤灯酒可赊[②]。
寒鸦[③]投古树，吟咏有梅花。

蔡堃元，字厚斋，德清人，寓庐梅林吟馆，著有《梅林吟馆小草》。

［注释］

①尘嚣，指人世间的烦扰、喧嚣。

②赊，欠。

③寒鸦，乌鸦的一种，也称慈鸦，旧传能反哺其母。

韶　村

韶村有南朝古刹八胜寺，钟磬自鸣，仿佛古乐，因以名村。吴越钱王病目，曾取该寺井水洗之即愈，赐檀香木作井栏。宋仁宗宰相陈尧佐过韶村留诗，“八胜当时不易闻，今朝停棹宛然存”，“讲钟时度水边村”。宋嘉定间设荷叶浦巡检寨屋于此，巡检坐镇韶村漾，兼管下舍、勾里漾。明崇祯九年(1636)九月下旬，徐霞客泛舟过新市，抵韶村(按村人发音记作曹村)，未晚而泊，宿于舟。今可树徐霞客泊舟处碑。作为轮船码头的历史久矣，韶村旧为上海、苏州、杭州来往德清的水运航线必经之地。

泊韶村

［宋］董嗣杲

泛然归息苦冬阴，小泊烟塍[①]却旧寻。
荷叶久空晴浦近，麦芒还吐晚村深。
鲙鲈[②]雨压还吴兴，寄雁云迷客楚心。
便可放怀天地外，揽将奇思援孤琴[③]。

董嗣杲，字明德，号静传，杭州人，宋咸淳末任武康知县，著有《庐山集》《英溪集》。

［注释］

①塍，田间的土埂。

②鲙鲈雨压还吴兴，谓莼鲈之思。鲙鲈，同鲈鲙。明黄廷用《送两溪骆太史病告》诗：“秋风剑佩归时早，水国莼鲈梦里清。”

③援孤琴，援琴，弹琴。

韶村夜泊

［明］谈应祥

芦苇弄秋声，轻舟泊晚汀。
客情成鹤梦，人迹似流萍[①]。
横渡炊烟暗，隔川渔火[②]明。
倚墙闲眺处，片月逼人情。

谈应祥，德清人，乡饮大宾，著有《南溪小集》。

［注释］

①流萍，飘荡的浮萍。宋释文珦《武康道中》诗："萍蓬漂转成何事。"

②渔火，渔舟中的灯火。张继《枫桥夜泊》诗："月落乌啼霜满天，江枫渔火对愁眠。"

勾里村

勾里村，古名勾垒，雅称垒溪，今属德清县新安镇，传说为越王勾践屯军处，其北岸为城头，传为越王筑城于此。清人颇有吟咏。

勾垒吊古

[清]朱　麟

越子奔迁日，銮旗[1]此暂停。
断沟沉古月，残垒透疏星。
浪卷征魂墨，风飘战骨[2]青。
几多兴废[3]事，日暮泣渔舲[4]。

朱麟，字公振，号江湖侣人，浙江塘栖人。

[注释]

①銮旗，天子卤簿属车上树立的旗，赤色，编以羽毛，上绣鸾鸟。

②战骨，战死者的骸骨。

③兴废，兴亡。

④渔舲，渔船。

塘泾村

塘泾村，在今德清县下渚湖街道，西北行舟通武邑，东南水道达杭城。武康旧志载："塘泾，夹溪列肆，溪水四达，贸易者率以划船至，故无任负之劳。"民谚："正清明，赤膊上塘泾，划龙船，听戏文。"每到清明节，塘泾村都会举行盛大的龙舟会，村上有划船古庙。

清明日塘泾观社[①]

［清］蔡成亮

睡起忽闻莺，纱窗日影横。

朝烟溪水幂，宿雨岸花明。

箫鼓[②]灵祠送，旌幡[③]画舫行。

年丰人醉饱，村社乐升平[④]。

蔡成亮，字曙鸣，一字南阳，德清人，清乾隆十七年(1752)举人，余杭教谕，著有《南阳诗草》。

［注释］

①社，祭祀社神，清明作社是乡风。是日，抬戴公上西险大塘，至塘泾清溪庙内，相传庙内神为戴公舅父，俗呼俞老太史，庙前搭台演戏酬神。沿塘村民，是日也省视塘身，加土修筑，相沿成俗。

②箫鼓，泛指奏乐。

③旌幡，泛指旗帜。

④升平，升平之世。

杨坟村

杨存中，本名沂中，字正甫，宋室南渡十将之一，与岳飞、韩世忠等齐名，侍卫禁中数十载，以太师致仕，谥武恭，追封和王。杨存中一家三代敕葬于此：杨存中父、故赠太师秦公杨震墓在翔凤山，杨存中夫人赵紫真墓在金牛山，杨存中子、故赠少师杨偰墓在黄山，杨存中女、冲妙炼师杨洞元墓在计筹山。厥后遂成墟市，名杨村，俗呼杨坟。曾经的杨坟村因近东苕溪，水路来去都城杭州都很方便，繁华一时，市井嘈杂，甚至那些山坳里的庙观也出现过客来客往的热闹景象。

题杨坟

［元］张伯淳

为求闲旷访云林，触目闲愁都上心。
涧水似鸣千古恨，墓门空锁一庭阴。
穹碑短碣[1]摩挲久，旧草含烟感慨深。
青眼[2]主人山共碧，杖藜[3]何日重登临。

张伯淳，字师道，号养蒙，浙江桐乡人，以父荫授迪功郎，后任淮阴尉，改扬州司户参军。

［注释］

①穹碑短碣，方者为碑，圆者为碣。

②青眼，用阮籍典，指眼珠在中间，对人表示好感。

③杖藜，拄杖。藜之茎坚韧，可为杖。

舟泊杨坟渡[①]

［清］潘汝奇

远山翠隔几重围，行出山前翠渐微。
忽感花香吹野店[②]，还听人语落柴扉。
松杉路绕杨王墓，风雪寒侵衲子[③]衣。
最是天涯孤客意，白云长傍渡头飞。

潘汝奇，字澹若，号鹿田，武康人，清顺治三年(1646)拔贡，曾任琼州乐会知县，归里筑馀英草堂，著有《海南集》。

［注释］

①杨坟渡，在东苕溪西岸，东属余杭，西属武康，昔有渡船一条，渡工二人。渡口有石亭，为行人待渡时憩息之所。今废。

②野店，乡村旅舍。

③衲子，出家人。

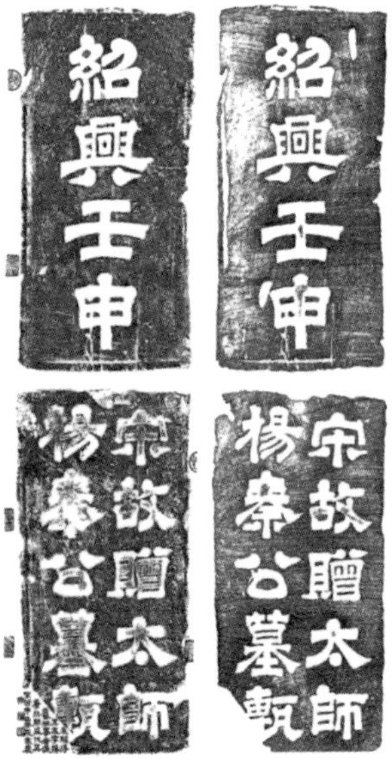

宋故赠太师杨秦公墓砖

宋故扬国夫人赵氏墓砖

宋故冲妙炼师杨氏墓砖

清金石僧六舟曾访得杨和王家族墓墓砖，一面皆范隶书，颇得唐人浑厚之体。

杨和王墓[1]

［清］丁　丙

杨和王墓易碑材，玉碗金鱼出土来[2]。
寺忽改坟坟改寺，苗刘传误更堪哀。

丁丙，字嘉鱼，又字松生，晚号松存，杭州人，诸生，家有八千卷楼。

［注释］

①杨和王墓，元陶宗仪《辍耕录》："至元庚寅冬，江浙行省官立相哥沙不丁辈，德政碑穹窿莫比，持阙坐石。时赵若晦者，素善谄媚，因以杨和王坟域所有为言，役人夫数千拖拽而至。"明郎瑛《七修类稿》杨坟条："宋杨和王沂中三亡之墓在湖州德清县（应为武康县），界于钱塘，予尝亲至其地，碑尽零落，墓必发掘。一庵一观，乃香火院也。其道路、桥崖、门壁、柱磉皆巨石所成，观其规模亦大矣，欲其为百世计耳。"明田艺蘅《留青日札》载："此地有杨姓者，云是后裔。其像尚在杨悦家，并高、孝御札三十九道，或石刻，或墨迹。其坟旧都盗掘。正德间，一沈姓者，发得玉碗二枚，玉杯十枚，玉象棋一副，并诸玩器，为仇人报于镇守内监，遂都没入。止存玉棋，惧而改作妇人首饰花朵。余尝见之，真可惜也。又，近年小民于土中得一铜爵，容酒一升，为沈子魁所得，出以饮予，腹下有'子孙永享'四篆字，盖宋内府赐物也。当时殉葬之物，何其太甚，自宋元至今，发之尚未能尽也。"相较于墓中铜爵、玉碗、玉杯、玉象棋等随葬品，墓砖亦珍。

②玉碗金鱼出土来，清徐熊飞《前溪风土词》："一夜杨坟山水发，玉蚕金枣出人间。"并注："有人于杨和王墓拾得金枣数枚。"

蠡山村

蠡山村，因山而名，在今德清县钟管镇。德清旧志载："昔范蠡扁舟五湖，寓居此地，属三致千金之一。环山左右亦有八景，曰陶朱古井、西施画桥、碧山风翥、翠岭马回、石池剑跃、柳浪浮珠、竹林云屋、松峤天梯。"范蠡是一个功成名就、荣华富贵又急流勇退、大隐江湖的人物与生活方式的"范例"，其人其事是后世一个始终不绝的话题。蠡山之巅有范蠡祠，祠形似舟，俞樾曾题"庙貌扁舟"。

招余兄弟泛范蠡湖

［清］徐　倬

一曲晴湖开镜奁[①]，扁舟聊共鹭鸥淹。
故乡风软冬犹好，耆旧[②]情亲话自甜。
且对绿波浮绿蚁[③]，莫愁霜树笑霜髯。
持杯起向群公祝，岁岁看山兴益添。

［注释］

①镜奁，盛放梳妆用具的匣子。

②耆旧，年高望重者。

③绿蚁，代指新出的酒。白居易《问刘十九》诗："绿蚁新醅酒。"

蠡　山[1]

[清]徐以泰

白银盘漾一螺青[2]，洞口胭脂带雨零。
怪道[3]西施曾小住，水杨柳亦学娉婷[4]。

[注释]

①本诗为《临溪曲》之一，此题为选注者拟。

②白银盘漾一螺青，化用刘禹锡《望洞庭》诗“白银盘里一青螺”句。

③怪道，怪不得。

④娉婷，美人。

蠡山怀古[1]

[清]蔡　熙

胭脂颜色已消磨[2]，想象猩红点翠娥[3]。
今日村娃[4]频自汲，丽容还似昔年多。

[注释]

①本诗蔡熙自注：“胭脂井。”

②消磨，逐渐消耗。

③猩红，鲜红色。翠娥，美女。

④村娃，即村姑。吴人呼美女为娃。

东衡村

东衡村,旧名东衡里,村处衡溪以东,故名,在今德清县洛舍镇。明崇祯十三年(1640)进士、给事中沈应旦居东衡里,工诗画,与徐倬多有唱和。

忆戊子秋过外家[①]东衡里,因寄表弟章伯升

[清]潘柽章

数载烽烟隔渚隈,清溪野色[②]望中开。
山将落日排云去,水抱孤帆拂岸来。
巷口燕巢春绕树,门前虎迹晓冲苔。
援琴四壁贫何恨,孙叔[③]当年不治财。

潘柽章,章日炌外孙,字圣木,号力田,苏州人,明亡后隐居故里,著有《杜诗博议》。

[注释]

①外家,指外祖父家。潘柽章外祖父章日炌,章嘉祯侄,字敬明,德清人,明崇祯七年(1634)进士,曾任江苏吴江知县。

②野色,郊野的景色。

③孙叔,孙叔敖,春秋楚相。

夜泊东衡里纳凉

[清]徐传经

夜热不成寐[1]，起来酒半醒。
蛙声如骤雨，萤火乱飞星。
人对青山坐，舟依绿树停。
纳凉篷背好，风水自泠泠。

徐传经，字仲鱼，号小琴，德清人，国子监典簿，后侨居嘉兴，著有《寿穀堂诗集》《新评绣像红楼梦全传》。

[注释]

①寐，睡。

后坞村

后坞村，依天泉山，今属莫干山镇。清唐靖诗中村人疲苦。但赵君豪编《莫干山导游》载："后坞村，烟火百余家，饶有田畴，为山乡繁盛之区也。居民熙熙攘攘，若不知人间名利为何物，朴实淳厚，诚世外桃源也。"

后坞村

[清]唐　靖

山畈崎岖少陌阡，溪流汩汩[①]是天泉。
老农教犊[②]声偏苦，少妇揉茶夜不眠。
水碓[③]断云迷故垒，烧畲[④]荒土起新烟。
十年黄鸟悲乡国[⑤]，肯念劳民一息肩[⑥]。

[注释]

①汩汩，象声词，水急流的样子。

②教犊，训练小牛耕田。

③水碓，用水力舂米的装置。岑参《题山寺僧房》诗："山碓水能舂。"

④烧畲，刀耕火种。刘禹锡《竹枝词》其九："长刀短笠去烧畲。"

⑤黄鸟悲乡国，用《诗经·小雅·黄鸟》意，民适异国，不得其所。后坞多外乡移民。

⑥息肩，息肩弛担，卸去负担。

东沈村

东沈村，古名小桃源，为南朝隐士沈麟士故里，今属莫干山镇。志载，村复课临溪，溪边遍植桃树，至暮春时节，桃花迎风而落，浮漾溪面，灿若锦绣，落英顺流而下至武康尚有余者。村头摩崖有“为善最乐”四字。

小桃源①

［清］洪　昇

和风吹首夏②，新绿满林园。
桑野朝如市，蚕家画不喧。
当门黄犊卧，向水白鸥翻。
一棹沿流去，桃花自有源。

［注释］

①诗题又名《初夏村中》。

②首夏，指夏历四月。

小桃源

［清］蔡思铨

世外仙源古，春风桃李芳。
锦酬烹上番[1]，珠蕾焙头纲[2]。
鸭绿浮新涨，鹅黄茁女桑[3]。
临溪门巷好，邀客泥壶觞[4]。

蔡思铨，蔡效青子，字衡之，号芝坪，武康人，著有《扪虱庵诗》，墓在永安山麓。

［注释］

①上番，早笋名。番，去声，音浪。

②头纲，惊蛰前或清明前制成的首批贡茶，泛指优质春茶。清徐熊飞有“头纲细焙拣银钗，山下茶烟处处皆”句。

③女桑，桑树小而条长者为女桑。

④壶觞，酒器。陶渊明《归去来兮辞》：“引壶觞以自酌。”

庾　村

庾村，在莫干山麓，因南北朝时庾肩吾、庾信父子封武康县侯，族人迁徙于此而得名。因武康路、莫干山路皆发轫于此，到庾村去遂成为进莫干山的口头禅。京杭国道杭长公路三莫支线经此设汽车站，对外称莫干山车站。干人俊《杭莫车站口占》："几载莫干梦，于今发轫游……行行天已午，庾巷且停輶。"沈亦云《归莫干山别业》："车入庾村驿，溪山若远迎。"20世纪三四十年代，黄膺白、沈亦云夫妇曾在此开展乡村改良运动。周延礽续补《莫干山志》："新设之莫干小学校、农村改良会并附苗圃、林场、农民教育馆、医诊室等皆白云山馆主人黄膺白创办，近更筑市廛、建仓库、辟复兴路利便。近乡农民建设新村，允推模范。"

过庾村①

刘烈卿

老夫曝裈②日卓午，脚底雷声如连鼓③。
菜佣④肩担上山言，顷过庾村雨飘杵⑤。

刘烈卿，名焕，号栖碧山人，安徽人，曾任江苏如皋知县，在莫干山有栖碧山庄。

［注释］

①诗题原为《山居》，此题为选注者拟。

②曝裈，同晒犊鼻，指晋阮咸于农历七月七日挂晒犊鼻裈事。后用为

贫而豁达的典实。

③如连鼓，相连之鼓，传说雷公击此化作雷响。

④菜佣，卖菜佣。

⑤杵，杵杖，临时用来拄着地面支撑肩担的木棍。

庾　村

卢　前

住近名山扼路冲，时从烈夏识游踪。
飙车过处风尘急，飞上云间万岭松。

卢前，字葆光，别署莫干山民，浙江温州人，诗书画印四艺兼修，著有《万竿晴雨楼吟稿》。

簰　头

簰头，又名英红镇，距莫干山二十余里，今属莫干山镇。志载："竹木出山，簰行必始于此，故名。"旧时山民多赖业竹为生，结竹成簰，下驶至此，聚于秋月潭，然后由专业放簰班筑坝拦水，水满则开坝，撑过六洞桥，放至武康沙港杨树湾，改扎成方排或尖头排，转运杭州、上海、苏州，行销颇广。简化字流行后，簰头的"簰"被改写成"筏"，但读音未变。

簰　头

［清］唐　靖

万壑奔趋一水开，轻桴片片著①溪隈。
人家鸡犬云中住②，估客③鱼盐天上来。
深坞蓐炊④归暮市，高滩竹溜剨⑤晴雷。
近闻筱簜⑥输沧海，林麓何当有蹛⑦材。

［注释］

①桴，小竹筏。著，通贮，积存。

②人家鸡犬云中住，清林述曾《游铜官山》诗："云中鸡犬落人间。"

③估客，行商。

④蓐炊，早炊，蓐炊而露食。

⑤竹溜，从高处将毛竹滑到低处，代替人工搬运。剨，破裂声。

⑥筱簜，泛指所有竹类。筱，细竹子；簜，大竹。

⑦蹛，通滞，停滞，居积。

簰头即目[1]

周梦坡

编竹为簰叶一舟，一篙撑出似鱼游。
解衣磅礴[2]临溪坐，濯足[3]真堪万里流。

［注释］

①即目，眼前所见。即事，眼前的事物。

②解衣，脱衣。磅礴，形容气势盛大。

③濯足，洗足。左思《咏史诗》："振衣千仞岗，濯足万里流。"

武康县竹行业同业公会证章

三桥埠

三桥埠，古称山桥，又名阜溪镇，西依莫干山，北邻湖州城，为典型的江南市镇，舟楫交通，商贾辐集，向有税课局。至于三桥究竟是哪三座桥，则莫衷一是，一说为北津桥、杨楠桥、太平桥，一说为嘉定桥、上市桥、杨楠桥。清邑人唐靖认为，三桥不一定具指三座桥，而实指武康西北诸山出市之路。清末，莫干山避暑会在此设公所，三桥埠因之很早出现在西语里，受欧风美雨影响很多。自京杭国道杭长公路三莫支线开通后，通往莫干山之路尤为便捷，三桥埠的区位优势更加明显；一言以蔽之，扼京杭国道与莫干山名胜之要冲。

山桥农舍①

［明］张遂辰

何日移书卷，前年买薄田②。
征徭③虽苦累，山水却堪怜。
野岸舟依柳，孤墟月上烟。
耦耕④吾愿足，沮溺⑤古来贤。

张遂辰，字卿子，号相期，又号西农老人，杭州人，人称“隐于医道之学者”，韦人龙、潘汝奇为其卜宅于山桥。

［注释］

①山桥农舍，张遂辰有《农舍喜晴》诗："泽国频伤涝，新晴慰岁功。茅茨晓犹湿，烟火夕才通。瓜蔓侵田路，村沙过野风。闲寻丈人处，只在水声东。"

②买薄田，张遂辰《山桥访陈苍雪兄弟朱圣仲叔侄》诗："俗古士依田。"

③征徭，赋税与徭役。

④耦耕，两人并耕，泛指务农。

⑤沮溺，长沮与桀溺，春秋时两位隐士。

游三桥埠即之武康

［清］张庭学

十室①自成村，肫然②古俗敦。
城延三里小，人畏一官尊。
䆉稏③黄连亩，桑麻绿到门。
桃源欣可托，谁与共晨昏？

张庭学，号诗农，宁波人，清咸丰二年（1852）进士，后以军功奏诏授翰林院编修，著有《诗农诗稿》。

［注释］

①十室，十户。

②肫然，惇厚的样子。

③䆉稏（bà yà），稻名，这里指稻摇动之态。毛滂《响潭祷雨》诗："百里饱看红䆉稏。"

由三桥埠登山口占[①]二首

周梦坡

其一

忽竟水程日未斜，笋舆[②]屈曲过山家。
岚光扑面泉流壑，夹道幽篁不杂麻。

其二

欲来山雨树摇风[③]，万派争流泻碧空。
我借云梯层累[④]上，不知身在翠微中。

［注释］

①由三桥埠登山，清吴康侯《莫干山记》："自三桥埠西行五六里至新凉坞，一路稻香，垂穗离离。过乌程桥，溪光绕路，潺潺履下。又五六里至庾村，则山家俱在翠微深处，绿竹如箦矣。取道竹坞中，仰不见日，春夏如秋。蹑涧石，旋折而登，皆危崖壁立，下临绝壑，石蹬陡峻，百步一休，盖乐其道之险而忘其疲焉。"口占，谓作诗文不起草稿，随口而成。

②笋舆，也称编舆，竹轿。

③欲来山雨树摇风，化用唐许浑《咸阳城东楼》诗"山雨欲来风满楼"句。

④层累，重叠。

特　产

茶

宋嘉泰《吴兴志》载："德清山间茶最盛。"宋政和二年(1112)，王毂任德清知县，值蔡京为相，括责民茶租甚急。初，邑境产茶最盛，王毂令民尽伐去，谕曰……若租额一立，永为子孙害矣。自是德清茶租最轻。德清茶，产东山岭上者为最佳。昔人云："半月泉中水，东山岭上茶。"

《建炎以来系年要录》有宋绍兴二十二年(1152)武康县园户买茶引，僧人买茶钞记载。庆元元年(1195)，武康县茶捐为一千一百九十贯银，足证莫干山地区种茶在宋时已蔚然成风。今武康人称茶叶为"茶酿"，好像仍是宋人遗韵。清唐靖纂《前溪逸志》："凡茶，二月而茁，三月而荣，四月而采。采之日，老幼男女毕出，筐之筥之，邻里强以相助也。夜篝火彻曙，岸斧而积薪。炙之，以柔其性也；挼之，以敛其质也；焙之，以烈其气也；汰之，以存其精也。乃盛以筥，乃鬻于市，千树茶比千户侯矣……山乡鲜蚕麦之利，茶虽工繁利薄，然业此者每借为恒产云。"

清乾隆《武康县志》载："莫干山有野茶、山茶、地茶，有雨前茶、梅尖，有头茶、二茶，出西北山者为贵。"西北山即为莫干山主峰塔山。道光《武康县志》载："茶产塔山者尤佳，寺僧种植其上，茶吸云雾，其芳烈十倍恒等。"莫干山间多茶树，所产茶茗色绿而味香，若以清洌之泉水烹之，味厚而香尤烈，诚山中之佳品也。避暑之人多购之，用以赠友。冯梦华为周庆云纂《莫干山志》题词里，有"闻道莫干有佳茗，愿从陆羽补丛编"句。

咏 茶

[明]释秋潭

峰头云湿皆含雨，溪口泉香尽带花。

正是天池谷雨[①]后，松阴十里卖茶家。

释秋潭，浙江嘉兴人，诗僧。

[注释]

①谷雨，莫干山中产茶处，妇女竞相采之，名谷雨茶，其先一二日采者，曰雨前茶。

烘豆茶，一名熏豆茶，又名防风神茶。《防风神茶记》："吾乡为防风古国之封疆。相传防风受禹命治水，劳苦莫名。里人以橙子皮、野芝麻沏茶为其祛湿气，并进烘青豆作茶点。防风偶将豆倾入茶汤并食之，尔后神力大增，治水功成。如此吃茶法，累代相沿，蔚成乡风……宜乎有中国烘豆茶发祥地之桂冠也。"清沈赤然《新市竹枝词》注："俗至八月，无论贫富皆买毛豆剥之，烘令极干，以为终岁下酒、入茶之用。"

烘豆茶[①]

[清]沈赤然

青青剥得满筠笼[②]，曲簿[③]匀摊慢火烘。

用尽合门[④]宵旦力，半供亲戚半儿童。

沈赤然，字韫山，号梅村，原籍德清，寓居新市，清乾隆三十三年(1768)举人，曾任河北丰润、大城知县，著有《五研斋诗钞》《寄傲轩随笔》,纂有《新市镇续志》。

［注释］

①本诗选自《新市竹枝词》,此题为选注者拟。

②筠笼,罩在火炉上的竹笼。

③曲簿,用萑苇或细竹编织而成的器物。

④合门,全家。

笋

笋，绝对是吾邑最地道的特产。明夏原吉《过武康》："鲜菱采秋夏，嫩笋庖春冬。"清初王士禛《洪昉思送湖州茶笋》诗："赢得武康斑竹笋。"徐以泰《临溪曲》："更好武康山笋贩，趁鲜一夜下轻艖。"道光《武康县志》载："笋，四时给鲜，春为盛。其脯为笋干，品不一，有玉版、泥黄、绣鞋底、尖上尖等名。"故有"冬春吃笋，夏秋伐竿"之谚。春笋，又分元笋、迟笋，产于惊蛰后，脆嫩鲜美，可嚼出清香和甘醇来。所以无论烹、炒、煮、炖均好味，倘制成笋干食用，尤不失佳肴。

新　笋[①]

［清］蔡思铨

新笋穿泥嫩又甜，熏笼[②]夜焙细添盐。

客来多爱绣鞋底，怎及侬家尖上尖[③]。

［注释］

①本诗选自《前溪棹歌》，此题为选注者拟。

②熏笼，一种覆罩在炉上的竹笼。

③绣鞋底、尖上尖，皆笋脯名。

新笋二首[①]

［清］徐熊飞

其一

船头船尾缚红藤，春雪春风笋价增。
一棒锣声随水去，朝行上柏暮嘉兴。

其二

绿酒新笃[②]满玉瓶，客来山笋擘芳馨[③]。
熏笼烘出绣鞋底，不数泥黄北路青[④]。

［注释］

①本诗选自《前溪风土词》，此题为选注者拟。

②笃，一种竹制的滤酒器具。

③芳馨，芳香的气味。

④泥黄北路青，泥黄和北路青都是笋脯名。

逆　鱼

馀不溪盛产逆鱼，为德清名产。梅雨大水季节，逆鱼始自太湖，沿苕溪西逆塘泾、杨坟，直达余杭瓶窑，共两百余里，唯抵德清时最肥，怀子满腹。《湖录》："此鱼黄梅时溪中处处有之，唯德清最多，过黄梅者不复见矣。鱼游本多逆水者，此鱼独得以其逆流者美，顺流者劣也。"该鱼季节性特强，黄梅发水时，初水者大，二水者次之，三水者小矣，余时甚为罕见。清蔡书升《逆鱼场》诗注："溪城水涨时，此鱼逆水而上，群集南门外三里许，谓之逆鱼场。渔船千百从之。"沿袭至今，抲逆鱼仍为德清人一大乐事。俞平伯日记："我邑产逆鱼，从前在苏所食均故乡带来，是干的，今晚食鲜者，以油煎之。"燥煎逆鱼，为待客佳肴，燥煎后亦可回汤，味更鲜美。

逆　鱼[①]

［清］蔡　熙

余溪水涨雨晴初，渔女街头卖逆鱼。
妾鬓蓬松郎莫笑，懒窥波镜不妆梳。

［注释］

①本诗选自《清溪竹枝词》，此题为选注者拟。

逆　鱼[1]

［清］徐　倬

百尺柔丝下绿汀，钓车响处瘦蛟听。
猩红熊白[2]从馋口，自爱溪边一点青。

［注释］

①诗题原为《清溪于清明前后出小鲂鱼，仅盈寸肥白而骨脆，背有丝一缕缥色，俗名一点青，盖佳品也，潜于溪之最深处，非用钓车垂长纶则不可得》，此题为选注者拟。

②熊白，熊脂，味甚美。

逆　鱼

［清］徐以泰

百里能西上，终然[1]列网渔。
鳞鳍分体假，甲乙共苞苴。
唼[2]雨黄梅近，登盘白玉如。
莒郑乡曲[3]好，及此当园蔬。

［注释］

①终然，纵然。

②唼，形容鱼吃食的声音。

③莒郑，春秋二小国名。《洛阳伽蓝记》载："鱼比莒郑小国。"乡曲，比喻家乡。

逆　鱼

［清］徐本璇

梅黄水涨逆鱼肥，美胜春鲈是也非？
见说熏笼传食谱，恰当赋罢遂初归。

徐本璇，徐曼仙父，字仙霞，德清人，清咸丰间随科尔沁亲王僧格林沁剿贼有军功，曾任安徽太平府同知、署池州府，著有《安雅堂诗存》。

第八章　咏史诗闲话

古祠庙

织帘先生祠

织帘先生祠，在吴羌山南，祀邑人沈麟士。清武康知县刘守成《东野新祠记》云："武邑多著名之士，问其尤者，则曰沈孟。沈言沈隐侯也……世传沈、孟，盖称沈织帘云。"沈麟士，字云祯，居贫志坚，织帘诵书，隐居吴羌山中，讲经授徒，从学者数十百人，各营屋宇依止其侧，时谚有"吴羌山中有贤士，开门教授居成市"。同族子弟沈浚、沈俨之、太史叔明悉从沈麟士学。沈浚后遍游讲舍，博通《五经》，太史叔明治学可称"当世冠绝"，后任国子助教。沈麟士晚年读书不倦，不幸遭火，烧书数千卷，仍日夜著抄，又成书两三千卷。卒葬吴羌山南。明嘉靖四年(1525)，知县方日乾于吴羌山南选址新建织帘书院。明陈霆有"元峰观十咏"诗，题此景为"织帘祠古"。

拜织帘先生祠堂

［明］方日乾

第一溪山里，先生半亩宫。
石泉余古色，松韵想高风。
钟鼎[①]名安在？山林道未穷。
织帘良独苦，相慰有鸣虫。

方日乾，字体道，福建福清人，明嘉靖二年（1523）进士，同年任德清知县，凡邑中庙学公宇赖其厘然整顿。

［注释］

①钟鼎，比喻从政为官。杜甫《清明》诗二首之一："钟鼎山林各天性，浊醪麤饭任吾年。"

陪翠榕方令君拜织帘先生遗祠

［明］陈　霆

原宪[①]初非病，黔娄不讳[②]贫。
一杯秋菊水，千载食薇人[③]。
遗础苍苔雨，新祠碧草春。
几多江左[④]客，荒冢没麒麟[⑤]。

［注释］

①原宪，孔子弟子。王维《山中示弟》诗："且安原宪贫。"黔娄，春秋鲁人。王维《过沈居士山居哭之》诗："黔娄在日贫。"

②讳，避忌。

③食薇人，用商伯夷、叔齐采薇而食典故，比喻高士。

④几多，多少。江左，江东。

⑤荒冢没麒麟，王安石《破冢》诗："萧萧长草没麒麟。"没，湮没。

舞阳侯祠

舞阳侯，即樊哙，今舞阳街道的名字即源于此。众所周知，樊哙是汉初功臣，爵位之高，两千年来邑人无出其右。中国人对樊哙的认识，大多来自他在鸿门宴中的出场。试想，若无樊哙的勇猛和机警，项羽杀了刘邦，那么汉朝也就不存在了。所以，樊哙的一生称得上影响过中国。最早记载樊哙是上柏人的文献是宋庆元中乡贡进士刘瞳所撰《馀英志》，志载："神姓樊，名哙，本邑人。少失父，随母徙于沛，遂为沛人。"这仿佛是外传。但坊间盛传，樊哙在上柏住至七岁，父丧，母亲李氏带着他再嫁到江苏沛县，这在当时多少有点揶揄。樊哙后来跟着刘邦打天下，屡建战功，娶吕后之妹吕媭为夫人，待韩信去后，拜左丞相，封舞阳侯。吕后称制，吕媭封临光侯，夫妻双侯在中国历史上殊为罕见。上柏人以樊哙为傲，在龙蟠山上建舞阳侯庙，又名樊将军祠，俗呼大庙，乡人水旱疾疫，有祷即应。明邑人沈彬《舞阳侯祠记》云"入侯庙者，其亦可以兴矣"，主张向樊哙学"耿介尚武，兴邦安民"精神。清嘉庆初年，里人于大庙山伐梓木一株，斧削后，文理缜密，天成一神形，官骸悉具，色相甚庄，遂命匠装作舞阳侯像。每年农历九月九日，为舞阳侯诞辰。

舞阳侯祠[①]

［清］洪　昇

屠狗[②]何妨老，从龙[③]亦偶然。
遭逢膺上爵[④]，祠祭衰荒阡[⑤]。
忆闯鸿门下，曾持铁盾前。
立啖倾斗酒[⑥]，汉鼎定当年。

［注释］

①《武康县志》所录此诗与《洪昇集》中的《舞阳侯祠》诗有很大不同。《武康县志》版云：“屠狗何妨老，从龙亦偶然。彘肩能一割，卮酒即千年。古柏遮庭际，湘溪亘庙前。里人赛春社，村鼓正阗阗。”

②屠狗，宰狗，后泛指出身低微者，或位卑的豪杰之士。

③从龙，旧以龙为君象，故从龙即随从帝王创业。

④上爵，上等爵位。

⑤荒阡，古陌荒阡。唐李峤《早发苦竹馆》诗：“荒阡下樵客，野猿惊山鸟。”

⑥啖，吃。斗酒，比酒量。

舞阳侯祠

[清]韦人凤

赤帝[1]今谁祀，君侯尚有祠。
风霜百战苦，松柏五陵思。
戚里从龙早，军门拥盾迟。
土人思伏腊[2]，犹见汉旌旗[3]。

[注释]

①赤帝，赤帝子，汉高祖刘邦。

②伏腊，伏祭和腊祭。

③旌旗，旌是羽毛指示物，旗是布面指示物，泛指旗帜。

舞阳侯祠[1]

[清]徐熊飞

金井梧桐落叶黄[2]，趁墟[3]人至又重阳。
红藤合子茱萸酒[4]，先进樊王庙里香。

[注释]

①本诗选自《前溪风土词》，此题为选注者拟。

②金井梧桐落叶黄，原出王昌龄《长信秋词》。

③趁墟，赶集。

④红藤合子，榼藤子，一种中草药。茱萸酒，吴茱萸泡酒。

孟郊祠

宋景定三年(1262),武康知县国材成德始修缮东野故居,据友人舒岳祥提供的孟郊真姿图塑像,并悬匾“贞曜先生祠”。宋人孙嵩、陈必复、董嗣杲有过东野故居诗。元至元十六年(1279),祠毁于战火。清乾隆十一年(1746),知县刘守成迁祠于乌回山麓,悬匾“嵩山隐秀”,复浚武康怀安门外东野古井,并建亭树碑。因乌回山离县城略远,邑人谒祠不便,乾隆二十七年(1762),知县陈九霄又将祠迁回城内;但当时并未建孟郊祠,只是将孟郊木主供奉在前溪书院附设的周公祠内。嘉庆二十年(1815),知县林述曾仍将孟郊木主迎回乌回山,安奉于乌回寺后殿。清光绪间,邑人在城西花坛建造祠庙,供奉孟郊及其他神像,俗称花坛庙。今所见孟郊祠为 1998 年东野诗社社长俞武龙发起筹建。这已是孟郊祠历史上第四次重建。

春日武康游望[1],过孟东野故居

[宋]孙　嵩

残霭初收半在沙,一川芳草趁溪斜。
群峰古意汪芒国[2],废地诗情正曜[3]家。
天末凄迷浮野色,柳边骀荡[4]受春华。
更携尊酒看修竹,不为前坡得意花。

孙嵩,字元京,自号艮山,安徽休宁人,以荐入太学,宋亡隐居海宁山中,誓不复仕,杜门吟咏。

［注释］

①游望，放眼观望。

②汪芒国，即防风古国。

③正曜，即贞曜，孟郊之谥号。

④骀荡，使人舒畅。

重过东野故居①

［宋］陈必复

郭外有村名孟堡，旧传君此卜幽栖。
草荒东野千年宅，水绕南山一曲溪。
人物不生诗渺渺，秋风无语恨凄凄。
可怜如许②衣冠士，不为留祠向竹西。

［注释］

①陈必复另有《东野故居》诗："先生高隐地，遗迹尚堪寻。出郭只疑近，入村还觉深。秋光淡平野，暝色带遥吟。几度祠边过，诗成不敢吟。"

②如许，如此，像这样。

戴公祠

戴公祠，俗称下庙，在老德清县城溪东街上，祠前有一株古柏。在水城门没有拆掉前，每次发大水，长桥河里经常淹死人，于是戴公的名字总被提起。若有人落水，听过戴公故事的人会大喊“戴阿大救命”——这时，千万不能喊戴老爷，喊戴老爷，他就要穿着官服坐着轿子出来，一切就都迟了。

戴公，名继元，字承祖，小名阿大，家住焦山北麓戴家巷。他原是河下米店的伙计，属于平头百姓，长相也不招人喜欢，面目黧黑，身材魁梧，好个莽男儿。如果不是因为那年的端午龙舟事，实在不会有人念叨他，并恭敬地称他一声戴老爷，还要在德清的城纪里给记上一笔。

端午日，中国南方都会举行赛龙舟，以纪念屈原、伍子胥、曹娥等人物。宋宝祐二年(1254)端午，德清人按风俗照例在馀不溪上赛龙舟。赛程来回近四千米，始发点和终点都是东城门。民谚：“五月五赛龙船，老鼠尾巴转一转。”而看客只多不少。因水涨流急，船小人多，突然在赛点，一条龙舟倾覆，二十余人落水。戴继元伏在米店窗台上正看得起劲，见有险情发生，奋不顾身下水救人，溺者皆获救，他自己却力尽人亡，结果成就了大义，时年四十四岁。里人在他的住所建祠，将他的肉身涂上黑漆置后屋，称为真身楼。昔祠前有联：“祈赛遍乡关，万炬千钲，匝地欢声迎社至；威灵绥越甸，五风十雨，隔江鼓吹送春来。”越甸即萧山，说的是萧山人闻其事，特来窃其齿以去，塑像崇奉，一如吾邑。话说清乾隆间，新市镇人于东栅清风桥旁另建起一座戴侯祠，赵紫宸幼时曾入祠求签。

端午是戴公的忌日。为避此日，德清人将龙舟竞渡提前到寒食节。龙舟，俗称撩船，祠内陈列一只小官船，舟内有戴公像，是日，将小官船抬至撩船上，尾随殿后，俗谓“仙船落水”。这一来，义士变成了地方神。元朝追封戴公为显佑侯、湖州路总管。清雍正帝、嘉庆帝先后赐以庙号“保济”“惠安”。所以，戴公有了一个足可与圣坛上的人同尊的资格。看戴公祠的匾“义骨砥流”和楹联“取义成仁，大丈夫当如是矣；报功崇德，我国家礼亦宜之”，典范作用被放在了首要位置，这是戴公精神永放光芒之所在，也是对德清县民的最高礼赞。

从乾元镇沿东苕溪北行，西险大塘宛如通衢大道。民国《德清县新志》载：“寒食夜，城乡十里内武装戴侯、叶侯（忠良）、柳侯（察躬）神像，四人肩之，灯笼火把，锣鼓外加以大纛旗、帅旗，三军司令旗巡游街巷间，并以天坛、地坛、迎春坛、焦山、丁山、上下兰山为经由之地，至清明前一夜止。”“届清明日，各村肩戴、叶、柳三像，前锣后伞，狂奔街市间，店铺设香烛以示敬……午后，各社迎神上险塘，至古清溪庙内演戏、牲醴以享之。”“寒食，西门外向有龙船会，乡人迎总管神戴侯，而以庙内之神船为殿，画船旗鼓杂其中，所谓‘夕阳箫鼓几船归’也。又有撩船数十艘，皆树小旗，互相竞驶以为乐。”因为观众如潮，西险大塘得以踩踏加固。这不仅是我们这里的风俗，也是水乡的道脉。多少个寒食节，老德清县城里没有赛过龙舟了，但在后龙舟时代，德清人仍然把戴公当作英雄，对他怀有敬仰和信赖。

清溪赛社词三首

［清］徐士麟

其一

惠安侯锡九重天，赛社迎来数百年。

旧例清明前四夜，满城锣鼓闹喧阗①。

其二

姓名柳叶②列侯同，古社分明绿与红③。

爆竹声声人攘攘，肩舆④直进县门中。

其三

阜安桥⑤畔晚风寒，都向焦山顶上看。

列炬⑥登城相掩映，半空疑是火龙蟠。

徐士麟，徐倬后裔，号荇香，德清人，著有《云在山房吟稿》。诗得寝门，传在白居易、陆游间。

［注释］

①喧阗，喧天。

②柳叶，即柳侯、叶侯。

③古社分明绿与红，即大社、绿社、红社。

④肩舆，平肩舆，轿子。

⑤阜安桥，原名天宝桥，又名馀不桥，在老德清县城南，跨馀不溪，唐天宝中始建，宋淳熙间邑人、参知政事李彦颖取苏轼“风俗阜安”之语，改名阜安桥，俗称长桥。

⑥列炬，郊庙祭飨等大礼时列于门内的火炬。

戴公祠[1]

［清］蔡　熙

险塘一带撼洪流[2]，保护咸[3]称赖戴侯。
每到禁烟寒食节，清溪竞渡闹龙舟。

［注释］

①本诗选自《清溪竹枝词》，此题为选注者拟。

②险塘，杨湾之上津，即馀不溪之东岸，昔设地方民夫专守，以防冲决，谨堤筑。洪流，洪水。

③咸，皆，都。

崇祠柏影[1]

许孙穆

阙里[2]多奇树，此河傍戴祠。
龙皮[3]孤干耸，鹤发几枝垂。
泻月婆娑[4]影，拿云夭矫姿。
何须数槐栎[5]，终古独葳蕤[6]。

许孙穆，吴待秋婿，字梦梅，号溪西，别署乌巾子、乌巾山民，德清人，有“临溪八咏”诗。德清许氏有字辈诗“祖宗延善德，子孙有余庆，宽和绵世泽，勤俭振家声”。邑传沈铨画本、蔡之定条屏、俞曲园字帖多出其手。时与蔡春帆、谈怀寿、徐松声合称“清溪四家”。

［注释］

①崇祠柏影，戴公祠古柏。清蔡瑜卿《戴侯祠古柏歌》："门前柏荫何萧森，故老相传宋至今。"清谈壶山《戴侯柏》诗："戴侯庙外柏，几代纪荣枯。"

②阙里，借指县儒学。

③龙皮，比喻皱裂如龙鳞的树干。

④泻月，月光倾洒。婆娑，形容盘旋和舞动的样子。

⑤槐栎，槐树和栎树。

⑥葳蕤，形容草木茂盛、枝叶下垂的样子。

戴公祠古柏

赵公祠

赵公祠，旧称赵孟頫读书处，在馀不溪之戴湾，赵孟頫昔于此地建阳林堂别业。祠内绿萼梅与祠外白银杏树，传为赵孟頫手植。清邑人徐承烈《听雨轩笔记》记赵孟頫遗宅云："吾乡戴湾村下坦山之麓，有土谷祠，盖村人祈年报岁之所也，人咸称神为元赵文敏公……戴湾祠址为公阳林堂别业，遍植梅花。公有《怀德清别业》诗，所谓'阳林堂下百株梅'是也……先辈沈儒群有《悼赵祠双松诗》，序中谓祠系文敏别墅，松为公所手植，挺劲苍翠，较之慈相寺数松更为奇古，康熙某年虫灾而枯云云。"咸丰十一年（1861）祠被毁，同治八年（1869）邑人谈祖功、徐玢募建，今不存。

过戴湾赵侯庙题壁

［清］严元照

白云飞不去，终日护禅关。
扫地聚红叶，开窗当暮山。
药畦霜后净，斋鼓晚来闲。
欲问阳林客，何年化鹤还？

严元照，许宗彦内兄，字九能，号悔庵，湖州南浔人，诸生，藏书家。清嘉庆十一年（1806）寓居老德清县城北城外柯家山，名柯家山馆，有《柯家山馆遗诗》，卒葬柯家山。光绪间，陆心源为之立碑植树。

陆真人祠

陆真人祠（谈鸿儒　摄）

陆真人祠，又名陆仙楼、通仙堂，在新市镇东栅通仙桥旁，跨河而建，祀晋丹元真人陆修静。楼身三楹，飞檐翘角，正中端坐陆真人像，上悬“蓬莱仙境”匾额一块，旁有联楼一楹，拱形石门上刻有“洞天福地”四个隶字，侧立明邑人沈戬谷撰、刘允明书《简寂陆真人碑》。祠后有听月楼，旧传月夜或闻仙乐泠然之声。清顺治间潘拙居“仙潭八咏”之“听月清讴”，即指此。

仙人祠①

［明］陈　和

忆昔真仙此炼丹，珮声清夜下尘寰。
自从跨鹤归蓬岛，水满寒潭月满山。

陈和，陈霆父，字尚节，号陶庄，新市镇人，著有《陶庄吟稿》。

［注释］

①诗题原为《仙人潭》，此题为选注者拟。

听月楼

［明］侯　纶

危梯缥缈①切层空，属耳②清宵月向中。
屧响素娥③初下殿，曲传帝子正游宫。
宝丸碎应仙翁斧，玉杵轻敲桂子风。
知有乘鸾④诸女伴，羽衣飘处佩丁东⑤。

侯纶，字文经，号渔隐，新市镇人。

［注释］

①缥缈，形容隐隐约约、若有若无的样子。词出白居易《长恨歌》“忽闻海上有仙山，山在虚无缥缈间”。

②属耳，以耳触物，常谓窃听，注意倾听。

③屧，鞋的木底。素娥，即月之号。

④乘鸾，乘鸾跨凤，比喻成仙。

⑤羽衣，道士或神仙所着之衣。丁东，象声词，形容佩玉撞击声。

灵感公庙

新市镇旧有灵感公庙三处，曰永灵西庙、永灵东庙、永灵南庙。为同一个人，在同一个镇，建同一名称的三座庙，堪称天下奇迹。永灵东庙，在新市镇东栅，现存大殿为清同治九年(1870)重建，俞樾曾撰《重建永灵东庙记》。灵感公，即东晋故赠镇国大将军朱泗。朱泗，本姓施，荡寇将军施煦之子，晋咸宁五年(279)生于新市镇，勇力过人，后应征入伍，永昌元年(322)在平息王敦反叛中战死。泰宁二年(324)，被追封镇国大将军，后屡托梦于族人，“吾欲于吾所出新市建祠守土，以荫福斯民”，于是新市始有其庙，并有藏弓剑的衣冠冢。宋绍兴五年(1135)，赐庙号永灵，后又封神为灵感公，庙的规模和名声也越来越大。

谒灵感公庙

[明]沈　清

濯濯[1]神灵冠一方，永灵赐额焕祠堂。
千年血食[2]昭民祀，历代恩封沐宠光。
道上神蛇曾御寇[3]，庙前古木尚含霜。
我来独为忠诚拜，敢向春风奠一觞。

沈清，沈梦麟玄孙，字廉夫，号一斋，湖州人，刑部主事，解归后寓居新市镇。

［注释］

①濯濯，光明。

②血食，谓受享祭品。古代杀牲取血以祭，故称。明张永年《拜灵感公神像》：“血食仙潭土一方。”

③御寇，抗击敌寇。

古寺观

觉海寺

觉海寺，原名兴善寺，在新市镇，始建于唐元和十年(815)，由钟思深于镇中得汉中大夫朱安期墓地，请于湖州刺史薛戎移建于此。寺额相传为唐张燕公张说书，宋治平二年(1065)改今额。寺中有墨妙亭，曾藏当时名贤葛书思、张景修、太史章等题咏文翰。宋人笔记《齐东野语》载："近岁德清县新市镇觉海寺佛殿柱，亦为雷震，有字径五寸余，若汉隶者云：'收利火谢均思通。'又云：'酉异李沟火。'此乃得之目击者。"觉海寺大雄宝殿在北宋时遭雷震，致使柱子部分油漆剥落，显出十余字，时人皆不识为何故，皆言是雷神雷部火所书，张景修是"雷书"的最早目击者之一。宋熙宁八年(1075)，孙载任德清知县，以纸墨拓之，与岳阳楼柱倒书大小相同，因曰："夫伐木于山者，其火队既众，则各刻其名，以为别耳。凡记木，必刻于木本。《营建法》，木在下，故倒书。"由是知仙之妄，并非至俞樾避难新市期间才发现雷书奥妙，破解了此谜。

寺旧有野桥溪涨、香市烟霏、塔院平芜、钟楼望雪、沙坡晓春、西阁送霞、仙池夜月、北窗听雨等景。

湖州觉海弥陀阁[1]

[宋]张景修

仙潭觉海唐兴善，像设瑰琦古至今。
殿柱倒书雷部火，市桥横渡木观音[2]。
窗前竹影摇金翠，风外莲香散水沉。
况有弥陀新建阁，动人无限往生心。

张景修，字敏叔，宋治平四年(1067)进士，江苏常州人，官祠部郎中。

［注释］

①本诗与《宋诗拾遗》所录略有不同。

②木观音是觉海寺一奇。北宋时梅雨浃旬，溪大涨，漂一巨木，横于觉海寺东之桥下。好事者取视之，约略如观音像，命匠刻绘，成之，送觉海寺供养。

觉海寺烧回香[1]

[清]沈赤然

觉海寺前闹似雷，新从天竺进香来[2]。
儿童吃饼妇尝果，不到黄昏不肯回。

［注释］

①本诗选自《新市竹枝词》，此题为选注者拟。

②新从天竺进香来，作者注："近镇村落清明后，俱往杭州天竺进香，归必诣觉海寺，谓之烧回香。男妇喧阗，市果饵、蚕具，至谷雨始止。"

宿觉海寺西楼闻橹声

［清］沈嘉春

僧楼临晚渚，欸乃[①]远闻声。
摇曳诗人梦，苍茫旅客程。
月华塘外白，渔火渡头明。
记得烟江上，孤篷[②]独卧情。

沈嘉春，字鹿宾，武康人，坐馆新市。

［注释］

①欸乃，象声词，桨声。柳宗元《渔翁》诗："欸乃一声山水绿。"

②孤篷，孤舟。陆游《烟波即事》诗："烟波深处卧孤篷。"

每年清明后，四野乡人妇女至觉海寺烧香极闹

［清］费　梧

其一

乡人起愿说烧香，过了清明性渐狂。
姐妹东西多结伴，红裙绿袄斗新装。

其二

灵泉[①]本号是丛林，香市传来直到今。
寒食含山[②]游已罢，群来瞻拜[③]木观音。

费梧，字兰舫，新市镇人，纂有《新市镇再续志》。

［注释］

①灵泉，灵泉山，用条石错缝砌筑而成，明南京刑部郎中许松有“灵泉山”墨迹。

②含山，在湖州市善琏镇，与新市镇毗邻，有蚕花节。

③瞻拜，瞻仰礼拜。

明许松书灵泉山

云岫寺

云岫寺，在武康石井山。宋淳熙八年（1181），音禅师开山。明万历间，礼部尚书顾瑞屏少时读书山中，既贵兴建殿宇，缁流甚盛，后以山路迂折，辟石门为捷径。清康熙初，诗僧雪舆禅诵于云岫寺，与邑中大夫唱和无间。清光绪十三年（1887）复兴，住持广严禅师奉旨进京，钦赐龙藏十二部十六橱及銮驾一副回山传戒。能山法师曾任该寺住持。

王肖溪大令①宴集云岫寺

［明］骆文盛

云岫藏云云不飞②，老僧长日伴云栖。
参天竹树阴阴合，覆槛藤萝袅袅低。
过雨流泉穿石下，啄花幽鸟向人啼。
我来正值朱炎③候，却喜凉生白苎衣。

［注释］

①王肖溪大令，王健，号肖溪，福建漳浦人，明嘉靖二十六年（1547）进士，嘉靖三十年（1551）任武康知县，曾刻骆文盛《两溪先生遗集》。蔡汝楠撰《武康令肖溪王侯碑》云："王侯之为武康，以仁心为质，羞为急名。"

②云岫藏云云不飞，骆文盛《秋日游云岫寺》诗："云岫独栖云。"

③朱炎，烈日。

证道寺

证道寺，在武康街道千秋村西，原为南朝齐秘书郎沈密故宅，后舍为齐昌寺。唐天宝四年(745)改名安永寺。宋建隆三年(962)，县令罗文圭重建。治平二年(1065)改今额。门对大溪，南望群山，景最清胜。

正月三日游证道寺

[宋]毛　滂

水畔山前蹭蹬[①]身，三年鱼鸟许为邻。
临当解组[②]槐阴下，更看荼蘼[③]一夜春。

[注释]

①蹭蹬，比喻困顿不顺利。

②解组，同解章，解下官印。

③荼蘼，一种植物名。宋王琪的《春暮游小园》诗："开到荼蘼花事了。"

慈相寺

德清慈相寺一隅

慈相寺，在德清县北石壁山南，原名石壁寺，唐元和间始建，宋治平二年(1065)改今额。寺门原有奉国坊，进有天王殿、钟楼、大雄宝殿、千手观音阁，石壁竖其后，钟铭为宋寓贤刘一止作，又有披云阁、雪月亭、泠然阁、宋高宗御书观心亭、吕成公书屋、觉觉堂，甚古雅。1922年端午节，德清县参事会同人游慈相寺并合影留念，从照片中可窥见慈相寺古建筑一隅。今移至德清大闸前的四个石狮子，系慈相寺旧物。

游慈相寺行至东崦[①]退院

[明]陈 霆

林深不却云，草滑初溜雨。

春泥溅下服，花瓣上屐齿[②]。

相将憩磐石[③]，时复度流水。

回看暝色[④]至，烟坞暮钟起。

［注释］

①崦，落日下的远山深处。

②屐齿，木屐底下凸出像齿的部分。宋叶绍翁《游园不值》诗："应怜屐齿印苍苔。"

③磐石，厚而大的石头。《孔雀东南飞》诗："磐石无转移。"

④暝色，暮色。

慈相寺觉觉堂[1]

［明］许孚远

玉麈何年开梵宇，龟溪此日集儒冠。
坐临岩树春风满，人立桥门夜月寒。
白发寸阴[2]怜逝水，青云万里睹飞翰[3]。
古来贤圣尤师友，莫作寻常聚会看。

许孚远，字孟中，号敬庵，德清人，明嘉靖四十一年(1562)进士，官至兵部左侍郎，谥恭简，著有《敬和堂集》。

［注释］

①觉觉堂，许孚远曾讲学于慈相寺听松堂，加额觉觉堂。

②寸阴，比喻极短的时间。鲍照《拟古诗》八首之四："秋光荏苒休辜负，相对原宜惜寸阴。"

③青云万里，比喻前程远大。飞翰，飞鸟。

游慈相寺

［清］吕留良

干沙细雨不成泥，春水初生试小溪。
得得①山围松径合，离离②人坐石桥低。
阴碑出火牛磨角，坏壁生香麝③脱脐。
最是客游难久住，杜鹃花落杜鹃啼。

［注释］

①得得，象声词，形容马蹄声。苏轼《定风波》词：“竹杖芒鞋轻胜马。”

②离离，懒散疲沓的样子。

③麝，形状像鹿而体小，无角。雄麝脐部有香腺，能分泌麝香。

东莱先生读书岩

［清］胡麒生

寄迹荒山寺，藜辉乙夜①分。
泉清疑煮雪，月朗见披云。
客梦②经春发，钟声向晓闻。
千年著作在，应不惜辛勤。

胡麒生，胡友信曾孙，胡会恩父，字圣游，号雪田，德清人，明崇祯元年(1628)进士，兵部主事，著有《秋筠集》。

［注释］

①乙夜，二更时候，约为夜间十时。

②客梦，异乡游子的梦。

东莱书屋[①]

［清］胡　渭

游息名儒旧讲坛，读书岩下水泉寒。
祠依绝壁苍藤合，碑没空庭玉树[②]残。
异代春秋仍俎豆，同时朱陆[③]盛衣冠。
鹅湖鹿洞荆榛满[④]，唯有禅灯照夜兰。

［注释］

①东莱书屋，又名东莱读书堂，成公讲院，宋嘉熙间知县章鉴于慈相寺东创设。明弘治九年(1496)，知县王良臣在寺之披云阁旧址建堂三间，中设木主。嘉靖四年(1525)，知县方日乾重加修缮，改题东莱书院，陈霆撰《重修东莱书院记》。嘉靖九年(1530)，知县陶廉易书院址于寺东山坳，前堂后寝，左右书舍。清乾隆三年(1738)，邑人徐志莘同署知县王良谷重建。咸丰四年(1854)，书院后附祀苏轼、韩元吉、吴潜木主，名三贤祠。

②玉树，胡渭自注："庭中有双玉兰，岁久攀折殆尽。"

③朱陆，朱熹与陆九渊。

④鹅湖鹿洞，鹅湖书院与白鹿洞书院。荆榛满，荆榛满目，形容荒凉景象。

升玄观

升玄观，一名升玄报德观，又名升玄宫，在计筹山。宋绍兴初，杨和王起而重建，有设像之殿，斋食之堂，置钟之楼，巢经之阁。和王女、冲妙炼师在此修道并葬于此。太上皇赵构曾驾幸斯山，一时名重。戴表元撰《计筹山升元报德观记》，郑元佑撰《计筹山巢云楼记》。元时，故宋庆章王五世孙杜道坚，号南谷子，率道徒修炼于此；创通元观，建听松轩，起览古楼。元世祖贤之，授予隆道冲真崇正真人。赵孟頫书碑云："吴兴武康计筹山，越大夫计然隐此成道。后千年，葛仙翁炼丹在此。又千年，当涂杜君道坚来登白石崖。二仙游侠，为四大域中建万古福地。"元末，升玄观遭兵燹。明初，炼师袁居安始行重建。清为避康熙帝玄烨讳，改名升元观。

游武康禺山留宿昇元宫

[元]张　翥

白石西边山更青，杖藜尘外得经行。
鸟翻夕照落空翠，人逆松风闻涧声。
道士煮茶留夜话，田家烧草起春耕[①]。
也知真境多佳趣，拟约蘅茅[②]寄此生。

张翥，字仲举，号蜕庵，云南晋宁人，官至翰林学士承旨，曾寓居武康禺山，著有《蜕庵集》。

［注释］

①春耕，立春过后，播种前的试犁即开始。

②衡茅，衡门茅屋。

寄题升元观绿筠轩[1]

［明］刘伯温

带郭轩楹映绿筠，八窗潇洒总宜人。
风生密叶蛟龙舞，露下寒梢翡翠匀。
不待剪裁调律吕，若为惆怅忆伶伦[2]。
五城双阙烟尘隔，且傍林峦寄此身。

［注释］

①绿筠轩，明袁华《寄题袁仲傅绿筠轩》诗："吾宗有高士，种竹封禺颠。"

②伶伦，传为黄帝时的乐官，古以为乐律的创始者。

古　迹

赵孟頫墓

赵孟頫墓，在今德清县洛舍镇东衡村。赵孟頫撰《魏国夫人管氏墓志铭》：“东衡之原，夫人所择。规为同穴，百世无易。”赵孟頫夫妇没有把自己的墓穴安排在湖州祖坟之旁，而是营建到了几十里之外的德清东衡。赵孟頫说这是夫人确定的地点。赵孟頫与中峰和尚札中有“伺东衡房屋修整”，又有“求和尚一到东衡”句。元至治二年(1322)六月十六日，赵孟頫在湖州故里寿终正寝。杨载《赵公行状》：“是日，犹观书作字，谈笑如常时，至暮倏然而逝。年六十有九。”是年九月初十，赵孟頫之子赵雍等奉赵孟頫灵柩与管道升合葬于德清县东衡山原，神道碑由欧阳玄书“元翰林学士承旨荣禄大夫知制诰兼修国史赠江浙等处行中书省平章政事魏国赵文敏公神道碑”。

赵魏公墓[①]

［清］蔡星临

清溪数曲认皋门[②]，文敏风流想像存。
墓碣自书元学士，居人犹说宋王孙。
松杉终古青山色，羊虎依然碧藓痕。
南渡攒宫[③]原不远，可怜朱鸟[④]与招魂。

蔡星临，字御青，号槎客，德清人，著有《荣赐堂诗集》。

[注释]

①赵魏公墓，蔡星临自注："在东衡山。"清徐承烈《听雨轩笔记》："自戴湾以东，若白杨圩、贯坞、藤山、东衡诸村，皆祀公(赵孟頫)为土谷神。而东衡里则公墓所在，翁仲马虎尚存。祠在墓东数百步，士人皆云即是墓庐。"民国《德清县新志》总纂程森曾对墓园加土修理并新立墓碑，当时尚存一石马、二翁仲。

②皋门，汉司马迁祖父、父皆葬皋门。

③南渡攒宫，指南宋帝陵。

④朱鸟，朱雀神鸟。

文明塔

文明塔

德清有三古塔，一曰青云塔，一曰文明塔，一曰辉山塔，悉属文风塔。文明塔，在下阑山南，面迎馀不溪，远山若揖，左乌牛山，右玉麈山，阁上祀文昌帝君。登览者恍然有挟日千峰、浮天万顷之象焉。明万历二十二年(1594)春，知县连继方、教谕彭同魁相此土为天柱，方建之以塞下流，振邑之文运。塔七层八面，高18米，各层均有棱角腰檐，每面有一门式壁龛或砖雕魁星像，相间布置。明章嘉祯《文明塔记》，“吾邑之士，以文明为雁塔”。清道光初，塔尖被大风刮去，塔顶生桃树一丛。文明塔下旧有砥柱楼，清康熙时胡彦升建，雍正间衍圣公孔传铎复建，邑之文士每于夏秋游咏其间为韵事。许孙穆作“临溪八咏”诗，取此景为“文塔晴云”。

己丑中秋夜同人登文明塔水阁[1]

[清]王　诚

窗开四面水三面，正有此中明月多。
卓笔[2]一枝塔倒影，眠牛两具水横波[3]。
半明半灭见渔火，若抑若扬闻棹歌。
坐久不知衣露湿，劝君速醮金叵罗[4]。

王诚，字存之，号松斋，武康人，清道光二十三年(1843)举人，著有《松斋诗钞》。

[注释]

①文明塔水阁，即砥柱阁。清徐槛深有《八月十七夜同沈用霖、王诚、许昌耀、家从祖印金登文明塔砥柱阁，复集友人溪馆》。

②卓笔，直立的笔。

③眠牛两具，王诚自注："阁东有大小乌牛山。"许孙穆《文塔晴云》诗化用为"映水一卓笔，横山两眠牛。"

④叵罗，酒卮，敞口的酒杯。

德清文明塔

卢　前

千年古塔号文明，百劫沧桑还未倾。
孤耸河干作标识，舟人指处德清城。

清溪书院

清溪书院，在德清县儒学学门左，文昌祠后。清乾隆十八年(1753)，知县李方榕准生监蔡丹元等倡议修建，并劝绅士捐田以继膏火。胡渭孙、进士胡彦升为首任掌教。徐倬孙、徐以升撰《清溪书院记》。嘉庆八年(1803)，知县周绍濂延师，主讲朔望课业。讲堂曾悬俞樾题联："合天目、苕溪诸胜，龙飞凤舞而来，钟育英才宜此地；承朏明、方虎之遗，经术文章相望，续修旧业在群贤。"联中的朏明、方虎即是指乡前辈胡渭、徐倬。书院有十景，曰清溪一曲、五峰拱翠、烟村香霭、雉堞连云、远浦云帆、礼门桃李、芸签小阁、讲院梧阴、层楼释菜、绀塔凌云。

清溪书院十景(选四)①

［清］许宗彦

清溪一曲

一碧分湖脉，澄波鉴影明。

濯缨②欣所托，观水足怡情。

五峰拱翠

开楼延群峰，无用事登涉③。

掩卷夕阴凉，春衣染山色。

礼门桃李

月剪轻盈白，霞裁烂漫红。

飞香上巾卷④，一笑坐春风⑤。

讲院梧阴

晨露清如洗，秋阴淡欲流。
试拈濡毳[6]义，闲向纬书[7]搜。

许宗彦，字积卿，又字周生，德清人，清嘉庆四年(1799)进士，兵部车驾司主事，学问通达古今，尤精天文、历算及礼制，好藏书，著有《鉴止水斋集》。

［注释］

①诗题原为《清溪书院十景，王述庵少寇公命赋》，此题为选注者拟。王述庵少寇公，王昶，号述庵。

②濯缨，洗涤帽缨。语本《孟子·离娄上》："沧浪之水清兮，可以濯我缨。"

③登涉，爬山蹚水。

④巾卷，头巾和书卷。

⑤坐春风，比喻承良师的教诲，犹如沐于春风。

⑥试拈濡毳，苏轼《出狱次前韵二首》其一："试拈诗笔已如神。"

⑦纬书，相对于经书，对古代天文、历法、地理等知识以及神话传说之类多有记录。

副册

德清历代诗选

唐诗十首

武康郭外望许纬[1]先生山居

[唐]崔　峒

湖上千峰带落晖[2]，白云开处见柴扉。
松门一径仍生草，应是仙人向郭稀。

崔峒，河北定县人，唐“大历十才子”之一，官右补阙。

［注释］

①许纬，武康人，一时高逸。

②落晖，落日余晖。

宿静林寺①

［唐］释灵一

山寺门前多古松，溪行欲到已闻钟。
中宵引领寻高顶，月照云峰凡几重？

释灵一，俗姓吴，人称一公，扬州人，江左诗僧的前导。

［注释］

①静林寺，在原武康县孟宅保西，传为梁武帝微时隐居之所，梁大同四年(538)建，寺中有钟磬并古物，时时有声。唐张柬之曾书寺碑。唐咸通六年(865)，齐偘禅师在旧址上更建，使寺瞰溪流，为胜绝，有妙峰亭、妙行堂、湖中轩等景点。宋咸淳十年(1274)，武康大水，山门殿屋悉皆倒敝，静林寺沦入溪。证道寺僧证实，于滩边筑庵。清乾隆知县刘守成题匾“静林”，跋曰：“古静林寺在北，久沦入溪中，而此地为官滩所涨，聊志之以示沧田之感。”题静林寺的诗从唐宋到清有不少，借用明人陈素的诗句，以释灵一的这一首“定峰开古面”。

合溪[1]水涨寄敬山人

［唐］刘　商

共爱碧溪临水住，相思来往践莓苔[2]。
而今却欲嫌溪水，雨涨春流隔往来。

刘商，字子夏，江苏彭城人，唐大历间进士，礼部郎中，后以病免，曾泛苕霅间，后卜居埭溪上强山下修道炼丹。

［注释］

①合溪，前溪上游有五溪之一，发源于安吉县高坞岭，东南向经莫干山镇佛堂村、姜湾村到簰头。其余四溪为双溪、阮公溪、盘溪、石胡梯水。

②相思来往践莓苔，似西方作家笔下情诗，仿佛有恋人走过。

题禅居废寺[①]

［唐］刘　商

凋残精舍在，连步访缁衣[②]。

古殿门空掩，杨花[③]雪乱飞。

鹤巢松影薄，僧少磬[④]声稀。

青眼能留客，疏钟逼夜归。

［注释］

①禅居废寺，武康旧志载："在（武康）县东北十五里篾营村。"篾营村，实是丝织工具的制作中心。篾，织机上的织具，形似梳子。据清唐靖《前溪逸志》，"土人工栋篾……伐去其�，去其节，加刮削焉……武、德两邑之机工，皆市篾于其村"。

②缁衣，僧衣，借指僧人。

③杨花，指柳絮。

④磬，佛寺中使用的一种钵状物，用铜铁铸成，既可作念经时的打击乐器，亦可敲响集合寺众。

经仙人渚[①]即沈山下古人沈羲白日升天处

[唐]皎　然

日月人间短，何时此得仙？
古山春已尽，遗渚事空传。
不见腾云驾[②]，徒临洗药泉。
如今成逝水，翻使恨流年。

[注释]

①仙人渚，在莫干山镇上皋坞石胡梯岭下。清唐靖《仙人渚》诗："遗渚依然在，仙人去已遐……千盘有危磴，无路可梯霞。"梯霞，即升天登仙。

②腾云驾，腾云驾雾。神话描写得道的人可乘着云雾在空中飞行。

早秋陪韩明府泛阮元公溪[①]

[唐]皎　然

雨信清残暑，萧条古县西。
早凉生浦溆[②]，秋意满高低。
前事虽堆案[③]，闲情得溯溪。
何言战未胜，空寂用还齐。

[注释]

①皎然自注："公尝言禅功可入而官情讵能忘，诗中有此意戏之。"韩明府，韩章。阮元公溪，阮公溪，得名于梁武帝后阮令嬴，清史梦兰《全史宫词》："美人赐姓拜修容，溪水于今号阮公。"原武康县历史上曾出过五位皇后，南朝宋文帝后沈容姬、梁武帝后阮令嬴、陈武帝后章要儿、陈文帝后沈妙容、陈后主后沈婺华。

②浦溆，水涯。

③堆案，堆案盈几。

同李洗马入馀不溪经辛将军故城[①]

［唐］皎　然

惨惨[②]寒城望，将军下世[③]时。
高墉[④]暮草遍，大树野风悲。
壁垒今惟在，勋庸[⑤]近可思。
苍然古溪上，川逝[⑥]共凄其。

［注释］

①洗马，太子洗马，职官名。辛将军故城，指的是德清城山历史上的第二次筑城，唐代名将李光弼偏将军辛孜筑城于此，以平朱覃、姚廷等贼，号将军城。城山的第一次筑城是吴王夫差憾勾践伤其父足，率兵伐越，筑垒于此，号吴憾山，第三次筑城是吴越钱王筑屯戍守，号奉国城。

②惨惨，忧心惨惨。

③下世，去世。

④墉，城墙。

⑤勋庸，功勋。

⑥川逝，语本《论语·子罕》："子在川上曰：'逝者如斯夫！不舍昼夜。'"

宿吴匡山破寺[①]

［唐］皎　然

双峰百战后，真界满尘埃。
蔓草缘空壁，悲风起故台。
野花寒更发，山月暝还来。
何事池中水，东流独不回。

［注释］

①本诗或与《题馀不溪废寺》同诗异题。《题馀不溪废寺》："武原离乱后，真界积尘埃。残月生秋水，悲风起故台。居人今已尽，栖鸽暝还来。不到无生理，应堪赋七哀。"吴匡山，即吴羌山，匡与羌，古音同。

姚　察[1]

［唐］孙元晏

曾佐徐陵向北游，剖陈疑事动名流。
却归掌选清何甚，一匹花练不肯收[2]。

孙元晏，南京人，著有《六朝咏史诗》。

［注释］

①姚察，字伯审，武康人。徐陵任吏部尚书时领著作，引姚察为史佐，奉命撰国史，曾出使北周，途中作《西聘道里记》，记事甚详。归陈后，姚察升任度支部、吏部二尚书，依旧领著作。陈后主对姚察有八字评语："在于今世，足可师范。"由陈入隋，姚察袭父爵为北绛郡公，是见于史载的湖州士人入仕隋的两例之一(另一人为陈晋熙王陈叔文)。姚察由此举家迁关中，是为京兆万年姚氏的起家之祖。隋文帝曾对众臣说："闻姚察学行当今无比，我平陈唯得此一人。"故授其以秘书丞，敕修梁、陈二史。姚察重视文史，长于文史，但一生"不以所长矜人"，而是"终日恬静，唯以书记为乐，于坟籍无所不睹"，"且专志著述，白首不倦，手自抄撰，无时暂辍"，可见是勤奋不已的。史称姚察励精学业，闻见赅博，引经据典，令人信服。这就是成语"名下无虚"的由来。隋大业二年(606)，姚察卒于东都洛阳，临终嘱其子姚思廉续成未竟事业。姚思廉终于在唐贞观十年(626)续撰完成了《梁书》和《陈书》，算上此前沈约写的《宋书》，德清人写的史书占了"二十四史"之三。

②"一匹花练不肯收"，姚察的一个门生见姚察清廉自守，不敢送厚饷，仅赠南布一匹、花练一端。姚察婉拒说，我平日所穿的衣服只是麻布素练，你送的高级布料对我毫无用处，你既和我真诚相交，不必有此馈送。门生再三请求收下，姚察严厉斥责，并把他赶了出来。从此以后，无人再敢向姚察送礼。

碧落沈真人①

［唐］曹　唐

玉诏新除②沈侍郎，便分茅土③镇东方。
不知今夕游何处，侍从皆骑白凤凰。

曹唐，字尧宾，广西桂林人，以游仙诗著称。

［注释］

①碧落沈真人，传说中的仙人沈羲，武康沈山中碧落观为其故居。《中晚唐诗叩弹集》："庭珠按，《神仙传》："沈羲将飞升，有羽衣持节拜碧落侍郎。"

②玉诏，诏书的美称。新除，新拜官职。

③分茅土，古天子分封诸侯时，用代表方位的五色土筑坛，按封地所在方向取一色土，包以白茅而授之，象征授予土地和权力。

宋诗四十六首

题馀英馆[①]

[宋]毛　滂

故第园林改，遗亭壁户新。
垂虹一桥月，夹绣两堤春。
花落俯流水，鸟啼怀故人。
凭栏看翠竹，无意数游鳞[②]。

[注释]

①馀英馆，在原武康县西南，傍馀英溪。本为旧家园林，毛滂改建而成公馆，春景著称县邑。明洪武三十年(1397)，知县吴率正在馀英馆旧址上建公馆。

②游鳞，游鱼。

寒秀亭[①]

[宋]毛　滂

伐蒿种竹作清深，洗石锄垣出翠纹。
玉节露匀新带月，苔肤雨涩细留云。
四檐妍色开清晓[②]，一亩浓阴寄夕曛[③]。
陶令[④]醉时烦客去，梦魂潇洒与谁云。

[注释]

①诗题原为《次韵成允寒秀亭》，此题为选注者拟。寒秀亭，又名松斋，在原武康县衙东堂内。毛滂自注："此亭旧为蒿莱之地，今亭畔石，乃故墙两堵材也。"

②清晓，清晨。

③夕曛,夕阳余晖。

④陶令,晋彭泽令陶渊明。

游响潭回[①]

[宋]毛　滂

一派飞泉湿岭云,岩花娟好尚余春。
黄细[②]病惰谁如我,碧玉寒清自照人。
山水窟[③]中为俗吏,簿书丛里得诗邻[④]。
一篇宠寄[⑤]高难和,万卷端知笔有神[⑥]。

[注释]

①诗题原为《次韵许簿游响潭回》,此题为选注者拟。

②黄细,黄绸。

③山水窟,明胡士勤《南楼晚眺》诗:"吴兴自古溪山窟。"

④簿书丛里得诗邻,即原诗题中次韵的许簿。

⑤宠寄,宠信而委以重任。

⑥万卷端知笔有神,读书破万卷下笔如有神。

响　潭[①]

[宋]毛　滂

水面平铺映碧空,夜深明月照龙宫。
猿啼未响潭先响,一树花开两树红[②]。

[注释]

①诗题一作"碧玉潭"。

②一树花开两树红,潭中亦见一树花。

定光梅[①]

［宋］毛　滂

七里梅花自一村，县楼目断暮云深。
玉人为弄昆溪笛，尘榻空横单父琴。
知有春心传庾岭，可无雪兴在山阴。
金鞍簇马[②]何时到，试听东堂逼仄[③]吟。

［注释］

①诗题原为《定光梅开，仆以病未能往观，亦缘此辞闾丘之约，今辱示诗，走答一首》，此题为选注者拟。定光禅院，又名响应寺，在响应山下，吴越王钱俶建。

②金鞍，以黄金装饰的马鞍。簇马，驻马。

③东堂，毛滂自谓。逼仄，狭窄。

昼寝石颐寺[①]

［宋］毛　滂

何人支枕古邯郸[②]，孤卧僧房四面山。
故遣白云遮谷口，不教幽梦落人间。

［注释］

①昼寝，昼眠，白日睡觉。石颐寺，在石颐山腰，唐咸通五年(864)建，初名护国禅院，齐偘禅师开山。

②支枕古邯郸，即黄粱一梦。

石颐山虎跑泉[1]

[宋]毛　滂

自洗苔肤一尺寒，乌菟那复此蹒跚[2]。
不妨为我照毛发[3]，正可与人鉴肺肝。

[注释]

①诗题原为《石颐山虎跑泉久渫不食，仆至山中，为浚治而去》。

②乌菟，又名于菟，老虎的别称。蹒跚，形容行路艰难。

③毛发，此指头发。

翠峰寺[1]

[宋]毛　滂

一径秋英[2]长菊芽，二分春色属梨花。
女夷[3]留作浓花艳，吩咐姚黄魏紫[4]家。

[注释]

①翠峰寺，又名小山寺，在今德清县阜溪街道龙胜村漾口村。南朝宋元嘉中，沈演之延请高僧法瑶为小山寺住持。法瑶住十九年，学徒负笈而集，小山寺由此闻名遐迩。陆羽《茶经》曾录小山寺法瑶“饭所饮茶”事。后人慕名而来，诚如宋释净端《翠峰寺》诗：“因访瑶师迹，穿云入小山。”

②秋英，秋菊的花瓣。屈原《离骚》：“夕餐秋菊之落英。”

③女夷，花神。

④姚黄魏紫，是最好最奇的两种名牡丹。姚黄，指千叶黄花牡丹，出于姚氏民家；魏紫，指千叶肉红牡丹，出于魏仁溥家。

送遐举[①]解德清县章

[宋]毛　滂

吏最年来三再书，野梅官柳映归途。
不容车下牛将犊，犹说桑间雉领雏。
万里摩霄看鹄举[②]，一城卧辙[③]作儿呱。
东邻病骨谁料理[④]，十驾[⑤]相追肯少须。

[注释]

①遐举，方扬远，字遐举，浙江浦江人，进士，宋绍圣二年(1095)任德清知县。

②摩霄，接近云天，冲天。鹄举，鸿鹄高飞。

③卧辙，躺在车道上，不让车走，旧时用作挽留好官的谀辞。沈约《齐故安陆昭王碑》有"攀辕卧辙之恋"句。

④病骨，指多病瘦损的身躯。料理，照顾。

⑤十驾，谓马驾车走十天的路程。《荀子·劝学》："驽马十驾，功在不舍。"

游越山寺看泉[1]

［宋］刘季孙

龟溪有路莲花引，鹫岭[2]无时云雾生。

聊放一身留舴艋[3]，不逢人处听泉声。

刘季孙，字景文，河南开封人，曾官两浙兵马都监兼东南第三将，伴苏轼游半月泉。

［注释］

①本诗选自《宋诗纪事》。越山寺，在乌山南，原名妙静庵，始建于宋开宝中，嘉定间改今额，僧堂后有瀑布泉。

②鹫岭，借指建有佛寺的山。

③舴艋，舴艋舟，小舟。李清照《武陵春》词有“只恐双溪舴艋舟，载不动、许多愁”句。

题德清县舍松筠堂[1]菊

［宋］孙　觌

篱脚金花玉露团，枕[2]从寒蝶冷相看。

不随桃李供春事，且伴松筠到岁寒[3]。

孙觌，字仲益，号鸿庆居士，江苏武进人，宋大观三年(1109)进士，政和四年(1114)又中词科，曾官临安知府。

［注释］

①松筠堂，又名松竹堂，旧名宜堂，在德清县衙。

②枕，一作抱。

③且伴松筠到岁寒，取松竹梅“岁寒三友”意。

发龟溪[1]道中

［宋］王　洋

欲穷幽胜远纷华，频向晴空漾钓槎[2]。
霞杂凫[3]群归趁浦，雪飞鹭阵宿投沙。
山连空秀嫌花杂，树远多图怕雾遮。
莫怪故园归未得，为贪入手好烟霞。

王洋，字元渤，原籍东牟（今山东蓬莱），寓居山阳（今江苏淮安），宋宣和六年（1124）进士，仕中书舍人，寓居德清石壁山下，与刘一止、方淑、邹楞友善，亦文艺中高流，曾作“三斟屡酌前溪月，一瞬曾帆下渚风”句，著有《东牟集》。

［注释］

①龟溪，馀不溪之中流，又名孔愉泽。唐人有诗云：“送客莫辞秋晚，龟溪好处西关。”

②槎，竹筏。清唐靖《前溪》诗：“沙浅竹为槎。”

③凫，野鸭。

还龟溪成拙句呈给事刘兄[1]

［宋］王　洋

上春[2]日暮暮春头，翠浅芳浓草色柔。
五十日天[3]和暖候，一帆风地往来舟。
棋神得隽惊逢敌，酒病寻医尚入流。
只有风流动文采，较量沈谢亦推刘[4]。

［注释］

①给事刘兄，给事中刘一止。刘一止，字行简，号太简居士，湖州人，宋宣和三年(1121)进士，累官中书舍人、给事中，以敷文阁直学士致仕，曾寓居德清慈相寺，著有《苕溪集》。

②上春，孟春，指农历正月。

③日天，方言，天指一昼夜，与数词连用。

④沈谢，沈约与谢朓。刘，刘一止。

龟溪市桥[1]见月

［宋］施　枢

楼台叠翠绕清溪，浅澹云边月一眉。
行到市声相接处，傍桥灯火未多时。

施枢，字知言，号芸隐，又号浮玉，丹徒(今江苏镇江)人，曾任浙东转运司幕属，越州府僚，著有《芸隐横舟稿》。

［注释］

①龟溪市桥，即龟回桥，在德清县老县城(今乾元镇)小南门，建于1600余年前，以东晋名臣孔愉放龟，龟向左回顾的典故得名。

过德清石壁故居[1]二首

［宋］韩涧泉

其一

经行修竹小窗轩，闭户看书记昔年。
薄宦萦人尘眯目，空余栖遁[2]此心坚。

其二

世事身心水一杯，是非胶扰付蚊雷[3]。
吾生只合闲萧散，多少年光节物[4]摧。

韩涧泉，韩元吉子，字仲止，祖籍河南开封，南渡后隶籍江西信州，与赵章泉并称“二泉”。

［注释］

①德清石壁故居，为韩元吉德清寓所，在石壁山麓慈相寺。

②栖遁，遁世隐居。

③胶扰，搅扰。蚊雷，蚊群飞时所发出的巨大声音。

④节物，每一节令中的景物或事物。卢照邻《长安古意》：“节物风光不相待，桑田碧海须臾改。”

冬夜有怀柯田山人①四首(选二)

[宋]张元幹

其一

闻说新居好,山樊②卜筑深。
药囊能济物,龟策③少知音。
四海忧黔首④,中原尽绿林⑤。
直须期雪屋,夜棹去相寻。

其二

坐阅干戈扰,输公已定居。
生涯今易足,世态莫嗔渠⑥。
晷⑦短全疏客,窗晴好对书。
故山常入梦,何日到吾庐?

张元幹,字仲宗,号芦川居士,福建永泰人,曾与沈次律同入李纲幕府抗金。

[注释]

①柯田山人,即沈次律。本诗为张元幹在宋建炎三年(1129)举家避乱至吴兴,过新市白彪访沈次律后而作。

②山樊,山中茂林。

③龟策,龟甲和蓍草,为古时占卜吉凶的用具。

④黔首,平民,百姓。

⑤绿林,绿林好汉。

⑥嗔,嗔怪。渠,他。

⑦晷,日影。

夜抵德清县偶题

[宋]仲　并

溪山夺目壮哉县，风露侵肌老矣身①。

断岸②横舟偏得月，小桥曳杖不逢人。

仲并，字弥性，扬州人，宋绍兴二年(1132)进士，曾任湖州通判。

[注释]

①风露侵肌老矣身，不免令人想起宋陈必复《归自德清》诗之“水涨浪侵矶”句。这竟是同一个“侵”字，写“水涨浪侵矶”之人定很年轻，不怕冷；而写“风露侵肌老矣身”之人则是不敢贪凉了。

②断岸，溪边绝壁。

至德清怀送别诸公

[宋]王十朋

舟溯馀不水，回头忆两溪。

川长太湖隔，天远卞峰①迷。

左顾龟何在，南飞乌欲栖。

从今到家梦，却到浙江西。

王十朋，字龟龄，号梅溪，浙江乐清人，宋绍兴二十七年(1157)状元，授承事郎，以名节闻名于世。

[注释]

①卞峰，卞山，在湖州市北。唐陆龟蒙《自遣诗三十首》其一：“更感卞峰颜色好。”

春日览古四绝

［宋］张　侃

其一

疏梅晼晚[①]千年秀，秾李韶华[②]二月初。
试访前溪歌舞处，断烟[③]斜日照平芜。

其二

游人拾翠[④]踏青归，叠叠楼台映绿漪。
行到桥西多野色，吴羌山下织帘祠。

其三

结庐恰恰对西亭[⑤]，万物昭回自赋形。
秋晚不妨寻好处，何须送客话飘零。

其四

曾携壁上鸬鹚杓[⑥]，来饮灵泉一掬[⑦]甘。
却笑眼花前日误，竟烦舌本[⑧]为渠参。

张侃，字直夫，号拙轩，扬州人，后徙湖州，著有《拙轩集》。

［注释］

①晼晚，日将西落。语出李商隐《春雨》诗："远路应悲春晼晚。"

②秾李，夭桃秾李，形容李花繁盛。韶华，春光。

③断烟，旧俗寒食节禁火三日。

④拾翠，妇女春游采拾花草。语出杜甫《秋兴》八首之七："佳人拾翠春相问。"

⑤恰恰，正好。西亭，第一溪山亭。

⑥鸬鹚杓，刻有鸬鹚的酒具。鸬鹚，善捕鱼，俗名鱼鹰。

⑦灵泉，半月泉。掬，两手合捧。

⑧舌本，舌根，舌头。

同莫子章方舟[①]下龟溪

［宋］袁说友

一舸相从下碧澜，城南百里话更残。
绝知未减在家好，政自不愁行路难。
舒望最堪诗眼[②]纵，忘形只觉酒肠宽。
归来颇讶山头黑，果是西风一夜寒。

袁说友，字起岩，号东塘野士，福建建安（今福建建瓯）人，宋隆兴元年(1163)进士，官至吏部尚书，曾寓居德清，卒于德清寓舍。

［注释］

①莫子章，钱塘知县莫子章。方舟，两船相连。方舟下水，一舸相从，袁说友与莫子章于是便有了同船之谊。

②诗眼，古人作诗讲究诗眼，诗眼贵亮、贵响。

左顾亭[①]

［宋］袁说友

杖屦东风欲滥巾[②]，小舟重泊一亭春。
醉看梅月[③]无新语，老与溪山作故人。
意气不惊双白鬓，功名忍负百年身。
我来又续题诗柱，敬为刘郎细拂尘[④]。

［注释］

①诗题原为《用刘汀洲左顾亭韵》，此题为选注者拟。

②杖屦，拄杖漫步。滥巾，冒充隐士。单衣幅巾，隐士的服饰。

③梅月，指农历四月。

④刘郎，刘汀洲。拂尘，拂尘觅题，形容题柱旧作受到冷遇。

武康县治松桂林[①]二首

[宋]袁说友

其一

诗竞山川秀，亭随草木新。
弦歌鲁言偃[②]，吏隐汉梅真[③]。
淇苑雪霜操，广寒宫殿春。
相望不百里，一苇要身亲。

其二

松桂论交久，诗书造道深。
犹于官事日，不忘岁寒心。
此地赓酬[④]句，他年蔽芾[⑤]阴。
男邦[⑥]有佳政，应促诏纶音[⑦]。

[注释]

①松桂林，程九万为武康知县时作秋山崖壑状，植松桂竹，公余喜吟咏，因以名松桂亭，又名猗猗亭。

②鲁言偃，字子游，孔子七十二贤中唯一南方弟子，仕鲁为武城宰。

③汉梅真，汉梅福，挂冠仙尉，弃官隐居。

④赓酬，作诗互相赠答。

⑤蔽芾，形容茂盛的样子。

⑥男邦，古王城外六百至七百里内的男爵小国。

⑦纶音，皇帝的谕旨。

金鹅晚眺

［宋］释永颐

天低野旷树[1]蒙蒙，尽入金鹅望眼中。
青嶂[2]月生双雁去，碧溪云绕乱帆通。
平蒿落照沉烟墅，结阵寒鸦噪螟丛[3]。
岁月飞腾吾懒矣，昏钟迢递[4]起秋宫。

释永颐，字山老，号云泉，杭州人，居唐栖寺，著有《云泉诗集》。

［注释］

①天低野旷树，化用孟浩然《宿建德江》诗："野旷天低树。"

②青嶂，如屏障的青山。杜甫《月》诗之一："若无青嶂月，愁杀白头人。"

③螟丛，成群的螟虫，泛指食禾的害虫。

④迢递，遥远的样子。

观乌鸢山①下藤树

［宋］释永颐

一株老树蔽荒林，下有藤悬巨蟒身。
几度日斜乌鸟散，山昏鬼器②断行人。

［注释］

①乌鸢山，在老德清县城西。清蔡启僔墓在此山。德清旧志载：“乌鸢山土祠内有枯柏树，本二株，一枯一茂。说者谓枯柏有神凭依，故岁久不坏，且损之者皆得祸。”昔有枯柏树渡，今有枯柏树大桥。

②鬼器，指随葬品。

德清永兴寺①

［宋］傅梦得

苍寒松竹满，此地称僧居。
寺僻啼林鸟，廊空响木鱼②。
煮茶烧树叶，带雨剪园蔬。
待了功名债，重来买地锄。

傅梦得，字崇甫，江西进贤人。

［注释］

①永兴寺，在老德清县城西平阳岭，宋淳熙十三年(1186)建。

②木鱼，相传鱼昼夜不合目，故刻木像鱼形，击之以警戒僧众应昼夜思道。

牧马寨[①]

［宋］沈　瀛

宫巷曾充牧马场，尚存窑灶与垂杨。
骑兵不斫青青草，农舍浑栽整整桑。

沈瀛，字子寿，号竹斋，湖州人，宋绍兴三十年(1160)进士，江西江州知州。

［注释］

①牧马寨，又名洗马滩，在乌鸢山宫巷。南宋驻跸临安，每岁春时，殿前司马军放马数千匹，牧放于此。

溪东戴巷[①]

［宋］沈　瀛

检点行程岁岁同，石人头[②]畔且从容。
向来奉口溪边月，此夜乾元寺[③]里钟。

［注释］

①溪东戴巷，在今德清县乾元镇焦山下。

②石人头，戴巷的别名。德清旧志载："在戴巷溪滨大木之下，断石为之，不知何代所立。每暮夜，有人祭奠水次，皆外郡行商也。宋季，木已连抱，石人半入于树中。"宋释永颐《乾元山洪水》诗有"休看浪打石人头"句。邑人呼戴巷为石人头，疑为古溪塘纤石，在戴公祠柏树侧戏台前，出地尺余，攲斜光滑。

③乾元寺，大中乾元寺，在乾元山南，南朝梁大同二年(536)，戴可元舍宅为寺，梁武帝书"释迦宝殿"，唐柳公权书额"大中乾元之寺"。寺旧有塔，宋乾道中沈作式重建，灯火晃耀，邑人呼曰"腰金塔"。明天启间，僧重

理故址，建三元殿；万历四十年(1612)，重建弥陀宝殿并后室数楹，亦一邑之胜概，有下院。清康熙十二年(1673)，德清知县侯元棐题额“瞻紫禅院”。“清溪八景”之“乾元晓钟”即此。

题德清教场亭[①]

［宋］张　祁

浩荡秋光里，扁舟过德清。
楼台占山影，鹅鸭乱溪声。
小饮经年[②]别，清歌一邑惊。
娟娟[③]照人月，还忆谢宣城[④]。

张祁，张孝祥父，字晋彦，号总得翁，安徽和县人，晚年卜居芜湖。

［注释］

①清康熙《德清县志》作《舞翠亭》。教场亭，在德清县署宋尉司前。

②经年，经过一年或若干年。化用柳永《雨霖铃》词“此去经年”。

③娟娟，柔美的样子。杜甫《船下夔州郭宿雨湿不得上岸别王十二判官》诗：“石濑月娟娟。”

④谢宣城，谢朓，南朝著名诗人，曾任宣城太守。

静林寺

[宋]葛胜仲

妙行堂前耸碧鲜[①],壶中轩外叠巑岏[②]。
山门静对青霄润,佛阁宽围碧玉寒。
蜡屐喜随谈理[③]客,馈浆惊见字民[④]官。
开山[⑤]老偘存遗像,试问何如释道安[⑥]。

葛胜仲,葛书思之子,字鲁卿,江苏丹阳人,宋绍圣四年(1097)进士,元符三年(1100)中宏词科,累迁国子司业、文华阁待制,知湖州,卒谥文康,著有《丹阳集》。

[注释]

①碧鲜,竹的别名。

②壶中轩,静林寺有壶中轩,轩外叠石为山。巑岏,高峻的山峰。

③蜡屐,涂蜡的木屐(在屐上涂蜡,以使光润)。谈理,谈老庄玄理。

④字民,抚治、管理百姓。

⑤开山,在没庙的山上建寺院。今人乐将开创一种行业或流派的人称为开山祖师或开山老祖。

⑥释道安,晋高僧,主张僧众应废除俗姓,而以释为姓,并身体力行首先改姓释,并制定僧尼规范,为后世僧尼所遵循。

响应寺

［宋］陈必复

步屧[①]穷幽讨，扶筇[②]上碧尖。
山高秋易瘦，瀑小雨方添。
寺老僧单少，潭深庙祀严。
平生丘壑志[③]，爱此结茅檐[④]。

［注释］

①步屧，行走。

②筇，手杖。

③丘壑志，胸有丘壑。

④爱此结茅檐，化用明张遂辰《重过韦氏几山草庐》诗句："终将茅屋老。"

武康道中

［宋］俞　灏

竹窗听雨自安眠，不道惊湍近屋前。
省得去年桃叶渡[①]，水痕只到树旁边。

俞灏，字商卿，号青松居士，先世居杭，徙居湖州，宋绍熙四年(1193)进士，官至中大夫。

［注释］

①桃叶渡，在南京秦淮、青溪两水合流处。姜夔谓俞灏似江东多奇秀英妙之士，曾与之从封禺同舟到无锡。

避盗泊舟武康远光亭下[1]

[宋]范　浚

客子舟维岸，人家树作门。
西风秋惨切，南鹊夜飞翻。
恻恻[2]惊心折，鞺鞺戍鼓[3]喧。
若为容足[4]地，广大自乾坤[5]。

范浚，字茂名，金华兰溪人，世称香溪先生，著有《香溪集》。

[注释]

①诗题原为《避盗泊舟武康远光亭下，与同行分和杜工部诗〈宿江边阁〉》。远光亭，在武康县衙东后溪之上，宋宣和三年(1121)，知县朱容建。庆元六年(1200)，知县丁大声改筑，前轩俯流，后寝临郊。《馀英志》云："县设远光亭以待西北之客。"

②恻恻，悽恻。

③戍鼓，守边军士所击的鼓声。鞺鞺，形容鼓声。

④容足，立足。

⑤乾坤，天地。

松桂林

[宋]程九万

松桂移栽满，园亭改筑新。
诗书千古事，松桂四时心。
萧瑟风成韵，扶疏[1]月满阴。
一琴聊自托，山水是知音。

程九万，字鹏飞，安徽青阳人，宋淳熙二年(1175)进士，淳熙中任武康知县，著有《松桂林集》。

[注释]

①扶疏，枝叶茂盛，高低疏密有致。

烟霞坞[1]二首

[宋]程九万

其一

山深何限好，客到辄同登。
泉壑岚光冷，烟林霁色凝。
韵艰诗益健，杯数量难胜。
老矣功名稳，何须叹沔渑[2]。

其二

鬓发几星星[3]，风霜抑饱经。
年华轻过鸟，身世俯危亭。
寒碧还相照，飞湍[4]盍暂停。
平生爱山眼，分外为渠清。

［注释］

①烟霞坞，旧称烟霞洞天，在今武康塔山公园址。斯地原为宋刘颖士别业，林麓之胜，号称洞天，中有大石如龟岩，岩上有藏春亭，岩前有瀑泉下灌，声激如雷，有桥亭名挂云。谷口梅花绵亘数里，邑人有诗云："碧玉潭中千尺水，烟霞坞里万株梅。"

②沔涌，平水韵十六铣部中的两个字。

③星星，头发花白的样子；化用谢灵运《游南亭》诗"星星白发垂"。

④飞湍，惊湍，皆急流。

县斋东堂盆荷着花，楼恪斋约客赏[①]

［宋］董嗣杲

其一

帘底陪清傍两年，愁城筑得许能坚。
诗章罢咏犹评画，管乐沉声却得蝉。
花县[②]无心听夜漏，英溪有日罢归船。
敲窗更苦西风急，又搅闲情伴葛仙[③]。

其二

酸辛莫甚此时心，忍过琴厅散客襟。
万竹静涵空翠杳，孤莲愁吐妒红深。
岫云有信投林晚，溪雾无根涨郭阴。
谁草数行鸦蚓墨，东堂古壁遇知音。

［注释］

①诗题原为《县斋东堂盆荷着花，楼恪斋约客赏之时，葛秋岩作草圣，和席间韵二首》。东堂，本名尽心堂，即武康县衙，宋嘉祐三年（1058），县令王震建。元符元年（1098），县令毛滂新之。绍兴初年，知县钟燮重建。堂内有生远楼、潜玉庵、画舫斋、寒秀亭、松桂亭、阳春亭，更融池、砚、山、坞、径、巢于一堂。志载：“自吴兴刺史府与五县令舍，无得与争广丽者。”后一直为原武康县政府址。

②花县，县治的美称。

③葛仙，葛秋岩。

武康溪居即事[①]

［宋］释智圆

月下猿声[②]水畔山，卧听吟望只宜闲。

柴门[③]不掩无来客，时有精灵暂往学。

释智圆，俗姓徐，字无外，自号中庸子，杭州人，诗僧。

［注释］

①诗题原为《武康溪居即事寄实印大师四首》之一。

②猿声，猿擅啸，声哀。

③柴门，栅门。

郭文举祠[1]

［宋］释文珦

封禺山水国，曾是郭文游。
列岫开新障，平川合众流。
丹青遗像在，松竹古祠秋。
虽不逢尧禅[2]，高风似许由[3]。

释文珦，字叔向，自号潜山老叟，杭州人，曾寓居武康，诗云"久作馀英客，溪山似有缘"，著有《潜山集》。

［注释］

①郭文举祠，又名郭先生祠，在今德清县阜溪街道郭肇村郭林山麓，祀晋隐士郭文举。祠南有郭林桥，西有招贤山，皆其游息之处。清唐靖《咏文举祠》诗云："古庙春阴合，藤桥一涧通。衣冠仍处士，山水自高风……"可证此祠在清初犹存。

②尧禅，相传尧年老时禅让帝位于舜。

③许由，据传尧以天下让之，许由不受，隐于箕山；尧又欲官之，谓其言污耳，乃洗耳于颍水之滨。

武康主簿吴①

［宋］魏了翁

羯末夸群从②，凝徽肖一之。
风花摇切梦，梅雪照诗脾。
日短乌声急，天寒雁影悲。
广轮③高隐地，千古一涟洏④。

魏了翁，字华父，号鹤山，四川蒲江人，宋庆元五年(1199)进士，曾任礼部尚书兼直学士院，谥文靖。

［注释］

①武康主簿吴，吴泳，吴渊，吴潜之兄，奉补迪功郎，武康主簿。本诗为挽诗。

②羯末夸群从，用晋王凝之妻谢道韫典，称颂别人兄弟优秀。通俗地说，即清洪昇《胡思皇兄弟》诗所谓“君家贤弟昆，风义尚能存”。

③广轮，广袤。

④涟洏，涕泪涟洏、涕泪交流的样子。

元诗十首

送德清主簿吴浩然[1]

[元]杨维桢

霜风猎猎动吟袍，从事方辞汗马劳。
羞用荐书凭狗监[2]，聊从簿领试牛刀[3]。
户乡聚邑尘嚣少，醉眼溪山意气豪。
往见候仙亭[4]下路，官曹[5]喜复近仙曹。

杨维桢，字廉夫，号铁崖，浙江诸暨人，元泰定四年(1327)进士，名列《明史·文苑传》之首。

[注释]

①吴浩然，元至正间任德清县主簿。主簿，县佐二官，别称簿领。

②狗监，用狗监杨得意荐举司马相如典，指荐举人才的人。

③试牛刀，小试牛刀，比喻有大才干的人稍微显露一下他的本事。

④候仙亭，在馀不溪上，真人王寿衍作。

⑤曹，郡县的属官叫曹。仙曹，对官曹的美称。

杜真人[①]听松轩

［元］倪　瓒

计筹[②]白石顶，闻有丹丘生[③]。
和玉饮晨露，褰林餐绛英。
止鹤眠松警，萤火照书明。
为善得仙道，翛然不近名。

倪瓒，字元镇，号云林子，江苏无锡人，“元四家”之一，著有《清閟阁集》。

［注释］

①杜真人，杜道坚，在元人的诗中也有称作杜高士、杜尊师者。

②计筹山，在今德清县下渚湖街道杨坟村境内。相传越大夫计然曾登此山，筹度面势，以营隐居，久之道成，蹑山巅危石乘云而去。至汉时葛洪炼丹其上，常有云物腾腾然护其丹穴，天朗夜清，吴人候望金丸之光，以占丰年，既而兵乱坛废。宋和王杨存中重建，并改名升玄报德观，元杜道坚率道徒修炼于此。今山下多计姓，有计家埭、计家兜等自然村，实为三国吴车骑将军计昭后裔。

③丹丘生，柯九思，字敬仲，号丹丘、丹丘生，浙江仙居人，随父柯谦迁居杭州，系元代最负盛名的鉴藏家。元张翥有《听松轩为丹丘、杜高士作》诗。

题溪山仙馆[①]

［元］倪　瓒

萧萧[②]风竹和幽吟，二月江村春雨深。

东主山[③]中此时节，隔溪梅李昼阴阴。

［注释］

①溪山仙馆，即开元道院，又名开元宫，在百寮山西，距馀不溪无百步，上清王真人王寿衍所立。王寿衍，字眉叟，号月溪，一生累被召旨，代祀河岳，访江南遗逸，曾提举杭州开元宫事，既谢老择地于德清，因建开元道院以为燕休之所，又在龟溪上作候仙亭，元至正十三年(1353)仙游。倪瓒曾绘《溪山仙馆图》，题跋云："辛亥(1311)二月廿九日，留华亭南里潘君以仁宅，因怀去年此日，与心远同在馀不溪开玄仙馆，乃作诗曰……"元至顺元年(1330)春，倪瓒兄长倪文光身体不佳，倪瓒被差去浙东市药，将归梅里，爱馀不溪风景，瞻坛宇近在东麓，遂舍舟重访开玄仙馆。王真人为出酒哺燕于啸岩洞，竟日乃返。十七年后，倪瓒又有《馀不溪词》追述旧游："馀不溪水绿生蘋，放舟演漾当青春……云松蔽兮烟萝席，俨在溪东之石壁，羽人垂衣坐鼓簧，馈我晨餐芝菌香……下揽沧溟浮玉觞。"

②萧萧、阴阴，倪瓒擅长在诗中用叠字，叠字能拉开疏放之诗气。本诗起首和结尾用叠字，在意蕴上增强了现实与回忆的对比，而在诗感上增长了音色在时间上的停留，拓宽看诗歌空间，以成虚畅之境。

③东主山，即百寮山。《陈书》载，侯景围梁台城，起东西二土山为攻逼计，梁右军将军沈恪为东主山主，昼夜拒战，以功封东兴侯，而名之。

开玄堂下有两雁互浴盆池，王真人命工绘为图

［元］陈　旅

玉麈山前紫雁[①]飞，真人燕坐久忘机[②]。

馀不溪水连天碧，只借盆池浣羽衣。

陈旅，字众仲，号荔溪，福建莆田人，曾任应奉翰林文字、国子监丞。

［注释］

①紫雁，清志锐《探春慢》词有“紫雁秋空”句。

②忘机，忘掉世俗。

馀英道中

[元]王子中

匹马萧萧步落晖，山城景色易霏霏[①]。
残云北寺暮钟远，新雨前溪春水肥。
一路野梅都白尽，万株官柳已青归。
旗亭[②]无酒竹篱闭，又策归鞭入翠微。

王子中，字居正，武康人，与柯九思、虞集、仇远多酬唱，著有《挂蓑吟》。

[注释]

①霏霏，雨雪浓密盛多的样子。《诗经·小雅·采薇》："今我来思，雨雪霏霏。"

②旗亭，酒楼，因其楼外悬旗，故称为旗亭。

早春雪后过前溪

[元]王子中

冻杀寒梅唤未醒，东风特地到岩扃[①]。
前溪一夜流不尽，明日南山依旧青。

[注释]

①岩扃，山洞的门。

寄武康王居正

[元]仇　远

曾向清溪采白蘋，江东日暮别经春。
投金濑[1]上思归客，浮玉山[2]前忆故人。
千里云萍[3]应念我，一庭风树敢忘亲。
挂蓑石暖苔衣厚，拟买渔舠[4]作近邻。

仇远，字仁父，因居余杭溪上之仇山，自号山村，杭州人，宋咸淳间以诗名，张雨、张翥皆出其门。元大德九年(1305)，为溧阳州学教授，寻以杭州知事致仕。

[注释]

①投金濑，濑水，在江苏溧阳西北，今名溧水。

②浮玉山，天目山，在临安市境内。

③云萍，天上的浮云和水中的浮萍。

④渔舠，像刀形的小船。《杞县志》载："德清水乡，旧多盗劫掠村渚，(侯)元棐虑之。每乘小船夜巡荒僻之所……"

双溪[①]渔隐

[元]沈梦麟

婺女楼前月色澄，题诗还忆沈吴兴[②]。
雪消二水鸥连席，春入孤舟鱼上冰。
泛棹苕溪时载酒，读书茅屋夜篝灯[③]。
客星若照桐江[④]水，只恐君王问子陵[⑤]。

沈梦麟，字原昭，号华溪，湖州南浔人，元至正间任武康知县，解职归花溪故里，肆力于诗文，时人称“沈八句”。刘伯温游学湖州，曾在其家设馆授子。入明，以贤良征，不仕。卒年九十三岁，入武康县名宦祠。

[注释]

①双溪，指苕溪和霅溪。
②沈吴兴，沈约。
③篝灯，外罩有竹笼的灯火。
④桐江，富春江的上游。
⑤子陵，严子陵，桐庐有严子陵钓台。

寄题德清周氏牡丹花台

［元］方　回

百品千株养牡丹，远同京洛近新安[1]。
种非富贵不能种[2]，看到子孙方是看。
麟脯琼浆金凿落[3]，蛾眉翠袖玉栏干[4]。
天香易赋难陪席，政[5]恐诗翁骨相寒。

方回，字万里，号虚谷，安徽歙县人，宋景定三年(1262)进士，累官至知严州府，宋亡降元，任建德路总管兼府尹，著有《桐江集》，选编唐宋以来律诗为《瀛奎律髓》。

［注释］

①京洛，洛阳。新安，浙江淳安。

②种非富贵不能种，第一个“种”，品种；第二个“种”，栽种。富贵，牡丹的别称。天香，亦牡丹之一种。

③麟脯，凤胏麟脯，指佳肴。琼浆，琼浆玉液，指美酒。金凿落，镂金的酒器。

④蛾眉翠袖，代指美人。玉栏干，雕栏玉砌。

⑤政，通“正”。

双髻峰有怀[①]

［元］释明本

双髻云深古道危，不来夜半叩柴扉。

六年底事成遗恨[②]，寂寞空山啼子规[③]。

释明本，高峰原妙弟子，俗姓孙，号中峰，杭州人，赐号广慧禅师，与赵孟頫有交谊。

［注释］

①双髻，即双髻峰，宛若两个倭堕低梳髻。武康旧志载："在高峰左千余步，奇石嵂屼，列如仓囷，直上千仞，裂不容线，有海眼泉、竹浪轩、方池诸胜。""武康杂见八景"中有"髻峰远眺"。

②底事，何事。遗恨，遗憾。

③啼子规，子规，俗称杜鹃鸟，传说蜀国国王杜宇失国身死，魂魄化为杜鹃，悲啼不已。语见元张雨《暮春计筹山寄句曲山人》诗："松花落粉啼子规。"

明诗四十首

送人赴德清税

［明］刘伯温

镜湖①木叶落，震泽②水波生。
凫雁冲人起，笙歌送客行。
盐津鱼罟③集，乘屋④茧丝明。
王税⑤随时足，吟哦⑥待太平。

刘伯温，名基，浙江青田人，元至顺间举进士，明开国元勋，与宋濂、高启并称“明初诗文三大家”，谥文成。

［注释］

①镜湖，鉴湖，在绍兴。

②震泽，太湖。

③鱼罟，渔网。

④乘屋，修盖房屋。

⑤王税，赋税。语见陶渊明《桃花源记》诗：“春蚕收长丝，秋熟靡王税。”

⑥吟哦，吟咏。

送孙主簿[1]之德清

［明］高 启

山水匝[2]秋城，君行思已清。
道逢迎吏拜，田杂戍人耕。
地远知边信，家贫称县名。
应携一琴去，相和长官鸣。

高启，字季迪，号槎轩，苏州人，明初四杰之一，曾参修《元史》，授翰林院国史编修官，受命教授诸王，著有《凫藻集》。

［注释］

①孙主簿，指德清主簿孙善琴。

②匝，绕。

至德清有作

［明］张　宁

野树荒烟路，重来十五年。
溪山如有待，人物故依然。
渔火明寒浦，菱歌起暮船。
长桥今夜月，桑梓影重圆。

张宁，字靖之，号方洲，浙江海盐人，明景泰五年(1454)进士，授礼科给事中，后出知福建汀州，著有《方洲集》。

龟溪别意

[明]陈　霆

流水去何急，行云飞莫停。
水禽冲客棹，烟柳带溪汀。
聚散一杯酒，飘零四海萍。
别愁遥不及，回首暮山青。

渚山园亭

[明]陈　霆

种树引清流，吾生绝外求。
笔闲供咄咄①，亭小拟休休②。
风雨难摇梦，山林易感秋。
相看知我客，辛苦笑东丘③。

[注释]

①咄咄，感叹声。语出宋崔璆《咄咄》诗："咄咄复咄咄，小儿成老翁。"

②休休，形容安乐的样子。

③东丘，东家丘，孔子。孔子的西邻不知孔子的学问，称孔子为东家丘。

游有竹亭[①]

［明］陈　霆

细草幽香受履痕，东风更为客开门。
竹余新笋供茶料，树借繁阴盖酒尊。
行处漫随陶令柳，坐间争占谢公墩。
醉归尚有溪头日，不道斜阳迫墓村[②]。

［注释］

①有竹亭，明陈霆新市宅第之亭。陈霆《有竹亭会集诗序》云："遇风日清美，则载觞豆至其处，戒童子速客。客至，据胡床纵谈大噱，酒行罔算。醉后得句，辄解冠取簪，画之竹上。每竟一篇，群起读之，或嗟赏唧唧。气酣耳热，即朗吟高和，击竹而为之节……客请月修两会，会必以所作刻之竹，存故事焉。"

②墓村，朱墓村，在今德清县新市镇。

登胡士勤[1]溪山一览楼阅书法有作

［明］陈　霆

蛇蚓闲成字，溪山醉倚楼。
夕阳汀树远，孤鸟嶂烟浮。
岁月双诗鬓，乾坤一钧舟[2]。
青山知我意，且莫下帘钩。

［注释］

①胡士勤，胡勉，字士勤，号梦石，新市镇人，匾其南楼曰“溪山一览”。

②乾坤一钧舟，换言之，天地一孤舟，乃知陈霆诗语之妙。钧，古代的重量单位，一钧合三十斤。

书慈孝村[1]潮音庵壁

［明］陈　霆

斜日菱溪水半蒿，柳边轻舸系长条。
青林招隐[2]两闲屐，碧井分甘一巨瓢。
岁月尽能容老病，江山曾不厌渔樵。
孤云野鹤无他适，来向空山访寂寥[3]。

［注释］

①慈孝村，又名慈孝里，今德清县新安镇勾里村，因宋沈孝子事迹而名。

②招隐，招人归隐。

③寂寥，寂静冷清。

谪后寄乡中诸旧

［明］陈　霆

十毫无补费餐钱，惭愧清朝[1]侍从班。
仗马分须鸣北阙[2]，苦瓜何敢赋东山[3]。
春风杯酒飘零后，夜雨溪堂梦寐间。
千里故人知健否？暮天落日见鸿还。

［注释］

①清朝，清明的朝政。苏轼《故李承之待制六丈挽词》："清朝竟不用，白首仍忧时。"

②北阙，古代宫殿北面的门楼，为大臣等候朝见皇帝或上奏章的地方。

③东山，《诗经·豳风》篇名，亦指东征之士既归而述怀之诗。

果山[1]漫兴

［明］沈应桢

薄暮扶筇强一登，洞门烟锁寂无声。
芳樽席地酬余兴，落日西林看晚晴。
数篆古碑传故事，一山风景宛天成。
春游处处堪觞咏[2]，谁向峰头构小亭。

沈应桢，字东山，湖州人。

［注释］

①果山，在新市镇东南。清沈赤然《新市竹枝词》："漫道此间无胜地，明因寺里果山头。"当年"果山头上去登高"，为文人雅士所逐。今桃园里印染厂花坛尚有几块果山遗石。

②觞咏，饮酒赋诗。

登吴羌山与连使君唱和

［明］谢肇淛

吴羌已去留真迹，谢公亦有登山屐[①]。
千村落日炊烟青，一片孤峰秋溪白。
峰头石篆每莓苔，云里老僧不识客。
欲将簪绂[②]付沧州，自与烟霞成痼疾[③]。

谢肇淛，字在杭，福建长乐人，明万历二十年(1592)进士，授湖州推官。

［注释］

①谢公亦有登山屐，谢公屐，谢灵运登蹑常著木屐，上山则去前齿，下山去其后齿。

②簪绂，古代礼服有冠簪和丝制的缨带。

③痼疾，经久难治愈的病。

过德清[①]

［明］赵 金

去去馀不路，遨游一问津[②]。
村孤船作市，地绝水为邻。
菱藕[③]官租足，鱼虾野馔[④]新。
众山遥映带，相对碧嶙峋。

赵金，字淮猷，号心山，又号苕雪逸仙，湖州南浔人，善画，尤精于医。

［注释］

①诗题原为《过菱湖》，实误。按邑人冯京考："菱湖属吴兴，与馀不无关，虽其地有菱藕鱼虾之富，而无众山映带之景，自应以曲园老人之说为准。"

②遨游，远游，漫游。问津，打听渡口。

③藕，金鹅山下有荡产藕，极佳，宋时岁取以贡。

④野馔，采自山野的食物。

舟过清溪县城作

［明］张遂辰

县古清溪急，城头即渡桥。
半横分水面，斜上压山腰。
村没鱼罾集，菱荒港户消。
夕阳明浦树，见塔去仍遥。

德清夜游作

[明]陈子龙

春星历历露华流，远树苍苍烟雾收。
棹发清溪惊宿雁，正逢明月下河洲。

陈子龙，字人中，又字懋中，号轶符，晚号大樽，上海人，明崇祯十年(1637)进士，曾组织几社。

清　溪

[明]黄周星

旧是吴羌处士家，溪山幽异胜繁华。
湾湾城郭凭流水，面面峰岚①碍落霞。
百步岭同夔府②眺，千寻桥作洛阳夸。
此中天地宜图画，但少桃源夹岸花。

黄周星，字九烟，南京人，明崇祯十三年(1640)进士，明亡后改名黄人，字略似，坚不仕清，往来苕霅间，以设馆教书为生。

[注释]

①面面峰岚，清徐熊飞《前溪风土词》："溪上群峰面面青。"
②夔府，夔州，今重庆市奉节古称。

水竹幽居[1]

［明］沈　彬

两楹虚敞瞰清流[2]，绕屋修篁面面幽。
春草细分三径[3]曲，夕阳斜映万竿稠。
筵间云影侵杯勺，舞罢空泠杂珮钩。
迟老借君风月里，短衣醒醉伴沙鸥[4]。

沈彬，字厚质，号兰轩，武康人，明正统七年(1442)进士，刑部郎中，居官以强干称，著有《兰轩集》。宁良为之撰墓表云："公之名节，将与天地同垂不朽。"

［注释］

①水竹幽居，沈彬自注："芮梅庵摄亭于马头山溪之旁，匾以'水竹幽居'。"马头山，为旧武康县与余杭县界山，湘溪源头之一出于此，经今杭州市余杭区瓶窑镇彭公村冷水坞至德清县舞阳街道双燕村芮家坞入湘溪港。

②两楹虚敞瞰清流，可知是亭也。

③三径，代指隐士居处。陶渊明《归去来兮辞》："三径就荒，松菊犹存。"

④沙鸥，一种水鸟，常栖集于沙滩或沙洲上。

寄赠芮梅庵处士

［明］沈　彬

十亩闲闲老此生，清泉白石伴幽情。
每邀明月开杯勺，不逐春云绕市城。
山馆醉归花正发，草堂梦断雨初晴。
何时献罢钧天乐①，林下期君把臂②行。

［注释］

①钧天乐，也称为钧天广乐，指天上的音乐。

②把臂，互相握住手臂，表示亲密或信任。

自封山绝顶步至姜家岭

［明］姚 亨

莺哢林坰①春日迟，飞峰积翠正相宜。
一番诗料奚囊②负，五里行踪阮杖③随。
天入渚湖湮水阔，云横高岭石亭危。
茅茨隐见狮山下，红雨霏霏看杏枝。

姚亨，号文通，武康人，明正统间贡生，曾任安徽望江县知县。

［注释］

①坰，远郊。

②奚囊，书童背负的装诗稿的袋子。

③阮杖，晋人阮修经常拄杖步行，在杖头挂百钱，遇到酒店便以此钱买酒独自喝得酩酊大醉。

武康郭令

[明]程敏政

武康贤令数时髦①,坐理朱弦不种桃。
六事屡当旌异②选,三年何止簿书劳。
缙绅有待推华毂③,父老无烦拥画桡。
竹马况闻先业④在,看君名迹重铨曹⑤。

程敏政,字克勤,安徽休宁人,明成化二年(1466)进士,曾官礼部右侍郎兼侍读学士。

[注释]

①时髦,一时俊杰。另有誉髦斯士,与之意同,明钟芳《送姚上舍良知归武康》诗:"美子多才冠誉髦。"

②六事,考察地方官吏政绩的六项内容:一曰田野辟;二曰户口增;三曰赋役平;四曰盗贼息;五曰军民和;六曰词讼简。旌异,褒奖。

③缙绅,此指地方绅士。华毂,画桡,华美的车船。

④先业,先人的事业。

⑤铨曹,主管选拔官员的部门。

前溪夜泛

[明]骆文盛

佳节中秋近，凉宵霁色开。
溯流闲荡桨，邀客共衔杯[①]。
雁影穿云度，滩声[②]拂棹来。
月华[③]应可待，洗盏更徘徊。

[注释]

①衔杯，即饮酒。

②滩声，水激滩石发出的声音。

③月华，月光。张若虚《春江花月夜》诗："此时相望不相闻，愿逐月华流照君。"

登乌回山最高亭[①]

[明]骆文盛

绝磴逶迤上，孤亭更拥危。
云开青壁立，风散碧萝垂。
花槛杯仍泛，松阶局屡移。
会逢黄鹄侣[②]，好与共襟期[③]。

[注释]

①最高亭，在乌回山顶。乌回山，在平田间突起一峰，旧名登高山，古人登高处，后建最高亭。

②黄鹄侣，比喻高才贤士。黄鹄，神话传说中的一种大鸟，能一举千里。

③襟期，襟怀、志趣。

夏日过徐玉泉狮山[1]草堂

[明]骆文盛

陶翁何所爱，白首卧柴桑[2]。
园果呼儿摘，村醪劝客尝。
渔歌闻远浦，沙鸟近横塘。
漫忆沧江上，扁舟溯渺茫。

[注释]

①狮山，今德清县阜溪街道狮山村因之而名。狮山与虎山相向，若狮逐虎，而登狮山西望乌回山、独孤山，则如牛羊散牧田间，各适所向，不相雄长。

②柴桑，陶渊明晚年隐居柴桑，后以柴桑借指故里。

竹隐寺[1]

[明]骆文盛

石磴盘旋上，丛篁古寺幽。
水缘荒窦落，云傍曲栏浮。
对酒增新感，题诗忆旧游。
却嫌风景异，松下有鸣驺[2]。

[注释]

①竹隐寺，又名古竹隐寺，在石城山麓。清武康知县韩逢庥题匾"一坞白云"，知县刘守成题"满目猗猗"。

②鸣驺，借指显贵。

谒骆两溪夫子山庄[①]

［明］董　份

早岁文章动紫宸[②]，满朝犹识旧词臣[③]。
蓬莱侍从非无路，林壑栖迟合有人。
道与烟霞开世界，身如鸾鹤出风尘。
坐中尚有忧时志，未许东山萝薜春。

董份，字用均，号浔阳山人，又号泌园，湖州人，明嘉靖二十年(1541)进士，右春坊右中允，管国子司业事。

［注释］

①骆两溪夫子山庄，在武康石城山麓。

②紫宸，宫殿名，代指朝廷。

③词臣，此指翰林。

文徵明书蔡汝楠诗

独苍山①

［明］蔡汝楠

山藏太古②色，曾未凿一窍。
自我辟榛芜③，始得延清眺④。

［注释］

①独苍山，在今德清县洛舍镇沙村境。《馀英志》云："阴阳家有《寻山拯龙歌》言，吴兴郡主山惟苍与卞。苍即此地，卞在郡城北。此山冈来自鄣南天目山，故老相传，郡城造永宁仓，岁有水患，虽增筑不能御。有异人告主者'取武康苍山土筑之，吉'。因凿山取土，土流血而仓始基，迄今无水患，山色苍赤，殷然如血。"

②太古，唐虞以上曰太古。

③榛芜，杂草丛生。

④清眺，悠闲地远望。唐羊士谔《息舟荆溪入阳羡南山游善权寺呈李功曹巨》诗："清眺极远方。"

送王令重补武康

［明］皇甫汸

王乔仙令谒明光[1]，再见飞凫指越乡。
莫谓劳人憎案牍，须知饰吏[2]在文章。
绶迎天目晴云入，琴拂英溪流水长。
借问政声谁得似，试看怀县兴河阳[3]。

皇甫汸，字子循，号百泉，苏州人，明嘉靖八年(1529)进士，工部虞衡司郎中，著有《皇甫司勋集》。

［注释］

①王乔仙令，汉叶县令王乔。明光，汉代宫殿名，后泛指朝廷。

②饰吏，致力于吏治。

③怀县兴河阳，用晋河阳县令潘岳典。

齐眉山[1]山居二首

[明]章嘉祯

其一

草阁新晴[2]迥薄开，水田漠漠[3]鹭飞回。

摊书[4]长日无人到，渔子鸣榔[5]一棹来。

其二

屋后篔筜[6]一岭横，门前千顷浪花平。

持竿明月枫林坐，露下荷香莲子生。

章嘉祯，字元礼，号衡阳，德清人，居齐眉山，明万历八年(1580)进士，历任兵部主事、吏部司勋郎、通政司参议、大理寺左丞，著有《姑孰集》。

[注释]

①齐眉山，原名眉山，在今德清县钟管镇葛山村境内。从山南章家桥村看此山，山形似眉，章嘉祯家在焉，东南为范蠡祠。

②新晴，乍晴，天气刚放晴。

③漠漠，密布罗列的样子。王维《积雨辋川庄作》诗："漠漠水田飞白鹭。"

④摊书，摊开书本，谓读书。

⑤鸣榔，渔人以椎击船后近柁的横木，使鱼惊伏以便捕捉。

⑥篔筜，一种皮薄、节长而竿高的生长在水边的大竹子。

武康卜居六首(选二)

［明］安希范

其一

闻说幽栖胜，言寻不可稽。
乘风过巽渚，逗雨泊湘溪。
竹坞山堪买，桃源路岂迷。
幸凭双屐健，明发①恣攀跻。

其二

水曲藏山市，诸溪据上游。
郊墟②标孟井，里社③祀樊侯。
地接千林竹，塍蒙百道流。
土风④殊可乐，卜隐是良谋。

安希范，字小范，号我素，江苏无锡人，明万历十四年(1586)进士，“东林八君子”之一，南京吏部主事。

［注释］

①明发，天快亮的时候。

②郊墟，同邱墟，废墟，荒地。

③里社，里中祭祀土地神之所，借指乡里。

④土风，地方风俗。语见陆机《吴趋行》诗：“山泽多藏育，土风清且嘉。”

双髻山居

[明]释圆信

帘卷春风啼晚鸦，闲情无过是吾家。
青山个个伸头看，看我庵中吃苦茶①。

释圆信，号雪峤，宁波人，诗僧，曾任双髻庵住持。自撰一联：“孤云卧此中；万山拜其下。”

[注释]

①青山个个伸头看，看我庵中吃苦茶，这两句诗为丰子恺先生所称赏，曾数绘诗意漫画。在苍灵山群中，拥得一襟山岚，又觉得山甚有情，齐来伴我，伴我吃盏苦茶。这是很中国的诗化生活。

双髻山居诗意图（丰子恺　绘）

春日雨霁邑令季侯过访[①]

［明］释圆信

茅茨久不扫苍苔，天影春浮荫日台。
云过树头拖绿去，客寻虎迹踏青[②]来。
香流花草烟中润，韵袭芝兰[③]雨后开。
剩我一身闲若此，远山作供[④]几千堆。

［注释］

①雨霁，雨止，雨后天晴。邑令季侯，周宗建，字季侯，号来玉，苏州人，东林党人之一，明万历四十一年(1613)进士，明万历四十二年(1614)任武康知县。过访何处？释圆信的双髻山居。

②虎迹，虎踪，武康多虎。踏青，清明节前后出游为踏青，故清明节也称“踏青节”。

③芝兰，芝草和兰草，皆香草名。

④供，供养。

武康山中赋赠堪舆家[1]张丈

[明]茅　坤

秋深共眺胥江[2]上，岁暮重携孟井田。
总属一丘藏剑佩，数烦双肘扪虹霓[3]。
五云佳处看龙跃，万壑丛中卜马嘶。
今日凭君七尺土，千秋谷卧听猿啼。

[注释]

①武康山，应指鸡笼山，又名车笼山，在今德清县舞阳街道山民村境内。宋宗室赵崇禅墓、明茅坤墓在此山。明万历三十一年(1603)正月廿六，茅坤次子茅国缙奉茅坤灵柩葬于此。冯梦祯撰有《茅公洎配赠孺人姚氏合葬墓表》。堪舆家，旧指以看风水为职业，替他人相宅、相墓者。

②胥江，伍子胥主持开挖的人工运河，太湖水经胥江进苏州城。

③虹霓，彩虹。

简武康姜明府[1]二首

［明］吴伟业

其一

地僻谁闻政，如君自不同。
放衙[2]山色里，听事水声中。
竹税官桥[3]市，茶商客渚篷。
前溪歌舞在，父老习遗风。

其二

花发讼庭香，松风夹道凉。
溪喧因纸贵[4]，邑静为蚕忙。
鱼鸟高人政，烟霞仙吏装。
知君趋召[5]日，取石压归航[6]。

吴伟业，字骏公，号梅村，江苏太仓人，明崇祯四年(1631)进士，复社重要成员，入清后为国子监祭酒。

［注释］

①姜明府，姜会昌，号侗伯，山东莱州人，清顺治二年(1644)任武康知县，有德政。邑人为其立德政碑建祠。简，意给人写信。

②放衙，退衙。苏轼《入峡》诗："放衙鸣晚鼓。"

③官桥，清武康人潘汝奇有《官桥曲》四首，其一云："溪北溪南带水横，县门遥接大桥平。时当夜半听传鼓，又报山钟度石城。"其二云："旧日亭台傍大桥，顿成歌舞隔今宵。风流销尽前溪水，父老犹能记六朝。"

④溪喧，隐含读书声。纸贵，洛阳纸贵，形容著作风行一时，流传甚广。

⑤趋召，升迁。

⑥取石压归航，用三国陆绩廉石典，比喻为官清廉。

黄陇山[1]遇风二首

[明]贺　鼎

其一

溪水平添一丈强，浪花飞雪打危樯[2]。
桑头山色青如髻[3]，咫尺蓬瀛[4]不可航。

其二

水急山鸣舟自横，羡他小艇斗波轻。
转帆便有乘风势，叩友相期未敢行。

贺鼎，字公调，又字元宽，号铁庵，江苏丹阳人，明天启五年(1625)进士，崇祯四年(1631)任武康知县。有《读孟东野集》诗："寒香嚼弥出，标格何清孤？冰雪空山里，吟魂或可呼！"高峰山净名庵旧有贺公祠。

[注释]

①黄陇山，又名王母山，传东汉道士黄初平修炼处，山下有梓华庙。
②危樯，船上高耸的桅杆。语出杜甫《旅夜书怀》诗："危樯独夜舟。"
③髻，束发而结之于顶。
④蓬瀛，蓬莱与瀛洲，泛指仙境。

郭林桥①怀古

［明］陈祖绶

野径耕樵纵复横，飞桥留署郭公名。
清流北直濠梁思，逋客②南天泽畔情。
地老不随沧海变，风高堪与碧山争。
怀人尚有同舟羡，坐看寒汀白月生。

陈祖绶，字伯玉，号伊麓，江苏常州人，明崇祯七年(1634)进士，兵部职方司主事。

［注释］

①郭林桥，在今德清县阜溪街道郭肇村友谊自然村，宋建炎间建。

②逋客，逃亡的人，后指避世的隐者。

游武康

［明］宋　鉴

自入封禺境，居然见古风。
行歌牧犊子①，檐曝被裘翁②。
野卉输官赋③，山蚕课女红④。
他年遂高卧，避地此丘中。

［注释］

①行歌，行吟。牧犊子，牧牛。

②被裘翁，用披裘负薪典，谓人居贫而隐逸清高。被，同“披”，覆盖。

③输官赋，缴纳官税。野卉输官赋，似与明高启《送沈省郎赴武康县丞》诗“还得征输免重料”句呼应。

④课女红，做女工。

憩舟雷殿驿[1]

［明］金渐皋

堪笑经时自揣摩[2]，三年一曲打油歌[3]。
灯前月下闲行次，严父丁宁[4]尚许多。

金渐皋，字梦蜚，杭州人，清顺治九年（1652）进士，湖北汉阳知县，著有《贻安堂诗集》。

［注释］

①原题为《予总角就童子试，每随父兄憩舟雷殿驿，距今十年，过之惘然》，此为其二，此题为选注者拟。雷殿驿，在今德清县雷甸镇，明初有道士潘洞雷居此，建玉枢观，故后人取名雷甸。总角，比喻童年。童子试，科举时代童生的入学考试。惘然，若有所失的样子。

②堪笑，可笑。揣摩，猜测、臆度。

③打油歌，打油诗。

④严父，即金渐皋父亲金镜谋。丁宁，叮咛，反复地嘱咐。

清诗八十四首

清溪客舍酬别吕用晦[①]

[清]万斯备

相逢无奈别情何，携手临溪水一涡[②]。
四处烟云入远望，经旬笑语逐君多。
游踪颇喜山山到，良会殊伤草草过。
浪迹江湖非我事，好归茅屋伴青萝[③]。

万斯备，黄宗羲弟子，字允诚，一字又庵，宁波人，著有《深省堂集》。

[注释]

①诗题原为《清溪客舍酬别吕用晦二首次来韵》，此为其一。吕用晦，即吕留良。吕留良游德清，在五石庵邂逅万斯备，有赠诗："庵居意旨近如何，木佛烧残落旋涡。渔鼓无声斋粥少，禅灯失照怪风多。一惭依旧终身忍，要熟须从这里过。珍重题诗满新竹，长梢留取扫烟萝。"

②涡，水流旋转形成中间低洼的地方。

③青萝，松萝。

舟次看武康山溪[1]

［清］吕留良

霸先[2]国破孟郊死，寂寞篷船到武康。
峰黛未消千载绿，柳丝犹带六朝黄。
英雄不出溪山静，风雅[3]无归草树荒。
叫起古人杯酒在，夕阳岭畔话兴亡。

［注释］

①看武康山溪，实是看历史人物。诗末作者以浪漫主义手法满怀激情地表示要与诗中两位历史上的风流人物举杯共饮，谈论兴亡的教训。

②霸先，南朝陈武帝陈霸先，即诗中英雄。

③风雅，此指诗人孟郊。

定空寺[1]

［清］骆惟恭

三径水田间，历历见烟树。
青鞋[2]独自来，黄鸟双飞去。

骆惟恭，字礼言，号淮水，武康人，清顺治间举人，河北蠡县知县，曾参纂康熙《武康县志》。

［注释］

①定空寺，在烟霞坞，南朝梁普通六年(525)建，宋治平二年(1065)改名定空寺。

②青鞋，芒鞋。

张公绶谈武康山水

[清]王士禛

吴兴清远水晶宫[①],转入前溪路不穷。
最爱放船人日[②]好,野梅修竹古防风[③]。

王士禛,世称王渔洋,山东桓台人,"清初十才子"之一,钱谦益之后的诗坛盟主,官至刑部尚书,追谥文简。

[注释]

①水晶宫,唐湖州刺史杨汉公诗咏吴兴:"吴兴城阙水云中,画舫青帘处处通。溪上玉楼楼上月,清光合作水晶宫。"吴兴清远,宋嘉泰《吴兴志》中曰:"山水清远,城据其会。"后人沿用为典。

②人日,农历正月初七,古人以这日的好天气或将预示来年人丁兴旺平安。明胡允嘉《人日武康道中》:"人日今晴好,山川旧不移。"

③古防风,化用清徐熊飞室陆素心《自德清至前溪》诗:"馀不祠西泛短篷,寒烟落日古防风。"

送韩武康逢庥[①]

[清]王士禛

清远吴兴郡,防风地最幽。
焙茶春崦[②]静,收蜡午烟稠。
问俗知馀不,还人吊隐侯[③]。
到来矜挂笏[④],红叶满山秋。

[注释]

①韩武康逢庥,韩逢庥,号樾依,山东青城人,与蒲松龄有交谊,清康熙十六年(1677)任武康知县,善骑射,曾刊刻《孟东野集》。

②春崦,春山。

③隐侯,即沈约。清汪豫《馀英馆》诗云:"隐侯苗裔盛,聚族此溪旁。"

④笏,古大臣上朝所执手板,用玉、象牙或竹片制成,上面可以记事。

送陈兴公归武康

[清]王士禛

清绝苕南路，归帆望已遐。
寒林孟郊井，古屋沈戎家[①]。
天目群峰合，前溪一水斜。
烟霞成独往，不羡曲江花。

[注释]

①古屋沈戎家，南朝宋元嘉三年(426)，沈戎后裔沈怀文、沈演之、沈庆之、沈虔之、沈璞之、沈融之、沈昙庆、沈怀明、沈孟赪等，念祖德不忘，表请于朝，舍始祖宅为寺。宋文帝诏曰："沈氏积善，唯戎述之。可追封为述善侯"，并赐名怀德寺。唐天复九年(909)，改名永德寺。宋治平二年(1065)，改名皇觉寺，为吴兴堂沈氏祖庭。

独孤山[①]

[清]韦人凤

孤岫当空立，荒亭倚岸斜。
漫依高士舍，曾识使君车。
北郭村村雨，南山树树霞。
断桥春草遍，无路问吾家。

[注释]

①独孤山，志载："在(武康)县西北四里，平田突起，其下曰独孤畈，世传唐独孤及宰是邑，作亭其上"，"后人思其泽，因名其山曰独孤山"。独孤及，字至之，洛阳人，古文运动先驱之一，唐广德元年(763)任武康县令，有《送武康颜明府之鄂州序》。

华树轩①

［清］韦人麒

北郭南几旧草堂，高槐修竹自苍苍。
云开山色低依槛，树断溪流曲绕廊。
白昼持竿乘小艇，黄昏岸帻倒清觞②。
贤兄愚弟欢无极，万岁千秋③恋故乡。

韦人麒，韦人凤弟，字天石，号青岩。

［注释］

①华树轩，在三桥埠几山之麓，韦氏“念庵”草堂，松竹葱芊。

②岸帻，头巾戴得高露出额头，形容穿着率性随意。清觞，指美酒。

③万岁千秋，形容极长久的时间。

武康有感

［清］洪　昇

停午①方为市，孤城只似村。
缘溪三里远，附郭②百家存。
地僻风犹俭，山稠日不喧。
还闻多猛虎③，官道④月黄昏。

［注释］

①停午，正午，中午。

②附郭，紧临城郊之处。

③猛虎，指武康多虎。

④官道，大路。

与潘澹若明府、郑在宜学博[①]溪游

[清]洪　昇

喜逐潘怀县，兼邀郑广文。
梅深寒蹑雪，竹密晓披云。
沙鹭参差[②]去，村鸠远近闻。
前溪春色早，一望碧氤氲[③]。

[注释]

①潘澹若明府，前琼州乐会知县潘汝奇，诗中称潘怀县。郑在宜学博，武康县教谕郑兰谷，诗中称郑广文。

②参差，不齐。

③前溪春色早，一望碧氤氲，化用洪昇《胡思皇兄弟》诗："最爱前溪碧，扁舟直到门。"

赠武康令[①]

[清]洪　昇

前溪出深谷，委曲[②]贯山城。
一派涵空碧，千秋见底清。
漾云寒有色，流水静无声。
为政心如此，游鱼也不惊。

[注释]

①武康令，即韩逢庥。

②委曲，曲折，委婉。

游乌回山寺[①]

［清］洪　昇

曲径沿山去，危桥渡涧来。
入林惊鹿卧，施食见乌回。
岭雪阴犹积，松云昼不开。
老僧能好客，折赠数枝梅[②]。

［注释］

①乌回山寺，在乌回山南麓，原名崇福密岩禅院。宋绍兴七年（1137），太师忠靖公刑孝扬建以奉懿节刑皇后祠，赐额泉南寺。寺西有宋太常少卿郎甫墓。

②折赠数枝梅，宋张道洽《折梅》诗："一枝蚤落诗人手，无恨春风入胆瓶。"

风渚阁

［清］唐　靖

高阁倚斜曛，山山惟白云。
远帆邀树色，小艇入鸥群。
不负烟霞志[①]，相携冰雪文。
莫嫌乡土瘠[②]，犹足共耕耘。

［注释］

①烟霞志，谓隐居山林之心。唐李群玉《送人隐居》诗："平生自有烟霞志，久欲抛身狎隐沦。"

②瘠，瘠薄，不肥沃。

湛星港[①]

［清］唐　靖

南极虚传镇海眼[②]，西昆还忆测河源[③]。
谁知神女[④]珠长弄，岂有鲛人泪[⑤]暗翻。
银汉[⑥]无声星上下，巫云不断两朝昏。
渔郎一唱前溪曲，棹入桃花何处村。

［注释］

①湛星港，与下渚湖通，水中涌泡如星，故名。作者此诗前四句全是围绕水中涌泡如星这一传说展开想象的。

②南极，星名。海眼，泉眼，古人认为井泉之水通江海。

③西昆，昆仑山，借指仙境。河源，河水的源头。

④神女，女神。

⑤鲛人泪，鲛人泣珠。

⑥银汉，银河。

馀英岭[①]

［清］唐　靖

馀英岭削锁潺湲，岁岁桃花去不闲。
洞口刺船[②]何代客，矶头载石几人还。
春山短策云千叠，秋水长竿月半湾。
从此灵源境逾杳，铜官芝草许谁攀。

［注释］

①馀英岭，德清旧志载："在（武康）县西十五里，岑岭之西。世传梁沈氏族居之地。后有五峰耸峻如屏，俗讹为夷羊岭。"

②刺船，撑船。

铜官庙[1]

［清］唐　靖

村烟一带过桥西，夹岸荫浓覆古堤。
风袅女萝[2]松鼠掷，云深灌木竹鸡啼。
铜官庙冷迷荒碣，石峤泉幽出阜溪。
土俗[3]至今思赵监，春花社鼓赛山蹊。

［注释］

①铜官庙，即赵监庙，在铜官桥畔。赵监，为西汉吴王刘濞督铜官，对役夫恩抚体恤，后在一次山崩事故中遇难。役夫追念其德，为之立祠。南朝梁同光中，赵监被封通灵王。后唐清泰二年(935)，加封福善保仁王。武则天执政时期不称爵，称土地。宋参知政事翟公巽见过庙中偶像，云"衣冠甚古，其妇人皆如世所藏周昉人物画"，认为是唐人遗迹。至清道光间，每岁春秋乡人犹祀。

②女萝，松萝。

③土俗，地方风俗。

石颐寺

［清］唐　靖

石齿谽谺[1]隐梵宫，钟声不断谷云通。
楼台恰置丹崖里，松竹难分赤日中。
峰落乌青天半翠，泉飞虎跑夜流虹。
只今蹄迹[2]荒村遍，谁是当年大小空[3]？

［注释］

①谽谺，形容山谷大而空阔。赵君豪编《莫干山导游》："石颐山……山腹两崖大石错互，函若唇齿，其中廓然，以容黄土山桑，烟火数家，若颐之含物，风景亦雅。"

②蹄迹，虎迹。

③大小空，齐偘禅师豢养之虎，名大空、小空。毛滂《石颐寺》诗："灵泉清映银床在，无复当年大小空。"

刘士英衣冠墓[①]

［清］唐　靖

野死谅不葬[②]，孤坟敢自料。
衣冠留故土，姓氏稔山樵。
墓草依然碧，羁魂何处招。
燕云已朔漠[③]，犹自号南朝。

［注释］

①刘士英衣冠墓，刘士英，字仲发，武康人，以上舍擢第，宋靖康元年(1126)为太原府通判，金军攻陷太原，力战而死。门人私谥安节先生，故乡有衣冠冢。武康县儒学大成殿后有刘先生祠。类似的情况还有，祀浙西提刑、权守安吉独松关而战死的徐道隆祠。

②野死谅不葬，原出乐府民歌《战城南》。野死，死于野外。

③燕云，燕指幽州，云指云州。朔漠，北方沙漠之地，泛指北方。

题武康韩侯[1]德政录

[清]胡会恩

海岱[2]芳声旧不群，石渠兰省播清芬[3]。

风高台阁传家学，花满山城待使君。

飞盖[4]三秋车带雨，褰帷[5]万井稼同云。

故园咫尺棠阴[6]下，愿效吹豳一献芹[7]。

胡会恩，胡渭侄，字孟纶，号茗山，德清人，清康熙十五年(1676)榜眼，官至刑部尚书，康熙五十四年(1715)赐祭葬，入乡贤祠。

[注释]

①武康韩侯，即武康知县韩逢庥。武康民歌："海内吏治谁最良，独有前后两武康。""两武康"即指韩逢庥和他的继任者华文熏。

②海岱，渤海与泰山之间。

③石渠，汉皇家藏书阁。清芬，比喻高洁的德行。

④飞盖，形容车行如飞。

⑤褰帷，撩起帷幔，借以称颂官吏亲民。

⑥棠阴，棠树树荫，借以誉称去职官吏的惠政。

⑦献芹，谦言自己赠品菲薄。

晓出铜山寺[①]

[清]高文照

一夜流滩唤睡忙，篮舆回首别慈光[②]。
溪寒深蛰鱼龙气，山古常闻竹木香。
客子试泉心乍彻，僧雏烧笋味偏长。
挥鞭径踏槐黄[③]去，早被梅花话暖凉。

[注释]

①铜山寺，在铜官山麓，晋天福三年(938)建，周显德中名资福寺，宋治平二年(1065)改隆教院，靖中建国初无畏禅师维琳卓锡于此。明景泰二年(1451)分下院于乌青山麓。万历前期，曾发生豪强侵占故刹寺基以及山园竹木，故刹只剩下“山巅无畏庵一片石”。至周宗建任知县，乃秉公将故刹及寺产二十亩山地、无畏庵四旁悉数判归寺方，并用朱砂书判词五百九十字，令寺僧藏之。万历四十三年(1615)，铜山寺故刹重建，清乾隆三十五年(1770)修缮，山门悬“铜山古寺”。

②慈光，代指寺院。

③槐黄，槐花黄时，正值农历八月，为古时士人准备赴考的季节。

哭高东井[1]三兄

［清］徐天柱

海内论知己[2]，吾乡失此人。
一棺难入土，万事竟如尘。
遗集凭谁订，藏书孰[3]共珍。
穷愁兼短折[4]，吾欲问洪钧[5]。

［注释］

①高东井，高文照。

②海内论知己，语见明吴伟业《座主李太虚师从燕都间道北归，寻以南昌兵变避乱广陵八首》其八："海内论知己，天涯复几人？"

③孰，谁。

④穷愁，穷困忧愁。短折，夭折。

⑤洪钧，苍天。

万工池[①]

［清］李书升

一镜中宫破月圆，禺山静处浣云烟。
江郎笔[②]下花多少，此日临池放白莲。

李书升，号逸夫，河北人，清乾隆六年(1741)任武康知县。

［注释］

①万工池，又名禺池，在杨坟资福寺门外。资福寺，在升玄观之东，系唐季古刹。宋绍兴二十九年(1159)，和王杨存中重建为功勋院，内置家祠，自五世祖至扬国夫人同堂异庙，血食其中，并受赐祭器。宋高宗车驾亲临，改赐显忠崇孝资福禅寺，有御书楼、洗马池、凤山阁、禺泉亭、钵盂案、万工池诸胜。

②江郎笔，江淹梦笔，南朝梁江淹少时，梦人授以五色笔，故文采俊发。

由钓鱼台至馀英精舍[①]

［清］章　溥

澄潭百尺俯危矶，透骨新凉竹外归。
穿树泉光争一碧，过滩鸟影忽双飞。
游人策杖梯风蹬，钓客乘槎话夕晖。
此是白云最深处，隔林清梵听依稀。

章溥，武康人，著有《松古吟》。

［注释］

①钓鱼台，又名鱼矶，在原武康县圃东北池上。精舍，学舍，书斋。

馀英风俗图

［清］张　琴

康衢[①]自是弦歌地，不事干戈城郭无。
花拥官衙红雨乱，苔侵市巷绿云铺。
春山蕨笋前溪渡，秋水蒹葭[②]下渚湖。
士女熙恬[③]鸡犬静，至今淳朴甲[④]三吴。

［注释］

①康衢，康庄大道。

②秋水蒹葭下渚湖，张琴《渚湖初荻》诗："春涨欲述浦，丛荚齐抽碧。浮天一片光，不辨水云迹。"荚，即荻。

③熙恬，安于逸乐。

④甲，天干之首，表第一。

自下渚湖至河口村

［清］章天辅

嫩芦滩里过风渚，河口村中系客船。
渔市灯红归泊候，桑阴雨绿育蚕天。
溪塘曲曲乡间路，云水茫茫野浦烟。
为访故人敲夜户，话长深漏[1]不知眠。

章天辅，武康人。

［注释］

①深漏，即夜漏，指夜间的时刻。

凹凸田[1]

［清］高　瀛

虞芮质成[2]田始废，只今凹凸漫成丘。
原来信誓千年守，带砺河山[3]在陇头。

高瀛，字迈人，号厚庵，武康人，诸生。

［注释］

①凹凸田，在今德清县舞阳街道上柏村鸿渐自然村，村中昔有凹凸田，俗呼“雌雄田”，清徐熊飞有“认取平芜凹凸田”句。

②虞芮质成，语本《诗经·大典·绵》：“虞芮质厥成。”虞、芮，周初二国名，曾因争地兴讼，后以虞芮指能谦让息讼者。

③带砺河山，立誓所封之国永存不废。

怀高武康侍御军台[1]

[清]金义植

身讶新擐甲[2]，冠为旧触邪[3]。
一言陈白简[4]，万里度黄沙。
食禄应持论，投荒[5]肯顾家！
从戎[6]堪报国，垂老莫长嗟[7]。

金义植，字立斯，号东塘，苏州人，诸生，著有《抗尘斋诗略》。

[注释]

①高武康侍御军台，高怡。

②擐甲，披甲。

③冠为旧触邪，法冠。獬豸能触奸邪，为法冠之饰。

④白简，弹劾官员的奏章。

⑤投荒，贬谪、流放至荒远之地。

⑥从戎，参军。

⑦垂老莫长嗟，岳飞《满江红》词："莫等闲，白了少年头，空悲切。"

李澹园明府[1]过访

［清］蔡思铨

乘舆来敲竹里门，永安山下独家村。
偶然话到尘间事，欲把清泉涤耳根。

［注释］

①李澹园明府，李根玉，字仙岩，号澹园，云南鹤庆人，清乾隆二十五年(1760)解元，乾隆五十三年(1788)任武康知县。

②永安山下独家村，即指竹寒沙碧山庄。

谷桥[1]晚步诗

［清］蔡思铨

黄叶疏林处，溪桥晚步宜。
气秋霜鬓觉，吟苦瘦筇知。
风景泠然善，吾身甚矣衰。
夕阳下山去，凭眺独多时。

［注释］

①谷桥，在今德清县舞阳街道上柏村淡坞，原桥为宋庆元四年(1198)建。

游宝华寺①

［清］蔡思铨

空山重访旧禅宫，殿宇萧条秋影中。
四壁寒蛩②吟细雨，一庭败叶③走西风。
追寻往事成残梦，历数同游似断鸿④。
独倚危亭感兴发，夕阳明灭⑤下疏桐。

［注释］

①宝华寺，又名报恩寺，在上柏金车山麓。金车山，其土赤埴，山岩有泉。孟郊《送谈公》诗曰“报恩兼报德，寺与山争鲜”。宋大觉禅师入山放生，有放生潭，产异螺、丹虾、金色鱼。元断崖禅师居此养母。明崇祯七年(1634)，临济宗三十世磬山天隐修禅师开堂说法。崇祯九年(1636)，玉琳禅师继之。清顺治十五年(1658)与十七年(1660)，玉琳禅师两次奉召入京问对，赐号国师。康熙四十四年(1705)，敕改宝华寺。雍正十一年(1733)，敕重建，御制碑文。乾隆七年(1742)，敕赐全部藏经。寺有临溪亭、月池、钳锤室坊，又有御赐蕉园图、玉琳国师法像、“净域长春”金字额、金钵、玻璃钵、银印、金印、紫衣、方竹杖永镇山门。今寺基犹存。

②寒蛩，蟋蟀。

③败叶，干枯凋落的叶子。

④断鸿，失群的孤雁。

⑤明灭，指时隐时现。温庭筠《菩萨蛮》词：“小山重叠金明灭。”

蔡芝坪旧宅[①]

［清］徐发身

永安山下访君家，一径清幽踏碧沙。
翠落庭空人不见，门前依旧放梅花。

徐发身，字廷瞻，号月锄，武康人，清乾隆十五年(1750)举人，著有《月锄诗稿》。

［注释］

①蔡芝坪旧宅，即竹寒沙碧山庄。

竹寒沙碧山庄[①]

［清］徐熊飞

竹寒沙碧好亭台，重戴芒鞋得得来。
日暮逢人夸胜事，山茶庄上看花回。

［注释］

①本诗选自《前溪风土词》，此题为选注者拟。

双　桥[1]

［清］徐熊飞

双虹桥下水东流，麂眼[2]篱边果木稠。
欲寄关桃三百颗[3]，故乡风味恐郎愁。

［注释］

①本诗选自《前溪风土词》，此题为选注者拟。双桥，又名双虹桥，武康旧志载，“在(武康)县东南十六里”，原桥为明洪武八年(1375)建。

②麂眼，麂是鹿的一种，眼睛为斜方形，似篱笆的方格，故称篱笆为麂眼。

③关桃，双桥关氏有佳桃巨实纤核。三百颗，虚数，指多。苏轼《惠州一绝》有“日啖荔枝三百颗”句，脍炙人口。

青云塔[1]

［清］徐熊飞

云岫危峰湿翠岚，仙人跨鹤此停骖[2]。
相看只有青云塔[3]，高髻遥抽碧玉簪[4]。

［注释］

①本诗选自《前溪风土词》，此题为选注者拟。青云塔，取文峰青云直上义，因居武康县治巽位，故又名巽峰塔。明隆庆间，知县金九皋倡始，万历九年(1581)，知县梅一科继之捐募告成。1954 年 7 月 18 日，青云塔轰然倒塌，只留塔基，但塔山之名一直沿用至今。

②停骖，停车。骖，本意是古代驾在车前两侧的马，引申义是驾三四马。

③相看只有青云塔，化用李白《独坐敬亭山》“相看两不厌，只有敬亭山”句。

④高髻遥抽碧玉簪，青云塔遥望如簪插髻。

履云亭[1]

[清]徐熊飞

玲珑山色舞狻猊[2],岩宝开张树倒垂。
嵌得履云亭子在,石栏干上记题诗。

[注释]

①本诗选自《前溪风土词》,此题为选注者拟。履云亭,在狮山之巅开元书院后制高点,清乾隆间武康知县刘守成建。

②狻猊,狮子。

铜官庙[1]

[清]徐熊飞

铜阬铜井路逶迤,山鸟山花粉黛[2]姿。
春事阑珊[3]寒食近,烧香齐到赵监祠。

[注释]

①本诗选自《前溪风土词》,此题为选注者拟。

②粉黛,代指年轻貌美的女子。

③春事阑珊,化用李煜《浪淘沙》“帘外雨潺潺,春意阑珊”句。

银子山[①]

[清]徐熊飞

银子山前月上时，溪边杨柳万条丝。

一钩罗袜[②]花阴里，唱出山家闺怨[③]词。

[注释]

①本诗选自《前溪风土词》，此题为选注者拟。银子山，在今莫干山镇（古时叫“箅头村”）姜湾自然村。银子山下姜湾村吴氏女有诗云：“银子山前水拍矶，英红堰上落花飞。郎归未必箅头宿，日暮无人且掩扉。”

②罗袜，丝织的袜子。

③闺怨，旧谓少妇的哀怨之情。

吊成安抚[①]

[清]徐熊飞

谷鸟声声叫树头，棠梨[②]寒食踏青游。

春山谁吊成安抚，烟坞村中土一抔[③]。

[注释]

①本诗选自《前溪风土词》，此题为选注者拟。成安抚，字士毅，武康人，宋崇宁五年(1106)进士，直秘阁、鄂岳安抚使，抗金英雄，在一次晨起巡城中，因霜滑坠足而亡，墓在武康烟坞村。

②棠梨，也称为杜梨、甘棠。

③抔，捧。

沙港里[①]

［清］徐熊飞

柳外人家酒幔[②]斜，篱边斑竹笋芽抽。
年年商客停舟处，凫鸭滩头十里沙。

［注释］

①本诗选自《前溪风土词》，此题为选注者拟。沙港里，古称汉港，多沙涨，俗称沙港，村以港得名，即今德清县武康街道回龙村。清沈濬有诗云："梦长能过前溪水，暑退还寻沙港船。"旧为舟航停泊处，水运毛竹之集散地。民谚："沙港、杨树湾，发财靠沙滩。"

②酒幔，也称酒帘、酒幌、酒旗。常与茶樯连用。

过莫干岭[①]

［清］郑训达

多栽修竹少栽花，此岭真宜拟少华。
万亩绿阴山四面，一肩红叶路三叉。
桥欹[②]只为溪流急，峰侧翻疑日影斜。
极顶偶然回首望，入山深似入烟霞。

［注释］

①莫干岭，在莫干山主峰塔山西北，凡游碧坞、石门、葛岭、天泉等处者，均取道于此。

②欹，倾斜。

清署归里示儿[①]

［清］侯体巽

送我塘栖[②]外，汝[③]归于霅川。
仓皇催去路，欸乃拨行船。
分手惟今日，聚欢在几年？
官评须自励，清白本家传[④]。

侯体巽，德清知县侯元棐父，字顺甫，号慎庵，河南杞县人，诸生，著有《偶吟集》。

［注释］

①儿，此指侯元棐。侯元棐，字友召，号兔园，清顺治十八年(1661)进士，康熙八年(1669)授德清知县，"抚字与催科并行，革弊及剔奸能断，清比悬鱼，才同犀利"，任内主修《德清县志》。

②塘栖，旧分水南和水北两镇，水南属杭县管辖，水北属德清县管辖，两县隔河而治。

③汝，你。

④清白本家传，侯元棐祖父侯邦宁有《居官十六要示孙元棐令德清》："敬上官，爱百姓，慎出入，要节劳，勿轻信，勿过疑，明钱粮，察蒙蔽，御下宽严有体，事来必当三思，后悔不如慎始，求人不如省费，官钱不可那移，亲朋难与，教子读书，节俭自持。"侯元棐《月泉歌》："月泉之水寒且洌，我欲饮之畏其洁。浊吏可为兮不可为，对兹泠泠之泉而神慑。"

馀不夜月

［清］蔡启份

自古苕南最上流，并移冰鉴税龙湫。
臣清犹水一溪白[①]，烟静如民万户幽。
高锁波光涵永夜，远连虹卧渡平秋。
晓窗直欲觇[②]双阙，分得余辉照满楼。

蔡启份，蔡启僔弟，字均卿，德清人，清顺治十一年(1654)拔贡，温州永嘉县训导，曾参纂康熙《德清县志》。

［注释］

①臣清犹水一溪白，清白无过于此。明陈霆《祝霍尹箕南斗香文》有谣曰："德清水，德清山，德清山水来清官。官清一似溪水涟，民业如山同且安。"

②觇，窥视。

重九徐健庵太史洎长公艺初孝廉招饮玉麈峰二首[1]

［清］戴天彝

其一

层峦拔地压城楼，令节[2]衣冠有胜游。
奇石乱堆当槛出，远峰九点入杯浮。
海门遥见云霞曙，山阁深藏橘柚秋。
不是谢公携蜡屐，肯随士女学风流？

其二

高秋爽气洗尘寰[3]，孤塔遥扪霄汉[4]间。
天入沧浪排雁字，峰攒[5]碧落乱云鬟。
黄花对酒人如菊，谢树临风[6]玉是山。
客散醉防苔径滑，松间明月照酡颜[7]。

戴天彝，字筮原，号似圜，德清人，诸生，葬金鹅山，著有《前溪诗集》。

［注释］

①诗题原为《重九徐健庵太史洎长公艺初孝廉招饮玉麈峰，次方虎韵》。徐健庵，即徐乾学；艺初，徐健庵长子徐树谷。洎，及。招饮，招人宴饮。

②令节，佳节。此指重阳节。

③爽气，清爽的气息。尘寰，同人寰，人世间。

④霄汉，天际。

⑤攒，聚。

⑥谢树临风，玉树临风，形容才貌出众的青年男子。谢树，谢家玉树，比喻能光耀门庭的优秀子侄。

⑦酡颜，脸红。

自苕城[1]归清溪大水弥漫

［清］徐　倬

浮天水势啮[2]菰城，莲叶舟从荻尾行。
咿轧[3]满溪惊老梦，万蝉声里水车声。

［注释］

①苕城，菰城，湖州。

②啮，咬。

③咿轧，象声词，指摇橹声。咿呦，则指说话声，宋贺铸《留题左顾亭》诗："咿呦为话当年事。"

谈未庵[1]

［清］徐　倬

海内谁称射雕手[2]，如公方不负诗豪。
铙歌[3]惊起白翎雀，乐府偷传紫逻槽。
镜里生花长带艳，行间飞墨自成涛。
天吴海风从颠倒[4]，毕竟输他宫锦袍。

［注释］

①谈未庵，谈九乾，字震方，号未庵，德清人，清康熙十五年(1676)进士，吏部郎中，里第有三泉书屋。

②射雕手，《唐才子传·姚合》："选集王维、祖咏等一十八人诗为《极元集》一卷，序称维等皆诗家射雕手也。"

③铙歌，军中乐歌。

④"天吴海风从颠倒"，化用明欧大任《寄王敬美书》诗："天吴海风不免颠倒。"

湖寓送蔡表弟藜辉归清溪

[清]徐元正

露冷霜黄雁影过，蒹葭人去意如何①？
客因聚首②乡思少，人在穷途③别恨多。
寒夜风号驱落木④，空江⑤棹发荡澄波。
台前戏马⑥还相待，破帽茱萸共醉歌。

[注释]

①露冷霜黄雁影过，蒹葭人去意如何？清俞陛云语："苕溪流至馀不，跨水有城，烟户市楼雁次相缀，芦人鱼子晨夕泛鹜其中，实称幽胜……"

②聚首，犹碰头。

③穷途，穷途末路。别恨，离愁别恨。

④风号，风声像是怒号。落木，落叶，杜甫《登高》诗："无边落木萧萧下。"

⑤空江，浩瀚寂静的江面。唐许棠《洞庭阻风》诗："空江浩荡景萧然。"

⑥戏马，驰马戏乐。

球村拜先司空公[1]赐茔

[清]徐以泰

一水当阶护，维舟傍券台。
鹤声华表在，鸦点夕阳来。
解带先围柏，看碑独剜苔。
春山青若此，述德重徘徊。

[注释]

①球村，在今德清县舞阳街道上柏村裘村。先司空公，以及先大空子贞公，俱指徐元正。司空，工部尚书的雅称。徐以升另有《球村扫先尚书赐茔》诗，“不溪上接英溪界，一水萦纡共流派”，“登阡载拜怆音容”。

上下阑山[1]

[清]徐以泰

蓼穗苹花泣露寒，迎春门[2]外柳丝残。
情人莫上高楼望，山色重重上下阑。

[注释]

①本诗为《临溪曲》之一，此题为选注者拟。上下阑山，上阑山与下阑山，两山相距才数百步。德清县治治厅初在下阑山南，唐时以水势冲激，移置玉麈山南。上下阑山，今简写作上下兰山。

②迎春门，老德清县城东门。

清远堂古梅[①]

［清］徐以升

范老龙梅意绝怜，中丞[②]堂外见来然。
种花人去春风在，却数潼关[③]辨贼年。

［注释］

①本诗选自《出德清西门看梅宜园池上，遂过麈麓斋，复至清远堂上，百寮山脚坐蔡家墓松下，入开元宫，得绝句七首》，此题为选注者拟。清远堂，明蔡中丞官治宅，在老德清县城西门外。蔡官治，字羽明，号正庵，明万历四十七年(1619)进士，官至陕西巡抚。宅前有蟠梅一株，为蔡官治手植，蜿蜒屈曲，洒然出尘。梅开时节，蔡家悬灯设幕，曾有蝴蝶数万，飞舞竟夕。清嘉庆三年(1798)正月，梅萎，蔡寿昌续栽之，曰为梅立嗣。

②中丞，明清称巡抚为中丞。

③潼关，陕西潼关。崇祯末，蔡官治败流寇于潼关。

第一溪山亭[①]

［清］徐以升

南山对面郁孤台，小结茅亭画障[②]开。
最爱晚风沉落照，一声欸乃[③]破烟来。

［注释］

①第一溪山亭，俗名西亭，为宋德清县税务之基。

②画障，画屏。

③欸乃，象声词，桨声。语见柳宗元《渔翁》诗："欸乃一声山水绿。"

馀英馆双鸳沼

[清]徐以升

何处馀英半亩宫，溶溶一水小桡通。
溪头无数双飞鸟[①]，不见莲衣映沼红。

[注释]

①双飞鸟，鸳鸯。清徐以泰《临溪曲》："溪馆馀英长绿蒲，鸳鸯拍拍自相呼。"

吾乡四首(选二)

[清]戚振鹭

其一

山水吾乡好,清妍两字题。
金鹅朝气爽,玉麈暮云低。
夹岸青无数,穿城碧一溪。
梦归何处路,惆怅汝南鸡[①]。

其二

物产吾乡好,无劳费画叉[②]。
连山绕竹笋,近渚足鱼虾。
香稻炊云子[③],新茶荐雪芽。
荒唐老转甚,为口日吁嗟[④]。

戚振鹭,戚蓼生父,字我雍,号晴川,德清人,清雍正八年(1730)进士,由安徽青阳知县,历六安知州、河南归德知府、江西抚州知府,因伪疏传抄案承审未实,谪戍军台(龟兹,今新疆库车一带)效力,期满赦归,乾隆帝第四次南巡迎驾,复顶戴,有《晴川诗钞》传世。

[注释]

①本诗题注“塞外作”,显然是戚振鹭充军塞北思念家乡的诗作。

②汝南鸡,汝南晨鸡,报晓之鸡。

③画叉,挂画的工具。

④云子,米粒,米饭。陆游《起晚戏作》诗:“云子甑香炊熟后,露芽瓯浅点尝初。”

⑤吁嗟,哀叹,叹息。

施檗斋[①]明府招集德清县斋

［清］厉　鹗

寂寂重门掩[②]，幽禽见出迎[③]。
蚕忙少公事，吏散得吟情。
烟树摇书碧，溪风人酒清。
犹思临宛水，钓艇夕阳明。

［注释］

①施檗斋，施念曾，字得仍，号檗斋，安徽宣城人，清乾隆十一年(1746)任德清知县。乾隆十一年(1746)闰三月，厉鹗与杭世骏、吴城、施安同游德清，并寓居城中，谒馀不亭侯庙，游慈相寺半月泉，登吴羌山谒织帘先生祠，自乾元寺至金莲涧，多有留诗。

②寂寂重门掩，原出唐耿沣《秋夜》诗。

③幽禽见出迎，唐韩偓《夏日》诗："时有幽禽自唤名。"

题新市映碧亭[①]

［清］厉　鹗

白鱼买就午炊迟，映碧亭前小泊时。
闲却东风一溪水，惜无人解弄涟漪[②]。

［注释］

①本诗应作于清雍正四年(1726)正月，厉鹗从杭州赴扬州经新市途中。映碧亭，在新市镇，具体位置不详。清沈龙墀《仙溪杂诗》有"映碧亭前浪作堆"句。

②涟漪，被风吹起的水面波纹。

寄题蔡效清竹寒沙碧山庄[①]二首

［清］厉 鹗

其一

携得琴书住翠微，不关人事[②]为无机。
禽声似听前溪曲，云影堪裁大布衣。
生圹[③]预题当乐死，浮家翻笑[④]竟忘归。
竹寒沙碧幽深处，添种梅花雪四围。

其二

清溪逸士地行仙[⑤]，抹月批风[⑥]不记年。
爱选好峰撑屋角，别穿流水入阶前。
少霞字重新铭在[⑦]，东野居荒古井传。
想见啸台高几许，待将诗句问青天。

［注释］

①蔡效清，蔡崇基，字效清，一字放逸，号太虚子，德清人。竹寒沙碧山庄，为蔡效清山庄，在武康永安山麓，环山植竹，有山茶一大株可数抱，梅花百株，春时看花者群至。

②人事，世间的事。

③生圹，指生前预造的坟墓。

④浮家，浮家泛宅。翻笑，反笑。

⑤地行仙，喻隐逸闲适的人。

⑥抹月批风，常用作家贫无可待客的戏言。苏轼《和何长官六言次韵》："贫家何以娱客，但知抹月批风。"

⑦少霞字重新铭在，用唐传奇蔡少霞书《苍龙溪新宫铭》典。

清溪放舟至仙潭

[清]蔡环黼

一舸依然载客行，落梅风[1]送布帆轻。
明霞迟日[2]花同笑，芳芷[3]新蒲水始生。
燕语关心[4]余别绪，山容回首有离情。
平芜东去迢迢路，夜梦归来记此程。

蔡环黼，字拱其，德清人，岁贡生，浙江仙居县训导，工诗，著有《细万斋集》。清乾隆五十年(1785)参加千叟宴，蒙赐红藤竹杖。

[注释]

①落梅风，农历五月的季风。

②迟日，春日。语见杜甫《绝句》："迟日江山丽，春风花草香。"

③芳芷，芳草。语见屈原《离骚》："杂杜衡与芳芷。"

④关心，穿心，意为极为强烈的痛苦。

拱元桥散步[①]

［清］俞廷镳

村落萧然亦复嘉，背山临水面桑麻。
隔河邱垅[②]闻松籁，傍舍田畴[③]看稻华。
父老神祠归烂醉，儿童乡塾散喧哗。
拱元桥畔闲扶杖，不入城门[④]两月赊。

俞廷镳，俞樾祖父，字昌时，号南庄，德清人，清乾隆五十九年(1794)副榜贡生，著有《俞南庄先生四书评本》，《两浙輶轩录》录有其诗。

［注释］

①拱元桥，俗呼广远桥，在乌山东，与乾元山相对，故得是名。

②邱垅，坟墓。

③田畴，田地。

④城门，老德清县城城门筑于宋末，明嘉靖间增修，分五门：东曰行春，南曰迎薰、竣明，西曰宾尘，北曰礼辰。

大虹桥[①]

[清]俞　樾

大虹桥下是通津[②]，藤蔓牵缠已满身。

古语磨兜坚[③]最好，愿题桥柱示行人。

[注释]

①本诗为《自苏至杭杂诗》之一。在馀不溪东岸，当古行春门之首，是进出老德清县城必经的通津，桥上长满了木莲藤，有舟过其下者戒勿开口的风俗。大虹桥之外，还有小虹桥，清徐以泰《临溪曲》："小虹如带大虹横。"

②通津，四通八达之津渡。

③磨兜坚，诫人慎言意。

乾元大虹桥

乾元四仙桥桥联

四仙桥①

［清］俞　樾

小艇还从北埭摇，橹声摇过四仙桥。
过桥泊岸先茔②见，只隔涂泥路一条。

［注释］

①本诗选自《曲园日记残稿》，此题为选注者拟。四仙桥，在今德清县乾元镇金火村南埭圩，为俞樾祖居地仅存的标志性建筑。桥为清光绪二十六年(1900)俞樾募建，两侧有俞樾题联，东侧为："野渡傍溪山会有才人题驷马；嘉名登志乘不劳仙迹访骖鸾。"西侧为："双桨泛轻舸绿水潆洄南北埭；一条横略彴青鞵安稳往来人。"

②先茔，俞樾自注："右先祖之墓。"先祖即俞廷镳。

清明日回德清扫墓偶成

［清］俞 樾

乌巾山下旧柴荆[①]，喜有承平[②]一片声。
父老醵钱迎绿社[③]，儿童散学过红明[④]。
连朝榆柳分新火[⑤]，几处松楸[⑥]认故茔。
只惜焚黄[⑦]犹未得，虚传两度拜恩荣[⑧]。

［注释］

①柴荆，柴门，乡居以荆为门。

②承平，太平。

③醵钱，凑钱聚饮。绿社，俞樾自注："吾乡清明前后赛社，有红绿社之分。"

④红明，俞樾自注："吾乡以清明次日为红明。"

⑤新火，寒食禁火，清明重新起火，谓之新火。德清旧俗以清明前四日为寒食。

⑥松楸，松树与楸树，墓地多植。

⑦焚黄，朝廷每遇庆典，往往要赏赐品官，谓之"覃恩"。官员则用黄纸制书一通，祭告家庙，谓之焚黄。

⑧虚传两度拜恩荣，俞樾自注："余两次请封，敕命未至。"而乡里却传言俞家两度拜恩荣，飞黄腾达了。

德清往返口号[①]二首

［清］严元照

其一

作客江南半月程，卸装又趁片帆轻。
斜风细雨孤篷底，一路看山到德清。

其二

生涯合付水云乡，凫雨鸥程细较量。
百尺楼头湖海气[②]，消磨多半为红妆。

［注释］

①口号，同口占，随口吟成。

②湖海气，豪侠之气。

先至德清访蔡明经[①]表兄

［清］严元照

断岸舣轻桡，一径问修竹。
日斜人未归，匝地[②]树阴绿。

［注释］

①蔡明经，蔡景光。

②匝地，遍地，满地。

吴羌山怀古

［清］沈用霖

紫色蛙声迹已陈，烟霞何处问遗民[①]？
曾随梅福同辞汉，却喜桃源独避秦。
此地馨香[②]千载奉，当时烟雨一犁春。
织帘继起高踪远，古庙荒祠若比邻。

沈用霖，号行溥，德清人，少游粤幕，著有《粤归草》。

［注释］

①紫色蛙声迹已陈，烟霞何处问遗民，交待吴羌避王莽之乱遁迹于此，紫色蛙声，出自《汉书·王莽传》，指王莽篡汉。

②馨香，香火。

辛丑九月三日避居德清感而作此[①]

[清]梁德绳

羽檄驰来四座惊，仓皇挈眷竟宵征[②]。
三更清露凝寒色，一夜飞鸿动远声。
山水故乡重领略[③]，干戈沧海虑纵横。
伤心一月危城里，勇将空余汗血诚。

梁德绳，梁诗正孙女，许宗彦室，字楚生，号留香，晚号古春老人，杭州人，著有《古春轩诗钞》，续书《再生缘》。

[注释]

①辛丑年，即清道光二十一年(1841)，时值第一次鸦片战争爆发，英人陷定海，杭垣惊恐，梁德绳接到羽檄，仓皇携带家眷连夜出城，避居德清，因感而作此诗。

②宵征，夜行。《诗经·召南·小星》："肃肃宵征，夙夜在公。"

③领略，欣赏，晓悟。语见张镃《出德清县》诗："非是老夫来领略。"

还德清

[清]蔡宝善

柔桑遮断岸，树里见孤城。
剪力双峰[1]峙，湾环一水清。
鸡豚[2]看祭扫，箫鼓乐承平。
莫遂躬耕[3]愿，漂流愧此生。

蔡宝善，一名震，字师愚，号孟庵，德清人，清光绪二十八年(1902)举人，历任京师大学堂提调、金陵道尹、苏常道尹等，晚年卜居苏州沧浪亭畔，著有《观复堂诗集》《听潮音馆词集》。

[注释]

①双峰，指百寮山和吴羌山，清溪小学老校歌中有“百凉吴羌，双峰秀拔，孕育了千载的文明”句。

②鸡豚，鸡和猪，泛指古时农家所养禽畜。

③躬耕，亲自耕种。诸葛亮《出师表》：“臣本布衣，躬耕于南阳。”

至邑城[①]作

[清]许德裕

横塘三里渐成村，路转双桥见郭门。
四镜好山环县治，一溪新涨汨城跟。
黄梅雨洗鱼场地，紫篁秋萦客梦魂。
若问风光原不恶，暂时游赏莫深论。

许德裕，字益甫，一字荇塘，号荫棠，又号韵堂，德清人，清同治九年(1870)举人，著有《蚕丝集》。

[注释]

①邑城，县城。此指老德清县城。

老德清县城(俞泽民　摄)

白云桥[①]晚眺

［清］冯如璋

石柱立崔巍[②]，溪湾锁钥[③]开。
云低孤鸟没，风急片帆来。
流水前村抱，斜阳古戍颓。
高车良可誓，谁是长卿才？

冯如璋，字襄哉，号秋君，又号蓝田，德清人，清嘉庆九年(1804)举人，有《秋君遗稿》。

［注释］

①白云桥，原名云塘桥，在今德清县雷甸镇南，明弘治元年(1488)始建，万历三十五年(1607)湖州知府陈幼学重建，并改名白云桥；清雍正八年(1730)，浙江总督李卫再建。俞樾为之撰有桥联两副，其一云："一方水利攸关，读敏达遗碑，岂止通津便舟楫；百岁风流未沫，近陶邻故里，应教比户盛弦歌。"敏达，即李卫；陶邻，邑人、进士陈斌。抗战时期，过路船只常遭抢劫。旧谚："雷甸白云桥，划楫当大刀。"1940年8月，桥毁于日军轰炸。

②崔巍，高峻的样子。

③锁钥，比喻险要之地。

雷甸白云桥桥额

晓发钱家潭[①]

［清］施补华

极浦舟容与[②]，晨征[③]太觉劳。
林风清不歇，山月晓还高。
小港抽芦苇，平田动桔槔[④]。
农书如许读，吾欲学东皋[⑤]。

施补华，字均甫，湖州人，清同治九年(1870)举人，著有《泽雅堂诗集》。

［注释］

①钱家潭，在德清县钟管镇戈亭村东北与湖州市吴兴区东林镇交界处，东苕溪之水北流至此。据传，钱姓大户钱半镇曾以砖砌潭，故名。

②容与，犹豫不前的样子。

③晨征，清晨远行。温庭筠《商山早行》诗："晨起动征铎。"

④桔槔，汲水的工具，类辘轳。平田如此，高田呢，清芮永龄《烟坞村》诗："高田趁雨耕为业。"

⑤东皋，代指自耕农。

新市竹枝词二首

[清]沈赤然

其一

大门长闭小门行，丹漆神堂照眼新。
书法只推刘古雪①，画家无过沈南蘋②。

其二

朱杆铜叉雪色绵③，指尖撚④处断还连。
女儿生涩⑤阿婆熟，粗作春衫细卖钱。

[注释]

①刘古雪，工部主事刘在明弟，名允明，字以端，新市镇人，工书法，明因寺、仙潭第一山等额为其所题，简寂陆真人碑记为其书。

②沈南蘋，名铨，字衡之，新市镇人，工花鸟走兽，以精密妍丽见长，亦善仕女。清雍正年间，其画作《百马图》流入日本，为日本皇室所宝，被当时日本最高统治者德川宗吉将军遣使邀沈南蘋赴日本传授画艺，被推重为“舶来画家第一”。一时学者甚多，对日本画坛影响甚大。归国时，声誉大震，传至京城，朝廷下旨命其作画进贡，晚年寓居苏州。袁枚《赠沈南蘋画师》诗序，“吴兴沈南蘋画名藉甚”。商盘《沈南蘋画花鸟歌》云：“江南高手谁第一？吴兴沈生世无匹。”

③朱杆铜叉雪色绵，沈赤然自注：“新市绵绸极佳，皆出女工，以匀细为上，粗有疵类者次之。”

④撚，同捻。

⑤生涩，不纯熟。

沈梅村卜居新市，秋日奉访溪堂谈宴竟日[①]

[清]吴锡麒

其一

米市街头忆旧踪，仙人潭上又相逢。
无多屋宇贫能买，大好溪山秀特钟。
迟我片帆双鹭导，劳君近局[②]只鸡供。
秦亭有约终须践，万树梅花待短筇。

其二

归即能归谢轩冕，乐无此乐恣江湖。
浮云看过心何滓[③]，秋色争高句不输。
世有几人知竹柏，天因吾辈产莼鲈。
果山足下桃源洞，可许渔郎入溷[④]无。

吴锡麒，字圣征，字谷人，杭州人，清乾隆四十年(1775)进士，国子监祭酒。

[注释]

①诗题原为《沈梅村卜居新市，秋日奉访溪堂谈竟日，归后复承赋诗远寄，寄次元韵奉酬》。沈梅村，即沈赤然，在新市有五砚斋。

②近局，陪客。

③滓，滓污。

④溷，代指桃源洞。

八月十六日夜复招施质人仙潭看月

［清］张安绚

清兴依然对酒樽，秋空爽气净乾坤。
月圆今夜十分色，水映孤亭无定痕。
玉露①静传忘座湿，木犀②香泛入衣温。
莼鲈妙味归思足，弦管声中不掩门。

张安绚，字青屿，湖州人。

［注释］

①玉露，秋露。宋秦观《鹊桥仙》词："金风玉露一相逢，便胜却人间无数。"

②木犀，也作木樨，即桂树，广植于庭园及古刹。桂树因其叶脉如圭而称"桂"，因其纹理如犀而叫"木樨"，因月宫吴刚伐桂而名"月桂"。

丞相山[1]怀古

[清]钱必成

登山怀古思悠悠，宋事于今五百秋。
南渡有人留半壁，北朝无物砥中流。
儿童近日方闲戏，丞相当年正退休。
不是我来多洒泪[2]，桃源洞口尽荒丘。

钱必成，德清人，著有《工夫诗集》。

[注释]

①丞相山，南宋右丞相游似府第之山，又名果山，俗称假山头。游似本四川人，罢相后因贪恋新市风光，占籍退隐，营建此山，中有桃源洞。后人于洞下设三贤祠，祀宋显谟阁学士、谥文节刘公光祖，右丞相兼枢密使、谥清献游公似，左丞相兼枢密使吴公潜。

②洒泪，挥泪，落泪。语见杜甫《咏怀古迹》诗五首之二：“怅望千秋一洒泪。”

雪后初晴舟过状元桥[1]口占

［清］沈　颋

新溪曲曲路迢迢，晓起初晴雪未消。
野岸白垂君子竹，朝暾[2]红透状元桥。
寒沽市酒[3]推篷去，响听冰花碍橹摇。
爱煞者般[4]清景好，归来谋向纸间描。

沈颋，沈赤然子，字仲直，新市镇人。

［注释］

①状元桥，又名东吴桥，在新市镇北栅，因桥堍吴家园出状元吴潜而得名。

②朝暾，与夕月相对，指初升的太阳。

③市酒，沽酒，卖酒。

④者般，这般。

虹桥[①]暮雪

[清]朱观光

晚步桥梁风势严，雪花飞舞玉纤纤。
寻梅驴背诗情写，著树鹅毛[②]画本添。
渔火微茫芦影锁，钓蓑隐约絮痕黏。
杖黎扶我冲寒[③]过，招饮前村有酒帘。

朱观光，字藤溪，德清人，著有《藤花溪诗稿》。

[注释]

①虹桥，又名洪桥，古名西吴桥、拾青桥，在新市镇北栅，桥面北侧原有挡火墙(也称风水墙)，上有“仙潭屏障”砖刻。

②鹅毛，比喻飞雪。

③冲寒，冒着寒冷。杜甫《小至》诗：“山意冲寒欲放梅。”

新市虹桥(孙永华　摄)

雨霁登明因寺见山楼[1]野眺

［清］吴树本

清风习习乍晴天，四望[2]林峦霁色鲜。
隔港荻芦青不断，人声隐约出渔船。

吴树本，字翼飞，德清人。

［注释］

①明因寺，又名鸣因寺，俗名南寺，在新市镇果山北，为吴越国时余杭令章靖舍宅创建，与觉海寺齐名。寺中有见山楼，清赵坤培《过明因寺登见山楼即事》诗："依然远岫列窗中，檐铎丁冬殿阁雄。"

②四望，四顾。

桃　庄[1]

［清］汪士梅

一望桃林接水滨，飞花点点趁游人。
飘零红雨黏罗袖，缭乱香风拨酒巾。
策蹇[2]有时迷古渡，停桡何处问仙津。
惭无好句酬佳节，空对江南日暮春。

汪士梅，字荆南，新市镇人。

［注释］

①桃庄，在新市镇。

②策蹇，骑驴。

题黄小涪茂才[1]读书南楼

［清］沈承熙

满目皆奇景，何堪[2]一句无。
山空云气重，水定月痕孤。
籁静忽闻鹤，阴深时卖鲈。
此中有硕士[3]，吟咏傲髯苏[4]。

沈承熙，字霭香，新市镇人，有《仙潭八咏》。

［注释］

①茂才，秀才。

②何堪，怎能忍受。

③硕士，贤士。

④髯苏，苏轼。

题黄氏潭舫[1]

［清］沈承熙

小筑傍山巅，名偕不击传。
琴樽陶令宅，书画米家[2]船。
篱竹影何瘦，瓶花香自妍。
拟从风雨后，棹入雪溪边。

［注释］

①潭舫，小船。

②书画米家，米芾为宋书画家，其长子米友仁亦擅山水画，故有“大小米”之称。

近代诗七首

甲寅春日艺圃[①]自嘲

曹毓琪

其一

散材滋愧等薪樗[②]，雨笠烟蓑意态[③]舒。

却喜清闲无个事，一畦寒碧自携锄。

其二

敢将风雅附名流，图画鸿泥爪印留[④]。

为嗜菜根滋味好，韭菘[⑤]手种阅春秋。

曹毓琪，新市镇人，编有《艺薮》，曾发起修纂《新市镇志》。

［注释］

①艺圃，种植花卉园圃。

②散材，无用之木，比喻不为世所用之人，此为谦辞。薪樗，砍臭椿作柴薪。

③雨笠烟蓑，同《雨蓑烟笠》。语见张志和《渔歌子》诗："青箬笠绿蓑衣，斜风细雨不须归。"意态，神情姿态。

④鸿泥爪印留，鸿泥雪爪，比喻往事留下的痕迹。

⑤菘，白菜。明杨慎《学樊圃》诗："春秋莳韭菘。"

仙潭曹子艺圃图

浴指月庵桥[①]下步至八都村酒家

江　庸

寺门历乱野花开，怪石横溪长碧苔。
地僻形骸[②]堪放浪，午阴林樾[③]可徘徊。
人生得意宁轩冕[④]，雨气吹凉入酒杯。
竹径蜿蜒天渐暝，泉声相送出山来。

江庸，字翊云，晚号澹翁，重庆璧山人，中国近代法学家。

［注释］

①指月庵桥，即大堰桥，又名六洞桥，在筏头，昔侧有茶亭。赵君豪编《莫干山导游》："立于桥面四望，大堰溪在其左，山谷在其右，溪水清澈，游鱼甚多，若以饼饵投于溪中，则群鱼集至，亦奇观也。"

②形骸，形体。

③林樾，林间隙地。

④轩冕，车乘和冕服，借指官位爵禄。

清溪梅天即事

程　森

空濛山色四围融，水涨余溪锁落虹。
偏是轻寒偏遇暖，乍来骤雨乍翻风。
鸠呼野外畦耕绿，鱼卖街头鳍跃红。
闻说二蚕[①]丝更熟，农家处处乐村翁[②]。

程森，字景川，德清人，曾任武康县知事、民国《德清县新志》总纂，获颁"威慑萑符"匾，著有《修德堂诗存》等。

[注释]

①二蚕，即夏蚕。

②农家处处乐村翁，与程森《重阳游北郭慈相寺》"带郭人家乐有年"句意近。

青登途中[①]

冯　薰

两岸蛙声繁似沸，一溪萤火乱如麻。
倥偬[②]我亦如君等，快桨劳劳[③]叩万家。

[注释]

①青登村，在德清县钟管镇，今名青墩村。

②倥偬，事情纷繁迫促的样子，戎马倥偬。

③劳劳，辛劳、忙碌。

重九题下潮渡[1]

蔡岫青

侧身天地一儒巾[2]，破浪乘风[3]恨未能。
输与下潮溪口渡，载他多少往来人。

蔡岫青，字心素，湖州人，戈亭诗派诗人。

［注释］

①下潮渡，在今德清县洛舍镇砂村境。

②侧身天地一儒巾，原出清许宗彦《题黎二樵〈五百四峰草堂诗〉却寄》诗。

③破浪乘风，即乘风破浪。语见李白《行路难》诗："乘风破浪会有时。"

莫干山居

陈　璻

峭壁无梯白日阴，羊肠[1]一线隔花寻。
清溪过雨虎留迹，修竹有风龙夜吟。
人在天边难得老，事除诗外不关心。
灵山兰息清于水，人静偶然闻磬音。

陈璻，鸳鸯蝴蝶派主将陈蝶仙之女，又名陈小翠，别署翠吟楼主，杭州人。

［注释］

①羊肠，喻指狭窄曲折的小路。

跋

忽然发现德清很多地名是很有画面感的。比如莫干山，一听就不自觉地想到铸剑故事；比如风渚湖，一听就感觉有种“天地苍苍乾坤茫茫”的意味；又比如半月泉，不由想见断崖才出半规之月，泉虽小，但苏东坡曾临；再比如荷叶浦，眼前仿佛一派“接天莲叶无穷碧”的景象，而由此一直往东，似乎满屏幕都是极诗情画意的名字，它们叫子思桥，叫士林，叫韶村，叫梅林，叫仙潭。再过去，就是大运河了，近杭州，也近苏州。一路风光一路诗。

小女还不会背诗，但爱听故事。在选注该书之余，我为她编了一首数字地名歌：一喜兜、二都里、三桥埠、四仙桥、五里牌、六亩田、七星池、八角井、九度岭、十景塘。咕嘟咕嘟的她可能不知道，自己有多幸运。即便她以后的兴趣不在于此，这些和故乡有关的事物会让她在初学汉语时充满光线、声音和气味。不是以热爱的何种姿态，而是爱本身。

诗外论诗更有神。中国古典诗词强调言外之意、韵外之致，表层的意象群落是显见的，深层的情感脉络起伏是隐性的，而由浅入深、渐入佳境的过程则非常美妙。庚子年春节，当王昌龄的诗“青山一道同云雨，明月何曾是两乡”被贴在日本驰援我国的物资上，平时我们难以体会到的中国古典诗词的美感特质，在这一刻变得不再隔膜。惭愧之余，剩下的就是如何重拾经典的问题。

疫情期间，宅家校稿，联想自己的学诗经历，特感赋七律一首，以谢师恩：

弱冠研诗无法门，吟安韵脚撞瓢樽。
卢师复信宜师范，张子收徒入子垣。
前后溪山眸底贮，东西邑志管中存。
几回梦见桃源境，英落缤纷骥騄奔。

朱　炜

2020 年 2 月 20 日

作者如是说

《跳上诗船到德清》上海武康大楼首发感赋

径逾山与海，飞抵武康楼。
海派风情路，东方浪漫州。
百年斑驳迹，几度璀瑳眸。
大隐宾朋会，诗船短暂留。

一

我是一名图书馆员，从事过地方文献工作，目前兼顾两家特色图书馆分馆的运营与阅读推广。和很多从图书馆起步的人一样，我未敢自以为是，将心灵游吟成浩荡又细密的诗，逢美生花，积势破壁。

十年来，利用业余时间我写作出版了6本书。很多朋友问，两年出一本书，这是怎么做到的。我不能说自己不勤奋，我好像停不下来，仿佛这就是我的成人礼。我家小朋友快两周岁了，正牙牙学语，会说一些要不要的话，喜欢跑到我的书房里踮起脚取下一本书，然后靠近我，说："爸爸讲，爸爸讲。"幸而，我的书架上还留着一套1986版的《儿童学古诗》，封面上是年画娃娃，长兴的北大才子李臻颖也藏有这么一套，以至于他在朋友圈评论说，我们应该抱一抱。可是这套书并不符合小朋友的审美观，她会眼睛冉冉地转动着让我去拿《小猪佩奇》。她会安静地一个人专注于看绘本，在天猫精灵点儿歌，只是偶尔很闹。电视剧《三十而已》中飘过一句台词："他(主人公顾佳的儿子许子言)什么时候能快点长大，能一个人睡觉，一个人吃饭，能管理好自己的情绪，能不害怕，把我还给我。"我庆幸我家小朋友并不属于难带的那一种。都说三十而立，有家累后，属于自己的时间和空间会比没成家的时候少很多。但 good 成为 better，总需要牺牲一些东西，何况小朋友自己就是一本书，在某种程度上，我就是她的出版社。

时光飞转，我在浙江工商大学出版社已出了 3 本书：《湖烟湖水曾相识》《百里湖山指顾中》《跳上诗船到德清》。书名是三句七言诗，湖烟湖水曾相识出自俞平伯先生的诗，百里湖山指顾中出自清人戴望的诗，跳上诗船到德清是我偶然想到的，实际也合平仄，用在七绝的合句刚刚好，这也许正应了"熟读《唐诗三百首》，不会作来也会吟"。"书香浙江　品质出版"，今年的上海书展，浙江作为主宾省，携数千种优秀图书亮相。因为我是浙江工商大学出版社的老作者的缘故，更因为该社在业界的品质和口碑，德清作者陆续在该社出版了《翠微时光》(梅苏苏著)、《多少足迹烟雨中》(杨再辉编著)、《趣说德清话——德清方言文化读本》(倪有章编著)、《青春不言败》(王森著)、《一场全世界都在等待的雨》(吴承涛、吴奥琪合著)、《绿光亚马孙》(朱起著)、《文博探求》(孙荣华著)等 7 本书，其中 2 本书还用了我的序言。

《跳上诗船到德清》因是一本面向青少年的大运河诗歌地理读本，封面题签时遂想到由在西泠印社拍卖有限公司工作的德清籍青年书法家沈新洋题写；此外，本书也是大运河诗路沿线首部以县域为主打的诗歌选本，“了解德清，可以此书为入门之基”（曾供职于中华书局的旧德清今桐乡市大麻镇人郁震宏评价道）。我自认本书的体例还比较有意思。全书分正册和副册，创意源于《红楼梦》中的金陵十二钗有正、副、又副三册，正册重“注”，副册重“选”，注见功夫，选则见眼光。全书引录五言、七言古诗近300首，在数量上约和《唐诗三百首》等同。另，我在构思该书框架时，尝试将诗歌史和地方史合二为一，乃有了一点学术意味。错漏总会有的，敬请读者诸君不吝指正，待出修订本时予以纠正。

二

乘风破浪会有时，“进军”上海，“登陆诺曼底”。

日前，嘉兴青年收藏家肖龙根篆刻了一方“上海武康大楼首发”印章；德清古琴师倪梦啸手拓了“太康二年八月始立武康县”（太康二年，也即公元281年，从该年款算起，武康这个名字已有1739年历史了）砖铭，艺文斋为之定制了镜框。8月15日，“从莫干山到黄浦江”走读巴士从德清县图书馆出发前，王征宇、梅苏苏两位浙江省作家协会会员用鲜花（写卡“诗与岁月同芬芳”）送我去上海。

大隐隐于市，用来形容上海大隐书局武康店是再合适不过了。当天的《跳上诗船到德清》新书发布会在大隐书局武康店的“月下笛”举行。现场来了很多嘉宾大咖，使本来就很雅致的阅读空间愈加显现出复合文化之美。上海知名翻译家、电影评论家、出生于莫干山的赵建中先生出于对后生的奖掖，担任了主持，他在开场白中说："在这个浮躁的年代耐得住寂寞，做到'板凳要坐十年冷，文章不写半句空'，非常难能可贵。德清不乏这样的文化人。这一次，德清的这艘诗船开到了大上海。我觉得，今天我们在大隐书局武康店举办的这场首发式堪称'山与海的对话'。"上海市诗词学会会长胡晓军特意从松江活动现场赶来予以勉励。上海社会科学院图书馆馆长钱运春专门带来了一瓶香槟以示祝贺，一时间，酒香弥漫，大家兴致盎然。上海著名报人、德清望族徐怀沙之女徐庆之，不顾年高，携其子前来。上海德清商会会长陈庆华提议将此书推荐给在沪乡贤游子以了解德清历史。上海数联空间科技有限公司董事长倪涵认为，诗旅、文化之旅，能唤醒每个人本具的诗心和心中永恒的远方，进而更能诗意般地对待眼前的苟且。原上海复兴中学语文高级教师田素芳称这是"一本有学术精神的用心之作，有如微风拂过，清凉一夏，芬芳四季"。

"那些巨星的光芒曾经抵达过这里"，朱起的母亲马骏为《跳上诗船到德清》写的这篇书评题目更像是在写上海的武康路、武康大楼。傍晚，武康路的斜阳照着来此旅拍婚纱照的新人，而武康大楼的对面站满了一拨拨到这座有"上海颜王"之称的百年老楼拍照打卡的中外游客。与其说，32 年来这一天是可以预估的，不如说，这是不局限于既定人生的结果。毫无疑问地，它又一次带给我高光，带给我对未来的可期。

我的 20 岁到 30 岁的每一个值得纪念的时刻，都有图书馆在见证成长、助力起航。"诗船暂停此"，"万里仍非远"。

三

现在，我想说另一个话题。《跳上诗船到德清》付梓前，友人知道我在诗词学会服务，屡次提出我作的德清诗，怎么不在书的附录里用十首二十首？我不敢应，想纳兰容若曾讥时人不是作诗，只是作韵，有韵之诗恐已为古人作尽，故作旧体用平水韵者，类优孟衣冠，鲜能出前人牢笼，专诸巷中匠人一流也。有一次，我与独破庐主人吴冠民先生谈及此事，冠民先生以为此言差矣，即便是作韵，亦是一种文思训练，于遣词造句犹有裨益，何况匠心同是文心。

一座万竿晴雨楼，一座独破庐，一座未立斋，一座衡庐，一座佛陀山，我视之为五座殿堂，而德清县诗词学会正是用这五座殿堂的柱梁搭建起来的专业平台。之前，张炜先生嘱我一同参与新版《历代诗人咏德清》的注释时，我尚不解什么是“吟帜”，直到卢前先生谢世后，我乃猛然领悟，他将会长“大旗”传给我，我将成为扛起这面吟帜的人。

德清县诗词学会自前身馀不诗社、莫干山诗词学会发展而来，四十年来，始终坚持遵循传统诗词的创作规律，长期保持旺盛的创作热情，可谓难能可贵，亦证明了德清县诗词学会深具生命活力。这在浙北，仅此一县，即便在省内，乃至全国，也属罕见。尤其，卢前先生之于莫干山，直如王维之于辋川，杜牧之于樊川，几与之俱化矣。自我忝任会长以来，每逢端午或中秋雅集，我总会格外思忖创社四君子——卢前、吴冠民、吴亚卿、陈景超四先生，以及主持莫干山诗词学会的张炜先生的诗词故事。同时，我也经常在想，一个县的诗词学会应立足于怎样的发展方向？窃以为，普及与提高是两个尤为重要的课题。其一是秉承古典诗词精粹，汲取丰厚学养；其二是充实现代元素和题材，不离传统要求，组织精品创作。不说风雅重振，任重道远，就说续馀不雅韵，不愧前君子，这承前启后的担子正历史地落在吾辈的肩上。

朱 炜

2020 年 8 月 15 日